萬

人

譜

만 인 보

완 간 개 정 판

만 인 보

고 은

萬人譜

7 / 8 / 9

창비

여기 『만인보』 7, 8, 9권을 내보내며 한마디 함께한다.

그동안 시의 일로만 지냈다면 아마도 15권 이상 나아갔을지 모른다. 그런데 이 땅에서 시인의 운명은 반드시 거기에 주어진 바 사회적 과제 앞에서 피할 수 없는 과정을 요구할진대 여태껏 시의 일 자체에만 매달릴 계제가 못되었다. 하지만 내 복무가 더이상의 국면으로 나가지 못할 경우 나는 시의 일에만 전념할 때가 오리라고 믿고 있다.

이제 『만인보』는 고향의 산야를 벗어났다. 아직도 더 천착해야 할 부분이 있으나 일단 생략하고 훨씬 뒤에 다시 돌아가보겠다는 미련으로 남겨두어야 했다. 고향뿐 아니라 고향 부근의 사람들에 대한 옛모습에서도 벗어나게 되었다. 여기까지 이르는 동안의 격려와 성원이 여간 큰 것이 아니었다. 뒤에 이 점에 대해 자세히 언급하고자 한다. 이로부터 나는 1950년대의 편력을 통해서 만나고 스쳐간 사람들과 그 사람들과 관련된 사회적 명멸(明滅)을 노래하기 시작할 것이다. 물론 거기에 어떤 시제(時制)를 단단히 벼르는 것은 아니다. 시를 하나의 해방행위라고 믿는 나로서는 그런 제약의 의미를 키울 까닭이 전혀 없다.

이제 우리에게 1990년대가 열린다. 이 90년대는 바로 세기말 그것이 기도 하다. 우리는 이 연대 10년을 어떻게 완성하느냐에 따라 다가오는 21세기 내지 2000년대 전기간의 장래가 우리 자신의 시와 역사를 엄중히 규정할 것이다. 지난 시대의 중요성과 함께 그것이야말로 우리 자신의 거 짓 없는 정체에 값할 것이 틀림없다. 이처럼 과거와 미래 사이에서 우리 는 우리 문학에 대한 확신과 나란히 있어야 할 깊은 고뇌와 정진이 긴요 한 바 있다.

여기 한마디 새겨둘 것은, 시에서 꼭 갖추어야 하는 사실과는 별도로 과학이란 인간의 보편적 정서와 일치할 때에만 그릇되지 않으리라는 사 실이다. 먼저 나 자신에게 하는 소리여서 각별히 이에 토를 달아둔다. 과 학은 생명의 과학으로서만 있어야 하는 것이다.

이 겨울에 우리 모두 다 한 단계씩 깊어지자.

1989년 겨울 안성에서
고은

차 례

만인보 7

만인보 8

만인보 9

일러두기 ────

　　완간 개정판 『만인보』 7·8·9권은 초판본(창작과비평사 1989)을 원본으로 삼고, 『고은
　　전집』(김영사 2002) 이후 저자의 개고분을 반영하였습니다.

만
인
보

7

萬
人
譜

얼레지꽃

오랜 세월 싹수로 살아오며
여기저기
얼레지꽃 한 뿌리 한 뿌리
쉰살 억울하여 원통하여
그 뿌리 캐어 달여먹고
예순살까지 가기도 하고
예순살에 얻다니 내 새끼 얻다니
자식 없는 탄식 이제야 없애주었다
이런지라 그런지라
헌 무명 중의적삼 바람이다가
손자 같은 어린 자식 백일날이면
얼레지 뿌리 녹말 만들어
명주옷 살포시 풀먹여 입고
벙글벙글 일어선다
늦게 얻은 복덩어리라
만복이놈 힘차게 기어다니는데

이런 만복이 할아버지 겸 아버지 노릇에
조달연 영감
봄 여름날 갈 데 없이도
마음 떠
두루마기 때없이 차려입어보고 벗는다

일월산 여우고개 얼레지꽃 여기저기

저 아래 조영감 나오는 것 보고 좋아한다
바람 한자락 훑어가니
얼레지꽃뿐 아니라
둥굴레꽃
앵초꽃
산나리꽃도 헤살 저으며 좋아한다

낮거리

관여산 끝집 얼금뱅이 진태묵이는
제 마누라와
밤일 아닌
낮거리하기로 소문났다
그 일이야 발 없는 말 입 달려 소문나는 일인지라
아무리 방 안 사업일지라도
하늘 아래 쫙하니 소문났다

넨장칠 것!
캄캄한 밤중에 하는 ×이 무슨 귀신×이여
대낮 환할 때
눈뜨기도 하고
눈감기도 하며 찧어대야지
맷돌 갈아야지
날 봐! 아 어서 부엌짝 불에 익혔거든
어서 들어오지 않고 무엇 혀
애당초 늦어버린 일 대강 그대로 두고
어서 들어와
이따가 별 아래 식은밥
소금하고 먹어도 멍덕꿀통 꿀맛 사촌이여
그러나저러나
생계란 하나는 꼭 있어야 혀

조수길

새말 쥐방울 조수길이
어릴 적 별명
끝끝내 여의지 못하고
나이 마흔에
지게에 풋보리 다발 지고 돌아오는 길
땀 전 새말 아이들 한입씩 놀려대기를
거개가 집성촌 조씨 자식들이라
당숙이고
재당숙이고
팔촌 구촌이건만
야 저기 쥐방울 온다
야 쥐방울 온다

그러고 보니
하도 입에 오르내려서인지
문득 사람이기보다 쥐방울 그것인가
누구한테 쌈지담배 한대 어림없고
그 서방에
그 마누라라
쥐방울 마누라도
누구한테 남아도는 배추꼬랑이 하나 던진 적 없다
날이 저무니
날이 저무니
그런 흉 다 숨어 어둑어둑한 마을

냉갈 자욱한 것이
꼭 내일에는 비 올 듯하다
에췌!
아이고
에췌!
어둠속 그 누구의 어여쁜 재채기뇨
그것만은 쥐방울 마누라 재채기이지
암 그렇지
첫여름 고뿔 드는 재채기지

화양댁

소작료 삼칠제라 하나
착취는 복잡할 까닭이 없다
수확을 높이 잡으면
사륙제는커녕
반타작 이하인지라
게다가 금비값 종자값 품값 무슨 값 등
영농경비가 다 작인 차지니
이런 시절에
식민지 지주는 기생 판소리나 들으며
무릎 치며
얼씨구 얼얼씨구 얼얼얼씨구 하면 된다
봉건시대는 세곡선 쥐가 먹는 곡식까지
소작 농노가 물어야 했다
얼씨구 적벽가 거기여 거기
봄이면
소작인 농투성이 절반이
산으로 들로 헤매어
초근목피 찾아야 산다
이 노릇 몇천년
띠뿌리 달착지근한 놈이면
우선 한동안은 살 것 같다
이러는 중에서
못 먹는 풀뿌리
잘못 먹고

입에 거품 물고 쓰러진 아낙 있다

솔가지 비녀밖에

부황마저 빠진 몸뚱어리밖에

강 건너 화양리에서

배 타고 시집온 화양댁

그 얼금뱅이 아낙

누구 하나 슬퍼해주기보다

한마디씩 머퉁이였다

먹는 것

못 먹는 것 알아보는 눈 집구석에 두고 왔나

원 이런 데서 눈감을 팔자하고서는

집으로 급히 알려서야

오로지 어린 자식 슬피 우는데

우물에 두레박 내려

물 한 바가지도 느릿느릿 올리는

그 어미 생각에

슬피 슬피 우는데

거기다 맞춰 저놈의 솥적다 솥적다 소리

먹밤 깊어라

모든 연장 낫 괭이 삽 쇠스랑 다 지쳐 잠들어

어느새 먼동 터 번하여라

그제야 어린 자식 잠들어

되놈

옷 없어
지곡리 너머
중국 채소농장 헌옷 얻어입은 뒤
지곡리 샛말 전달봉이는
금방 되놈 되놈으로 불리었다

유난히도 소한치레하던 해
뙤놈이든 되놈이든
이 추위에
얼어죽지 않으면 되었지

한데 어찌 그리 물것 끓는지
온몸 긁적긁적 긁어해 긁적 긁어해
그렇게도 큰 귀 가지고
그렇게도 큰 주먹 달고
부자는 못되어도
되놈 소리나 안 들어야
그놈의 관상이 맞아떨어질 터

아이고 어서 봄이 오거라
이놈의 호복 벗어야지
옴 올라도
이렇게 가렵지는 않을 터
니미럴 것

단군

역사 아니다 그러나
이 겨레에
처음으로 패권을 시작한 억센 당골 박수
그로부터 나라가 있었다 한다
그로부터 노예가 있었다 한다
그로부터 내 땅 오백리가 있었다 한다
그로부터 몇나라 갈라져 나와 있었다 한다

그런데 어찌
이 세상에 단일겨레 있겠느뇨
나 하나가
수많은 피와 씨 뒤섞이는 누대 지나
나 하나인 것을
어찌
단군할아버지 한핏줄이겠는가

멀리 고개 들어
거룩하기는커녕
무엇하기는커녕
오늘 마수로 두던 장기 쓸어버렸다
차하고 포하고 상하고 마하고
지랄 같은 졸때기하고
함께 뒤범벅이었다
두 궁인 바

한도 초도 자빠져 뒤범벅이었다
썩 좋다

두칠수

일년 내내 밀기울 따위만 먹는 살림이라
그것도 한두 끼 걸러
하루 한 끼로 때워
그저 목숨이라고 이어가는
이런 살림이라
서생원조차 사람을 괄시하여
너 이놈! 해도
제 할일 하고 당당하게 기어간다
하기야 사람이 굶으니
쥐도 배부를 수 있겠는가
그러므로 날래지 못하고 엉금 기어간다

털보 두칠수
그런 쥐 잡아
한밤중에 구워먹고 노래가 나왔다
버들잎 외로운 이정표 밑에…

새 마누라

나운리 장영감
군산 장안관 기생 옥매 모셔다가
인력거로 모셔다가
안방 늙은 마누라
윗방으로 쫓고
함께 늙어가는 자식 사형제
다 제금나
혹은 정미소 하고
혹은 떡방앗간 하고
혹은 석유회사 차리고
혹은 금융조합 다니는데
그 자식들 불러다가

여기 너희들 새어머니다 인사 차려라 하니
마흔살짜리 큰아들부터
꼼짝달싹 못하고
그 비린내 나는 기생년한테
새어머님 절 받으시지요
하고 절하니
이어서 절하니
어이
어이
어이
어이

하고
얼쑤 새어머니 제법 태깔난다

나운리 장영감 새 마누라 얻은 지 2년 만에
논 2천평짜리
스무 마지기짜리
또 3천5백평짜리
밭 천평짜리
새 마누라 앞으로 등기 내주고
금가락지 옥가락지
금반지
금팔찌
금비녀 은비녀
금덩어리까지 해다 바치고

그 색정이 무엇이관대
아냐
그 재물이 또한 무엇이관대
딱 3년 재미 보며
베개 베는 맛 새삼스럽다가 세상 떠났다

그 새어머니 눈썹 초승달로 그리고 나가버린 뒤
안방으로 돌아온 본마누라
아무도 없는데

마당 가운데 장닭 씨암탉 있는 데 대고

아이고 뒈져 싼 영감
아이고 내 영감 죽인 년
벼락 맞아 죽을 년

그러나 옥매 다시 장안관 가서 기생질하는데
이번에는 장영감 큰아들
장길순이가
새어머니 새어머니 하고 사로잡힌다
옥매 넉넉히
요사이 집안 다 무고하시고
어쩌고 하며
장길순이 어깨 주물러준다

김은석

1953년 9월 18일 낮 11시 5분
지리산 빗점골
빨치산 귀순자로 편성된 수색대 33명 가운데
옛 사령관을 직접 쏴죽인 김은석
바로 옛 사령관 호위병이었던 김은석

죽은 사령관 이현상의 사체에 대고
무릎 꿇어
선생님 죄송합니다
하고 엉엉 울부짖었다

그러고 나서 이승만 대통령 수장을 받았다

입분이

간장빛 눈동자
그 가난
이어지는 가난
거기에서도
이런 아름다운 처녀 있나니
아침 굶고도 내색 않고
일찌감치
품팔러 가누나
모심는 날
그 처녀 끼여 있어
모심는 사람들 힘차누나
하늘 속 제비 힘차누나
못줄 팽팽하여 힘차누나
어느덧 날 저물어
어둑발
그 어둑발 입분이 맨발이 물에서 나왔다

장차 친정과 시집 두 마을 빛날 입분이
그대 아름다움으로
모진 시절 견딜 수 있었다
나라도
한 마을도
총각들 몇놈도 울렁거리며

붕어집 양반

개사리 가운뎃동네 문봉안 영감
그 집에 가면
늘 큰 널벅지에서 붕어 논다
잉어는 잉어 널벅지에서 논다
가물치도 논다
짜가사리도 논다
그 물고기들 눈 보아라
지느러미 보아라
꼬리 보아라
어디를 보아도
사람보다 나은데
사람한테 잡혀서 죽은 목숨으로 논다
용둔 미제 원당 새말 관여산
개사 1리 2리 3리 할 것 없이
선제리 어은리에서까지 와서
아낙네 속병 있는 집에서나
나무에서 떨어진 뒤
갱신 못하는 집에서나
팔십 노모가 노망으로 추근대는 집에서나
거기 가 여차여차 말하면
자 그런 데는 이게 좋지 하고
잉어도 건져주고
가물치도
우당탕 요동치는 가물치도 건져준다

헤헤 그런 것이야 병도 아니여
짜가사리 빠가사리나 갖다가 먹어보아
하고 그 싸낙배기 건져준다
그 고기값이야
아니 약값이야 빈손으로 가도 그만
돈 접어가지고 가도 그만
보리쌀 대껴 대강 맞춰
반 말이든 얼마든 가지고 가도 그만
빈손에는 외상 주고 잊어버리기도 한다
그러나 물고기 가지고 간 쪽이야
며칠 뒤 아니면
몇달 뒤나
일년 뒤로 꼭 갚으러 온다
그런 때는 공짜배기로다
잉어 작은 놈 두어 마리 건져주고
으허허허허허
하고 집 떠나가게 웃어댄다
아 오늘 재수 있는 날이라 공것 들어왔네
이렇게 옥봉저수지 물고기 몰래 잡아다가
물고기장사하는 문봉안 영감이지만
동네 어른 아이 할 것 없이
깍듯한 양반 대접이니
무릇 덕이 있으매

그 덕이 곧 양반 아니겠는가
천하 불한당보다 못한 양반들 심보에 대면
만번이나 양반 아니겠는가
어찌 그리 물고기 한 마리 안 먹어도
얼굴에 희색 혈색이 피어나나
토정비결 문자인즉
고목나무에 꽃 피는 격이라

문봉안 영감 아들

문봉안 영감 늦게 둔 외동아들 만수
구럭 잘 엮는 만수
새끼구럭도 여러 개 엮어
동네 아이들 주는 만수
그 만수하고 묵은 솔밭에 나무하러 가면
그 솔바람소리에
온통 뱃속이 비어 땀이 식는다
담양 전씨네 종중산
그 그늘 많은 솔밭에는
어찌 그것밖에 없겠는가
영락없이 송이버섯 숨어 있다
그 진득진득한 송이버섯 숨어 있다
그러나 아이들 눈은 귀신 눈이라
꼭꼭 숨은 것도 다 보고 만다 마음 커지면서

널순이

8월 한가위 뒤 사흘까지는
게으름뱅이들 핑계 좋아
누가 밭에 가나
누가 논에 가나
누가 일밖에 없는 데 가나
그토록 둥근 보름달
열이렛날 되는 것 절통한데
이런 때라
마을 젊은 아낙들
그 지지배배들 일손 잊고
널뛰고
개야 걸이야
큰 소리 내며 윷 노는데
미제 방죽가 널순이
널 잘 뛰어
옥순인가 길순인가가
널순이로 되어
그년 널뛰어
붉은 댕기 내두르며 치솟을 때
그년 널뛰어
치솟았다 내려올 때
한껏 부푼 치마폭 바람 기뻐라

그런 널순이가 근방에 널뛰기로만 소문나서인지

널순이 널순이 할 따름
정작 시집갈 데 없어
널순이 어머니
이것저것 혼숫감 하나하나
장만해두고 있는데
어느날 꺼내어보니
좀 슬어
귀한 수박색 공단 이불감 좀먹어 구멍 숭숭 뚫렸다

아이고 썩을 년
첫날밤 덮을 이불 복도 없는 년
하고
제 딸 욕 퍼붓고
찬물 한 바가지 마시고 나서
먼산바라기하니
널순이 의젓하게끔
엄니 걱정 마
나 갈 때 갈 것이여
소화 19년 그 모진 세월
미제 용둔 일대에서
처음으로 중신이 아니라
눈맞은 연애로 시집갔다

시집은 옥산면 당북리라

고개 몇개 넘으면 거기였다
시집가자마자
떡두꺼비 아들 낳았다
아들 낳은 뒤
어느 추석날
당북리에서도 널뛰기로 일등이었다
그 들창코 널순이가

상두소리패

어느 마을에나
사람이 잘도 죽는 시절이라
생사무상 몇천년을 살아온 겨레 가운데
굶어죽고 얼어죽고
병으로 죽고
싸움에 나가 죽는 시절이라
어느 마을에나
그 죽음 보내는 울음소리
언제 끊일 사이 있었더냐
그 죽음 보내는 상두머리도 있어야지
꼭 있어야지
그리하여
꼭 있다

영 애송장이야 창호지에 싸서 묻고 말거나
굶어죽었거나
약 한첩 못 쓰고 죽은 것이야
거적에 똘똘 말아
거꾸로 묻어
영영 이 세상 못 나오게 하지만
정 떼어도
단단히 떼어버려야 하지만

그러나 조금만 나아도 죽은 사람이야 상여로 보내야 한다

상여 나갈 때
상여 위에 달랑 올라서서
요령 하나 멋부리며 흔들고 뚝 멈추고
청승으로 우자부리며 뽑아내는 상두소리

공동묘지 지나 관여산 이봉술이 영감
어느덧 세월 흘러
깎은 수염자리 거칠거칠 하얗다
이왕 죽은 사람이야
이런 산 사람의 상두소리 쩍 갈라진 소리로 보내야지
아무것도 모르고 태어나는 갓난것도
응애응애응애
이 세상 나와 한바탕 소리하는데
죽어
이승 등지는 사람한테
소리 한바탕 들려 보내야지
그런 상두소리에는
삼동네 초상에는
으레 봉술이 영감
그 침 튀어 박히며 욕 퍼부어대는 영감
상여 앞에 오르기만 하면
청승이 깃들어
굵은 새끼 한발 꼴 줄 모르는 영감

어디 그 목구멍에서
그렇게도 구성지고 청승맞고
그리고 쩍 갈라져
여러 가락으로 소리 퍼져가니
상두소리 하나로
으레 술 많고 밥 많은 봉술이 영감

그런데 그 아비에 그 자식이라고
봉술이 영감 아들 또한
아버지 상두소리 제법 시늉하니
봉술이 영감 세상 떠나는 날
아들이 상여 앞에 소리패로 서지는 못할망정
상여 뒤따르는 지팡이 의지하여
울음 갠 하늘에 향하고
땅에 향하여
죽어
이승 떠나는 아버지 향하여

이제 가면 언제 오나
북망이 어디라고…

순임이 이모

원당마을 홍순임이 이모
그만 오거리 같은 서방하고 작파하고
이제 친정어머니 없는 친정이라
남의 집만 못하고
할수살수없이
언니네 집에 와 있는 순임이 이모
시집살이 때 얼음 박인 발가락
봄마다 근질거리니
불기운 있는 방에서 잠 못 잔다
여기도 절반은 눈칫밥인즉
절로 노여움
절로 설움 어이 없으랴
아서라 갈치장수로 나섰다
그 길로 나선 바에는
갈치도 팔고
이따금 눈발 사나운 남정네 만나면
풀밭 우거진 데로 끌려가서
어메어메 하다가
그 소리 싹 없애버리기도 한다
그러다가 누구 아긴지 아기 들어
그 순임이 이모 배불러가지고 떠나가는데
갈치장수라 갈치 광주리 이고 의젓했다
아낙이 자식 있으면
저렇듯 기운나는지 걸음도 재재발랐다

보내는 언니
울안에서 한마디
이 병신아
해산달이나 알려줘
내가 가서 애 받아낼 테니

한참 있다가 돌아다보는 순임이 이모
성님 내 걱정 말어
나 자식 낳아 잘살 것이여

김진구 선생

해방 직후 미룡국민학교 3학년 담임선생
풍금을 못 쳐
음악시간만은
딴 여선생으로 대신하는 선생
새로 온 김진구 선생
비둘기 나는데 놀라는데
아무 일도 아닌데 화들짝 눈 열려 놀라는데
중키에
당꼬바지 입어 좀 그렇고 그런데
교실 안
말소리 하나는 가당치 않게
에 또
에 또
에 또 가서
자 요번에는 다음으로 넘어가서
에 또
한 학기 있다가 또 어디로 떠났다
여순 난리로
구례 곡성 기차 안에서 죽었다 하기도 하고
누가 순천서 보았다 하기도 하고

에 또
에 또
다른 담임선생도

가끔 에 또라고 쉬어 넘어갔다

아 두메에서도 변화 많은 풍진세상이라
어린아이들
이미 차츰 늙은이 다 되어갔다
에 또

교장 권오창

해방 직후 일본인 아베 교장 떠난 뒤
그 호랑이 교장 떠난 뒤
새로 부임해온 조선인 교장
권오창 교장

어린 나는 막 월반해 4학년이 되었는데
그때 4학년 아이들이 말하기를
친일파 교장
권교장 몰아내자 하여
어린 내가 앞에 나서서
그러자 했다

기어이 우리들 동맹휴학 저질러
그 교장
몇달 지나 떠나버렸다
떠나
선생질 그만두고
사업에 나서
큰 회사 사장이 되었다 한다
그뒤로는
도 학무국장이 되었다 한다

바람 불면 황토 마당
웅장히

웅장히 몰려가는 황토 먼지

그러나 우리들은 사나운 애들만이 아니었다
전근 떠나는 선생님 못 가게 붙들고
한나절 내내 울고불고
죽고 싶었다
죽고 싶었다

한데 그 친일파 교장 떠날 때 바람 세차게 불어 모자 벗겨져 날아갔다

강중도

신풍리 너머
칠성암 밑 오막살이 강중도
세상이 싫어서인가
마을 쪽 길 쪽을 등지고
산밑으로 돌아앉은 오막살이
그 집 나리 강중도
나무 위에 올라가 시원한 낮잠 자다가
뚝 떨어져서도
그래도 떨어진 채 땅바닥에서 잤다
그 사람 데리고
칠성암 주지
설법은 무슨 설법인지
오호라 나한 설법에 철 없는데
듣는 강중도야
이 주지 주머니에 돈 몇푼이 들어 있는가
그것 홀라당 까먹어야지
술집으로 옮겨가 까먹어야지
그느라고
흠 흠 흠 연신 고개 끄덕여주는데
두 사람 더불어 딱하여라

그저 긴 여름날 매미 쓰르라미 번갈아 울면
그게 설법이지
오백나한이 어쩌고저쩌고

그 나한 설법 듣는 척하는
강중도 심중 차츰 늘어져버려
술생각 싹 없어졌다
그 좋은 술맛 버리고 말았구나

여보시오 주지 양반!
이제 그놈의 지긋지긋한 설법 끝내시오
원 맨입으로만 삼천대천세계 어쩌고저쩌고

강중도 마누라

서방 강중도가
워낙 손끝 하나 끄떡치 않는 놈팡이인지라
마당의 개오동나무 잎사귀도 끄떡치 않는지라
가을이라고 다 가면
아예 지붕 이을 때
아낙이
지붕 올라가 지붕 이고
아기 업고
빈 논에 나가 이삭 줍고
이듬해 봄 논에 나가 물꼬 보고
동네방네 내외 없이 나다니는데
그래도 서방은 제 서방인가
어쩌다가 서방 흉보는 소리 들으면
사람 인자 한 자가
어디 한울님인가요
이 세상 흠 없는 남정네 있거든 대보아요
정 화가 날 때면
이런 소리도 걷어버리고
뭣이 어쩌고 어쩌
네 서방 겨드랑이나 사타구니나 간지럼 태우거라
이 할일 없는 쏘가리 같은 년아

김덕령

풍신수길의 왜군과 한판 싸워
그렇게도 빛나던 젊은이
누구와 내통했다고 무고당하여
장독으로 감옥에서 죽었다
죽기에 앞서 어찌 시조 한 가락 없을쏜가

춘산에 불이 나니 못다 핀 꽃 다 불붙는다
저 뫼 저 불을 끌 물이나 있거니와
이 몸에 내 없는 불 일어나니
끌 물 없어 하노라

그 젊은이 전설에 실려
죽은 뒤
살아나
갈재에도 나타나고
광산들 나타났다

그런 시절 지나
내일도 내일모레도
무등산 밑
그 시퍼런 넋의 고장 빛고을 부디 환하거라

조봉암

1958년 1월 어느날 체포되어
1959년 여름
서울 서대문형무소 사형집행장

진보당 당수 조봉암

그의 마지막 말
담배 한 대 주오

담배 한 대마저 거절당하고
덜커덩 두 발이 드리워졌다

그 죽음 이래
이 땅에
그의 포부 이어져
이제는 이승만의 북진통일 아닌
평화통일이 죄가 아니었다
그러나
그의 죽음의 어둠 걷힐 날 멀고 멀다

그 멋쟁이
동지들이 감옥 가거나
감옥 갔다 나오면
쌀 한 가마

연탄 한 수레 실어다가
동지 몰래 동지의 아내 격려하던 멋쟁이

간밤 담배 한 대 뼛속까지 빨아들이는 죽산 조봉암을 꿈에 보았다

5대독자

원당리 5대독자 강구열이
그 홍씨 마을
홍씨에 치여
어디 찡겨 사는지도 모르게
위뜸 언덕
기역자 초가에
뱀 한마리 얼씬거리지 못하게
정갈하게 사는데
워낙 바람받이라
바람하고 객식구 삼아 사는데

구열이 어머니 잔소리 하나 쉴 줄 모른다
다 어른 되어
장가갈 날만 기다리는 아들더러
아가 밤길에 발 헛디디어 죽은 사람 있단다
낮에는
미친개 조심조심하거라
누가 술 먹자면
술 먹지 말아라
술집에서 살인 난다
아가 동무 잘 사귀어야 한다
나쁜 동무 두었다가 집문서 넘어간단다
하고
누가 5대독자 아니랄까

이 조심 저 조심 잔소리 늘어놓는데

정작 강구열이야
목숨이야 정하고 나왔는데
원 어머니는
나 죽은 뒤에도
그 잔소리 쉴 줄 모르는 장마철 도랑물이여
하아 저 저녁놀 붉은데
저것도 눈먼다고 외면하라고 하겠지

그렇건만 한번 성깔나
누구하고 붙었다 하면
휘익 용수바람 일으켜 꼬나잡아 내던지고
퉤 하고 침 뱉고 돌아선다
그런 강구열이라
다리 한쪽 조금 저는 것밖에
아무런 흠 없는데
5대독자라고 시집올 큰애기 없다
할수없다
어머니 죽어라고 말리는데
산북리 젊은 과부한테
밑지는 장가 갔다

살림 매움하게 잘도 하는데

시어머니하고
며느리하고 사이좋을 리 없어
식전부터
연분홍 나팔꽃 울타리 밑에서 훌쩍였다
남편 구열이야
어느 편 들겠는가
그저
이것아 아들 한 놈만 어서 낳거라

김옥균

먹구름 몰려왔다
멸망하는 까닭은 너무 많아
정작 멸망하는 까닭이 없을 만했다
눈앞에
아무 지혜도 없다
어김없이
이런 시절에도 삶과 죽음 있다

개화당이여
조선 주자학이
실학에 의해
공리공론의 허학이 되고
개화당 개신 불교로
오백년 유학 파기
거기 젊은 혁명가 김옥균이 나타난다

그들의 혁명 삼일천하
너무나 즉흥이었다
낡은 것 치자고
왜놈을 믿었다
개화 일당 혹은 망명 혹은 죽음이었다
김옥균도 일본으로 건너갔다
그러나
그의 아버지는

십년 징역에 처형되고
어머니와 누이는 음독 자진하고
그의 아우 또한 감옥에서 죽었다

그의 아내는 충청도 옥천 관비로 끌려갔다
어디 그뿐인가
그의 오등친 일가붙이
어디 하나 성한 데 없고
그의 구족 여기저기서 쑥대머리였다

한번 대역죄인이 되면
심지어는 아직 태어나지 않은 후손까지
미리부터 벼슬길 꽉 막아놓는다
어디 그뿐인가

그런 대역무도의 고장은
고을마저 강등되어
천한 땅으로 내려앉는다
한 혁명가의 패배를 위하여
너무나 많은 것이 희생되는
이 모진 연좌에는
조상의 무덤까지 파내어
그 뼈 흩어버리기까지 마다하지 않았다

고균 김옥균의 글씨 한 폭 쳐다보다가
그대더러
누가 혁명가라 하겠느냐
하지 않겠느냐
처음부터 왜놈의 볼모였던 근대 선각의 바람과 구름이었다

이기섭

하필 새터 이기섭 기성 형제
이름이 엇비슷하여
기섭이가 잘못한 일을
기성이 잘못이 되기도 하고
기성이가 한 일을
기섭이가 한 일로 잘못 알려지기도 한다
기섭이란 놈
하루에 한 번씩 학교에서나
학교에서 돌아오는 길에서나
꼭 누구한테 손찌검해야 직성 풀리는 아이
찌익
남의 낯에 침 갈겨 시비 청하여
그렇게 해서
한바탕 싸움 벌여
두들겨패고 차고 밟고 하고 나서야
저도 팔뚝 뻔 것 숨기고 으스댄다

그러다가 새말 조남직이한테
얼 빠질 만치 얻어맞고 나서
혼자 땅바닥 치며
마구 울부짖다가
그것으로 모자라서
바람벽 매흙 긁어 벗기며 울부짖다가

사나운 개나 살쾡이 되려다가
가까스로 사람으로 태어난 기섭이란 놈
제 사촌 기용이마저 떡 안 준다고
스무 번도 더 때렸다
그 기용이 앙심 품고 숨었다가
장대 후려쳐
기섭이란 놈 어깨 후려쳤다
스무 번 후려쳤다

그뒤로 그놈 어느 누구도 건들지 않았다
한없이 부드러워져
어느날 참따랗게 오래 서서
해 지는 서산마루 바라보았다

그러던 기섭이 기성이 형제 커서 함께 죽었다
인공 후퇴 때
우익 학살당할 때
그 우익 축에 끼여
그 형제 함께 묶여 일제시대 관동군 산병호에 파묻혀
의좋게
의좋게 죽었다

그 주검 파내어 함께 묻었다

정자 누나

조그만치 눈동자가 코 쪽으로 모여
누구를 쳐다보는지 모르지만
늘 볼우물이 넘쳐
웃음 떠나지 않는 김정자
그렇다 이 세상에 나오기를 웃으려고 나왔다
아랫도리 몽당치마 홀렁 뒤집힐 때
무릎 위 커다란 흉터 징그럽지만
앞산 보고 웃고
뒷동산 보고 웃는다
그런 정자 살결 하나 분결이어서
하늘의 흰구름하고 수양어머니 수양딸이었다
하기야 어머니 진작 잃었으니
나이 어려서부터
밥하고 빨래하고 잔심부름하고
그러는 동안 흰구름 많이 바라보았다
딸기덤불에 가서 딸기 따주고
솔밭에 가서
생솔방울 따주고
버섯도
먹는 버섯
못 먹는 버섯 가르쳐주었다
못 먹는 버섯은 으레 울긋불긋하단다 하고

솔바람소리 그 속에서

다섯 살 위인 정자더러
나는 입속으로만 혼자 불렀다
정자 누나!

윤생원

숫제 생원도 아닌데
생원 생원
윤생원이라 부른다
타관바치라 살아온 내력 아나 모르나
떠억하니
뒷짐지고 걷고
하늘의 솔개 쳐다보다가
아무도 없는 서낭고개 넘어가서나
한쪽 콧구멍 막고
핑 코를 푼다
코 푼 손가락 풀에 씻는다

동네사람들
옥봉리 바다 해일 난 이야기
파도에 밀린 청자갈
자갈자갈하듯 시끄러워도
그의 귀는 생원 귀라
그저 입 다물고 고즈넉하다
나이 마흔셋인데
언제 젊으나 젊은 시절 있었더냐
언제 어린 시절
개구쟁이로
잠자리 한 마리 잡아보았더냐
그렇게 점잖아서

도무지 마을 노인들까지 농치기를
아 저러고
어떻게 밤에 마누라 배 위에 오른다지?
허기사 얌전한 고양이가 부뚜막 오르기는 번갯불이여

모두 불가난 때라
어둔 밤 모깃불도 푸짐하지 못했다
그런 여름 가고
가을걷이해야
어느새 겨울 걱정으로 캄캄하다
무밥 먹고
때아닌 개떡 먹고
뜨거운 맹물 먹고 겨울 나면
아 문득 봄기운 차가워라

입춘 앞두고
그 못 쓰는 글씨
어디서 먹 얻어다가 써서
입춘대길
건양다경
개문만복래 어쩌고
한문으로 써
우선 제집 대문 없으니
툇마루 위 맨흙벽에

여덟 팔자 모양으로 붙이고 나
어디 그것으로 될 일인가
여러 장 써서
흉보는 집에도
흉 안 보는 집에도 보내어 붙이게 한다

윤생원 고맙네그려
윤생원 이거 고맙네 고맙네
그러나 그 고맙네 소리 싹 지우려고
옥봉리 비행장에서
비행기 떠
그놈의 비행기 소리에 온 마을 파묻힌다

입춘 추위 썩 매움하다
그저 모진 세상
물 반 술 반으로 살아남은 세상
추워도 바로 춥다고 하지 않는다

청개구리

아무리 가물어도
청개구리란 놈 사람이 주는 물 안 먹는다
찍 오줌 갈기고 떠나버린다

용둔마을에 이런 청개구리 있다
김만식 아들 창술이
부잣집 아이가 주는 떡 탁 쳐서 거절했다
왜 내가 너희 집 귀신 제사 지낸 찌꺼럭지 먹어? 안 먹어!

길모 누나

어디로 시집이라고 갔다 하면
보퉁이 하나 들고 돌아오기만 하는가
세번째 시집살이
두 달 만에 돌아왔다
길모 누나
주근깨 골고루 뿌려진 길모 누나
길모 아버지가
이년 어디 가서
물에 빠져 뒈지지 않고
뭣하러 왔어
하고 장대 걷어 치려 하자
길모 어머니가 막아 대신 맞아야 했다

그런 매타작 치르고 나서야
그냥저냥 살아가는데
일손 귀한 터라
아예 친정살이로 밭일 논일
산에 올라 푸나무하는 일
무슨 일인들 마다하랴
그저 친정 식구하고 함께 사는 것 하나로
그놈의 시집살이 원수 다 갚는데
이렇게 일 잘하는 길모 누나한테
눈독 들인
옥정골 고명곤이 영감

후살이로 데려가려고 수작 넣었으나
그 중신에미
코만 다치고 갔다

친정어머니하고 중신에미하고
쏙닥이는 것 엿듣고 나와

엄니 나 죽는 꼴 보려고 그려?
옥정골 양반
어서 넘어가시오
찬물 한 바가지 먹고 속 차리라고 가서 전하시오
내가 또 시집가면
개딸이여 돼지딸이여
우리 아버지 딸 아니여

눈물 그렁
슬픔과 노여움 하나 되어
그런 길모 누나 주근깨란 주근깨 다 살아나
얼굴 가득히 진하고 연하다

피말

백년초 많은 월봉리를
피말이라고 부르지
피마을이라고

저 멀리 임진왜란
그 험악한 때
죽어가는 아버지에게
허벅지살 베어 먹인 아들 있었다지
그 이래
또 아버지 병구완하다가
살 도려내고
피 받아
그 피 입에 넣어드렸다지

이런 일이 한두 번이 아니어서
월봉리를
유식하게는 효자말이라 혈리라 하고
무식하게는
피말
피마을이라 그러지

그런데 섭섭한 건
아버지한테는 으레 그런 피 효도 지극한데
어머니한테는 없지

아무리 어머니 위독해도
피 바치는 아들 없지

피말 강경모 어머니 피 한방울 못 먹고 죽어가는데
시집간 딸이 달려와
부엌칼로 손가락 잘라
피 내어
피 반 종지 입에 넣어드렸다
그러고 나서
숨 끊어지자
아이고 어머니 어머니 울부짖는데
그 뒤 이어
아들들 덩달아 아이고 아이고 아이고

그런 뒤 그 피말 예배당 선 이래
피 효자 나오는 일 없게 되었지
그저 아멘이면 되었지

여름에는 백년초
겨울에는 붉은 감 서너 개씩 달린 감나무
까치밥나무 여기저기서 칼바람 견디어내지
아이들 언 논에서
배고픈 줄도 모르고 썰매 타지
썰매 만들어주는 아버지가 이 세상에서 제일이지

남궁억

일제 식민지시대
무궁화나 심고
무궁화 노래나 지어 부르게 하다

조선 마지막 어중간한 문신이라
통역도 하고 원도 살다
국장도 하고
사절 노릇도 하다

소위 전환 국면이라
독립협회도 들어가고
황성신문도 펴내다
야학 교원도 하고
교장 노릇도 하다

그러나 딱 한 가지
총 들고 나선 적 없다
그 이래 이 땅은 총 들어도 역적이고
총 안 들어도 역적이다
어허 무궁화 화단으로는
무궁화 화단으로는
그 무엇이랴

장끼 울음소리 미안스러이 들려올 따름!

새터 고만종이

나이 예순 넘으면
그놈의 입 쉴 때도 있어야겠는데
치렁치렁 세살 버릇
여든까지 가고 마는가
그저 작은며느리 것
큰손자 것까지
다 갖다 먹어대는 고만종 어르신
그렇다고 일손 놀린 적 있나
그저 춘풍에 돛단배인가 서생원인가
여기저기 먹을 것
입정 놀릴 것
그런 것만 찾아다닌다

그런 것 떨어지면
바쁜 큰며느리더러
두루마기 다려달라고 해서
그것 입고
흠
서수면 딸네 집으로 간다
거기 가서 입 놀리려고

딸네 집 마을 아이들은
그 어르신더러 토끼할애비라 한다
늘 입 놀리는 토끼하고 비긴다고

덕배 아재

평생 재수 옴 올라
도둑질 네 번 다 들켜
네 번 징역 살다 나와서
한동안 마음잡았다가

아무리 도둑질에서 헤어나지 못해도
제 동네만은 피하고
딴 데 가서
십리 이상 딴 데 가서 도둑질했는데
이제는 그 도둑질도
아주 단단히 그만두었는데

아냐
이제는
이제는 형무소에서 사귄 도씨끼리 짜고
제 동네 재권이네 집
상복이네 집 털기로 작정하여
지도 그려주고
때를 노려주고
그런 날 덕배 자신은
군산 가서 놀다가
백두개고개 선술집에 있다가
도씨들 도둑질해온 것 나눈다

그러다가 장물아비와 만나는 대목에서
또 찰칵 수갑 채워져
이번에는
전과 5범이라
징역 2년 6개월 꼬박 언도받아
먼 데 형무소로 떠나갔다

징역 살고 나와
아쭈 큰 도나 닦은 듯이
동네 산등성이나
방죽 물가에
아주 근사하게시리 거닐며
금방 주름지는 잔물결도 바라보는 척한다

어느날이나 면도는 꼭 거르지 않아
그 파르스름한 턱 아까워라
그런 덕배 아재더러
누가 묻기를
자네는 왜 남의 것 훔치는가 하면
내가 언제 훔쳐요
그저 이 세상에 있는 것
좀 헤프게 써먹었지요

그래서여라

아무리 큰 도둑질 했어도
늘 호주머니에는
1전짜리
5전짜리 소리뿐이다

이 세상이여
거지 있고
도둑 있음이여
그리하여 성현 있음이여

길선생

길진식 선생
미룡국민학교 4학년 담임선생
딱 1학기 있다가
섬으로 떠난 선생
선유도
선유국민학교로 떠난 선생
애꾸눈이어서 그런지
늘 검은 안경 쓰고 있는데
자세히 보면
그 색안경 속의 왼쪽 눈은 빛나는데
한쪽 눈은 잠들어
불 꺼져 있다
그 눈 얼마나 멀고 멀었던지

저 만주벌판 지나면 고비사막 있고
저 지중해 남쪽에는 사하라사막
지리시간
세계지도 여기저기 바라보며
한쪽 눈은 잠들어

황소

우리 동네 유태 봉태네 황소
소달구지에
짐 잔뜩 넘어지게 싣고 가며
점잖은 집 앞길
거기라고 무슨 놈의 예의 바르겠나
그저 똥 싸고 싶으면
절푸덕절푸덕
꼬리 들어 똥 싸며 짐 끌고 간다
그런 황소하고
늘 함께 사는 머슴 조막손이
섬누룩술에 취하여
얼떨떨떨
어이 좀 쉬어가자
하고
소 멈춰놓고
아기씨 있건
아낙 있건
어른 있건 말건
길가 풀섶에 오줌발 쏘아댄다
공중에서
곧 떠날 제비 바람 난다
아유 푸르기는 사람 잡아먹게 푸른 하늘이었다

남순이

새말 남순이
줄넘기 백번 2백번
아이들 다 모인다
어른들 다 모인다
위뜸 안뜸 아래뜸 다 모인다
새도 풀도 다 모인다
눈뜨고 넘다가
눈감고 넘다가
줄넘기 백번 2백번
아니 2백50번

저년 죽어!
저년 죽어!

가시내

아비도
이 가시내야
어미도 가시내야
동네 남정네 지나가다
이 가시내야

언제 자주고름 저고리 입어봤더냐
사시사철 살아도
누덕치마
바람 불어
나부낄 데 없다

서리맞은 호박넌출 걷다가
먼 데 바라보아야
저 구름 헌 솜뭉치조차
가시내야

황길자 그 이름 어디다 놓아두고
가시내야
가시내야
이 가시내야
해도
그 욕감태기 꼴까닥 삼켜 신선이었다

고근상

개사 3리 고근상
누구 쳐다볼 때
하늘 볼 때
얕지게도 언제나 한쪽 눈은 딴 데 본다
누구하고 말할 때
어둑발 저 혼자 구시렁거릴 때
거품침 물고
본전도 못 추리는 입 놀리며 딴 데 본다
그런 사팔뜨기 고근상인데
지랄지랄 오기 하나 들어 있어
누구 말도
도깨비 말도 듣지 않는다
비 오는 날
제 어머니가
도롱이 쓰고 가라 하면
무슨 곰 잡는 소리여
비 좀 맞으면 금방 죽나
하고
그냥 비 철철 맞고
베잠방이
베등거리에
살 들러붙은 채
먼 데 논에 간다
저 혼자 한마디 없을쏘냐

물꼬 언저리에 삽 박고
논 더러운 것 논두렁만 높고
인간 못된 것 촌수만 높다더니

어디 눈뿐인가
다리 하나도 보일 듯
보이지 않을 듯 슬쩍 절어 멋지다
그러다가도
미운 영감탕구 김재권 영감 마주치면
인사는 고사하고
역부러 기우뚱기우뚱 절어댄다
고얀 것 같으니라고
하는 소리 등 뒤로 들으면서

동네 위아래 없이
모두가 그에게는 욕먹어 싼 것들이다
아나 쉰밥에
죽은 개고기 잡수어라
죽은 지 사흘 되는 돼지고기 잡수어라

홍복근 원장

군산 구암리 영국병원 물려받아
일본하고 전쟁 나자
영국 선교사 의사 다 떠난 뒤
그 병원 명산동으로 옮겨다가
구암병원 주인 된 홍복근 원장

훤한 달밤 대머리에 늘 웃음 피어나
병실 회진할 때
좀 어떠신가요
차도가 있으신가요
하고
몇년 걸린 중병환자더러도
이제 얼마 있으면
펄펄 날아다닐 것이오
하고
누운 환자들한테 하나하나 힘 넣는다

혼자 원장실 겸 외과과장실에서
담배 한 대 피울 때
파르스름한 담배연기 보고도
빙그레 웃어준다
그런 한동안 지나
복도에서 신음소리와 함께
다친 응급환자 들어와도

어서 오시오
어서 오시오
하고 마음 커다랗게 맞아들인다

그 병원에서 낳은 아기
구암쇠야
구암쇠야
하고 안경 속 눈웃음에 봄눈 녹아버린다
아마도 잠잘 때도
웃으며 잠잘 사람
그 사람이 홍복근 원장이다
아마도 꿈꿀 때도

째보선창 갑술이

그렇지
째보선창 갑술이 모르면
그 갯냄새 몰고 다니는 갑술이 모르면
군산사람 아니지
군산손님 아니지
언제나
째보선창에서
제5부두
제3부두
제1부두 지나
도선장까지 해망동까지
갯바람 속에서
죽지 않고 살아서 절뚝거리는 갑술이
금강 하류
물새 아비인가
물새더러 야 자 불러대고
사람이 길 물으면
어김없이 딴 길 일러주고
혼자 낄낄거리는 갑술이
누구한테 한대 철버덕 얻어맞고도
낄낄 웃어대는 갑술이
선창가 가게 주인
간밤 술타령으로 깜박 조는데
그런 때 놓칠세라

슬쩍 궂은 손짓 하다가 들켜버려
빗자루 막대기로 실컷 얻어맞고 나서도
낄낄 웃어대는 갑술이
빡빡머리에 큰 도장밥 나서
나이 쉰살 처먹고도
그냥 열대여섯살 그대로인가
이어온 조상 없고
이어나갈 자손 없는 갑술이
하늘에서 뚝 떨어진 갑술이
경인년 홍수 나서
불 지나간 데는 자취 있어도
물 지나간 데는 자취 없는데
그런 큰물 진 뒤의 해망동거리
단 한 사람 낄낄거리는 사람 갑술이
가재도구 다 떠내려보낸 사람들
집 무너진 사람들
가슴 쥐어뜯으며 울부짖는데
단 한 사람 낄낄 웃어대는 갑술이
오 그대 해동공자인가
공자의 사촌
천치백치인가
낄낄거리는 갑술이 째보선창 갑술이

신라 헌강왕

사치와 향락 넘쳐흘러 철철철 넘쳐흘렀나니
신라 하대
그로부터
이 땅의 사치 끝 간 데 모르고 이어져왔음이여
그로부터 향락으로 밤낮을 보내어왔음이여
이미 서아시아 회교 물자
동남아시아 물자 흥청거려 깔고 덮고 입었으니
어찌 그뿐이랴
왕이 좌우 거느리고
월상루 다락에 올라 내려다보니
서라벌 저자와 거리 노랫소리 가득 찼다
기와로 지붕 이고
장작불 천한즉
숯으로 밥 지어 먹는다는데
과연 그러하냐고 물으니
신하 민공이 여쭈오되
신 또한 일찍 그렇게 들었나이다
이는 다 성덕의 소치이나이다
아쭈 왕이 기뻐하여
이는 경들의 공이지
어찌 짐의 덕이겠는가
하고 나불댔나니

호화주택 35금입택이라

사철 유택 봄 여름 가을 겨울 별장에다가
각자 노비 3천여라
이런 판인데
그러하매 낭혜 같은 지사 있어
왕의 만류 뿌리치고 훌훌 떠나버렸다

그놈의 승통 계급
육두품 계급
진골 성골 개 계급
이 귀족 권세 이렇게 썩어 기울자
거기에 후삼국 일어났나니
두엄자리에 풀 나지 않겠는가
후삼국!
그 난세 후삼국!
거기에 백성의 고통 백성의 뜻 솟아 하늘을 이룩함이여

방화

겨울이 오면
밭두렁에도
논두렁에도
물 얼어붙은 냇둑에도
불 놓는 덕수

대보름 쥐불도
맨 먼저 나가 놓는 덕수

관여산 바깥들 도깨비불이야
알고 보면 다 덕수가 놓는 도깨비불이지

어느 해
그 불버릇 지나쳐서
낮에 핀잔 준 재면이 영감네 집
그 집 바깥채 잿간하고
헛간 불 놓아버렸지
불이야
불이야
불이야

다행이지
몸채에 불 놓지 않은 것 하나
그래도

그게 덕수의 인륜이지
암

반벙어리 덕수의 패륜이지 암

묵은장 상거지

식민지시대
땅 없는 자
제 고향 떠나
떠돌이 막일꾼 되어가는데
그런 것도 못되는 군산 묵은장 상거지
성도 이름도 없어
야 거지야 거지야 상거지야
하면
그래도 나이 찼다고
왜 그래
떡 줄래? 술 줄래? 한다
아나
하고 쑥떡 먹이면
나도 먹으니
너도 먹어
하고
서너 번 쑥떡 먹여댄다

장 파한 뒤
빈터 아무데서나
술 얻어먹고 잠자고
잠자다가 깨어나고
파리깨나 달라붙어도 쫓지 않는다
파리하고나 천정배필

그런 중에도 도둑질은 전혀 모른다
아낙 앞에서도
오줌 싸는 것밖에는
누렁코 푸짐하게 풀어대는 것밖에는

그렇고말고
장터 과부들 눈요기로야
상거지 불알 있어
침 넘어가며 한마디 나와야 한다

하늘도 무정하시지 어찌 저기 달려
흰구름도 모르고 비도 모르고

군산 제일 부자

군산 제일 부자는
해망동 썩은 생선 팔아서 부자 되고
군산 제이 부자는
일제 미두상 심부름꾼으로 부자 되고
군산 제삼 부자는
제 손톱 깎은 것도 내버리지 않는 구두쇠라
열 푼 들어가
반 푼 나오지 않는다

그중에서 그래도 좀 낫다는 게
제일 부자라
명절날에나
제 환갑날
이웃집에 떡 한 접시 돌린다

그 이름 여기 밝혀
길이 덕망을 송할진저
난쟁이 김만섭이라
안경테 실로 묶어 쓴 김만섭이라

일중선 열다섯 척
논 천석
외아들은 앉은뱅이라

우정숙

군산도립병원에서는 도리어 뱃고동소리가 멀리 들린다
그 병원 간호원 우정숙
안개 잦은 나날
해방 뒤 좌익 학생 강태수 애인 우정숙
단정 반대 앞장섰다가 다친 강태수
몰래 병원 다니다가 붙잡혀 감옥으로 갔는데
그 강태수와 눈맞은 우정숙
간호원 노릇도 쫓겨난 채
강태수 뒷바라지 옥바라지 나섰는데
떡장수도 하고
참기름장수도 하고
옥바라지 나섰는데
몇달이 지나자
배가 불러

그 배 어루만지며 뜨거운 눈물 흘리는 밤
찬비 내리는 밤

태수씨! 당신 씨 들었어요
하고 눈물 씻고
눈 크게 뜨는 밤
겉으로 나약한데
속에서는 송곳 같은 장도리 같은 매서운 힘 들어 있어
강태수 잡아간 사찰계 형사 김두열이 만나면

어금니 뿌드득 갈며
네놈이 태수씨는 잡아갔어도
태수씨 자식은 못 잡아간다
아니 아니
마음에 독 품지 말아야지
그래야 우리 아기 훌륭해지지
저 북두칠성만치나

나무꾼 시인 정봉

조선 숙종 연간이라
음담패설이 장시조로 읊어지고
판소리 구성지게 쏟아질 때라
천하 상것들도
시서화 삼절이라

어찌 나무꾼으로만 살아갈 수 있나요
현 관아에
배고파 쌀 빌리러 갔다가
천속이라
쌀 명부에 들어 있지 않아서
빈손으로 돌아가는데

시 한 수

산새는 나무꾼의 성품 알지 못하고
명부에는 애시당초 들사람 이름이 없네
곳간에 쌓인 곡식 한 톨도 얻지 못하니
다락 밑에 기대어 저녁연기 바라볼 따름이네

그래도 이런 사람에게는 시 한 수 있지
그냥 발길 돌아가는 주린 배 백성
어디에 시 있고 글자 있는가
어디에 말 있고 노래 있는가

그저 사흘 굶어 꺼진 눈 떴는지 감았는지
어둔 길 돌아가다가 쓰러져
찬이슬 맞아야지

나무꾼 시인 정봉
그대 시인일진대 해야 할 것
눈물의 사람이로다
진노의 사람이로다
이윽고 궐기의 사람이로다
와아

함신호

국방경비대 12연대장 함준호의 막냇동생
교련 교관 함건호의 동생
함신호
여드름 빼곡하고
늘 모자 삐딱하게 쓴
군산공립중학교 학생회장 함신호
열중쉬엇
차렷 할 때
그 소리 차리어엇 소리
저 건너 월명산 화장터까지 울려가는 소리

그러나 아침 조회 때
열중쉬엇
차리어엇 하고
저녁에는 여중 여상 번갈아가며
연애에만 빠졌으니 중국집 2층 뻬갈에만 빠졌으니

좌익 학생들 외치기를
야 이 반동놈의 새끼야
네놈은
연애나 걸어라
네놈의 형놈은
여수 순천 인민이나 쏴죽이고

서재열

1948년 남조선 단독정부 결사반대 선언할 때
그 단정 반대 동맹휴학 선언할 때
군산중학교 1학년부터 6학년 전교생
조회 직전 정렬한 뒤
교감 최혁인보다 먼저 뛰쳐나온
서재열
혜성처럼 뛰쳐나와
강단 위 몇마디 웅변으로
삽시간에 전교생 뜨겁게 달구어져
가슴 치밀어
한덩어리 되어 해산해 흩어져버릴 때
아무리 우익 학생들 공갈해도
그런 것쯤 지푸라기로 밀어내고 흩어질 때

어느새 빈 운동장에 남는 것은
고무신짝 아니면
헌 운동화 한짝 한짝
남조선 단독정부 결사반대!
남조선 단독정부 결사반대!
통일 아닌 단정 결사반대!
이승만 결사반대!

별명이 작은 여운형이었지
그 서재열

중학교 5학년에 벌써 혁명가 서재열
항상 교복 다섯 단추
맨 윗단추 끌러놓은 서재열
눈썹과 눈 함께 빛나던
그 서재열
끝내 월북했다 6·25 때 내려왔다
다시 사라지고 말았다
지리산으로 갔는지
북으로 갔는지
북으로 가다가 죽었는지
북으로 가서 죽었는지

이 강산 그가 없어도 민둥산 버젓하다

군산 건달

홍남동 언덕배기 초가삼간 임두빈이
얼굴에 낫으로 그어댄 흉터 하나 번득이는데
아무데도 야무진 데 없으면서
아무 실속도 없으면서
주먹 하나 변변치 못한 주제에
다만 그 낯짝 흉터 하나로 으스대고 다니는
군산 건달 임두빈이
누구 청 들어
공갈 협박도 하고
못 받는 빚도 받아내고
거기서 사례 받아
이발소에 가서 밀린 외상 갚고
리젠트 머리에 찌꼬깨나 처바르고
번들

하얀 바지
하얀 구두
팔마재 홍남동에서
군산역전 휘파람 불며 지나
묵은장 지나
영동파출소 경관 가라사대
네놈은 아직 안 뒈지고 살아 있구나 하면
예 이렇게 안 죽고 살아 있구만이라우 하고
군산경찰서 앞에서

개복동 술집거리로 건너가

아침나절부터 한잔 한잔 한잔
술집을 도는데
저녁때는 멀리
해망동 밀줏집에 처박혀
고래고래
못 잊을 내 사랑아
못 잊을 내 사랑아

작은 눈 그나마
노래할 때는 숫제 눈이 없지
눈썹만 꿈틀거릴 뿐
흉터만 번득일 뿐
못 잊을 내 사랑아

아버지 제삿날도 까먹고
니나노로 제사 지내는 임두빈이
구죽죽이 궂은비 오는 군산 바닥
항구에 배 없이 적막한데
이 건달 있어
그나마 심심하고도 남지
못 잊을 사랑아

임두빈이 마누라

서방 나가면 바로 욕질이라
뒈질 인간
탁 꺼꾸러져 뒈질 인간
상추에 모래쌈 싸먹고 뒈질 인간

어찌 서방 욕으로 직성이 풀리리오
어린것 하나 있는 것 마구 쥐어박으며
어서 너도 뒈져라
네 아비 빼다박은
네놈도 칵 뒈져버려라

그러는 임두빈이 마누라
어느덧 서방 닮아가는지
이웃집 아낙 머리끄덩이 잡기 일쑤이고
광주리장수 막아서서
마수걸이 떨이로 놓고 가라고
으름장 놓기 일쑤이고

이렇게 막사는 사람 가운데는
으레 코찡찡이 애꾸 아니면 반벙어리
그렇지 임두빈이네 옆 옆집 반벙어리 아낙 나와
광주리장수 편들어 따져도
그 따지는 소리가 반벙어리 소리라
이 세상의 어느 나비인들 하늘하늘 알아들으리오

양길

신라 하대 육두품 귀족들 영화에 취했는데
사두품 오두품 따위도 못되는
그냥 농투산이 상민들이야
다 앗기고 굶주렸다
다스린다는 것은 빼앗고 억누르는 것이다
다스린다는 것은
결단코 바로잡는다는 것이 아니다

그런 시절 상것 농투산이도 지렁이 굼벵이도
죽어가면서
죽어가면서
이윽고 뭉쳐 궐기했다

그 가운데 북원땅
치악산 들녘 농사꾼 양길의 농민군이 으뜸
그 양길 장수
수염 길었으나
권세 자랑하기 위해서가 아니라
터럭 만질 틈 없이
이리 뛰고 저리 뛰기에
수염이 여섯 자나 되고 말았다
그러다가 거추장스러운 어느날
부싯돌 댕겨
그 수염 다 태워버렸다

과연 양길 대장이오
과연 양길 두령이오
과연 양길 장수 천하장수로다

그 농민군 가운데
궁예라는 사람 있어
처음에는 양길을 미륵불 화신으로 섬기다가
다음에는 그 자신을 미륵불 삼아
후삼국 난세 떨치다가 잦아들었다

본디 양길이야 농사꾼이라
하다못해 촌장 출신도 아닌 터라
서라벌 중앙 귀족과
각 고을 호족 두목 두 가지를 아울러
나라의 벌레라 하여
칼을 쑹 뽑아 햇빛에 칼날 빛났다
방금 구름 속에서 나온 햇빛에
그러자 쿠르르르
양길 장수의 검은 말 앞발 치켜들었다

굴뚝 동티

불 안 들인다고
북쪽으로 낸 굴뚝 동쪽으로 냈다가
굴뚝 동티 맞아
죽은 사람
잿정지 박달호
초상 치른 며칠 뒤
그 박달호 마누라
아이고 허망한 영감 같으니라고
아무리 백성 목숨 파리목숨이라지만
굴뚝 연기하고
목숨 바꾼 영감 같으니라고
하며
얼굴 아궁이불에 익어 붉은 마누라

추운 날
뜨뜻한 방고래 아랫목에 누운 마누라
아이고 무정한 영감 같으니라고
나 혼자 이렇게 자빠져 자라고 죽은 영감 같으니라고

눈에 눈물 없으나
그 마누라 메기입 슬픔 차오른 밤
문풍지 우는 밤

임두빈이 어머니

사람이라기보다
오백년 묵은 나무 아랫둥치 같은
임두빈이 어머니
자식과는 영 달라

종일 입에 말 한마디 달지 않는다
편지봉투
하드롱봉투 풀 붙여 접는 일 한다

먼 데 옥산면 들 푸른 보리밭 바라본다
안경 없으니
보리밭인지 뭣인지
그냥 푸르뎅뎅한데
오로지 코에 스미는 들냄새라
또 보리 팰 무렵이그만
옆집 뜨물냄새도 나니 깊이 시장하여라

이제과점

넓은 대머리에 달 떴다
군산시청 앞 이제과점
그 주인 이흥택 영감 환갑잔치 유난했다
환갑잔칫상 차려냈는데
그게 다 이제과점 생과자 빵 과자 등속이었다
과일이고 생선이고 떡이고 과줄이고 뭣이고
다 그만두고
제과점 종업원들이 짜고
이제과점 과자 등속으로 차려냈다
예수 믿는 영감이라
술잔 어림없이
오는 손님 과자하고 홍차하고 냈다

환갑 기념사진
자아 여기 보세요
자아 고개를 좀 이쪽으로
자아 여기 보세요
짤칵! 탕!
일시에 천지운행이 멈췄다
40년 동안 과자 만든 이제과점 이영감
제 자식 삼형제 대학 나와
여기저기 다니지만
제 자식보다 종업원하고 더 좋아지내는 영감
군산시청 앞 이제과점

객지 바람 한번 쐬어본 적 없이
6·25 때는 과자 만들어 인민군 주고
수복 후에는 경찰 주고
오직 안식교회 거기만
일주일에 한 번 다녀오고는
아이고 거리도 저자도 다 담쌓아 등돌리고
빵 만들고 과자 만드는 일만이 그의 일이라
허리 꼿꼿하고
예순살 살결 고와라
맑은 눈동자에
웃음도 울음도 머물지 않고
겨드랑에 털도 나지 않고
게다가 한 가지 더! 인색하여라

윤명자

1950년 3월
벚꽃 자오록이 피어난 봄날
월명동 골짜기
군산여중 5학년 윤명자
육체파 윤명자
앞가슴이 너무 부풀어
걸음 걸을 때마다 가슴 훙클훙클 흔들리며
학교 가는 윤명자
학교 파하고 돌아가는 윤명자
아찔하다
금방 교복 터져버릴 듯하다
터져버리면 어떡해

윤명자 아버지 윤형구 씨 버럭 화내기를
이년아
너는 누구 내림으로
그 모양이냐 아이고 상스럽기는

눈썹 반달눈썹이고
눈동자 머루눈동자라
입조심하여
그냥 공부만 하는 줄 알았는데
부뚜막에 오른 고양이인가
기어이 가슴값 하느라고

집 나가
솜리인가 전주가 도망쳐서
군산여중 체조선생 최봉식이하고
살림 차렸다 한다

보고리 닳고
애통 터지고
섭섭한 것은
월명동 골짜기 사내들이다
늙은 사내건
젊은 놈이건
눈요깃감 허망하게 사라졌으니

팔척 남매

조선 명종조
한강 삼개나루에
팔척 장신의 짐꾼 있었것다
등짐 서른 말 지고
다람쥐 노릇으로 내달린 짐꾼 있었것다

어디 그뿐이리오
그 짐꾼 누이동생도
팔척 장신이다
등짐 서른 말 지고
오랍동생 내달릴 적
삼개나루 구경꾼 탄복을 거듭한다

그러나 그런 낭자라
나이 차도
어디에 신랑감 있으리오
끝내는
섣달 그믐밤
오랍동생 한탄해 마지않은 뒤
애야 차라리
너하고 살자 하자
오라버니 차라리
그래요 했다

그리하여 팔척 오누이는 가시버시 되어버렸다
찬물 한 그릇 떠놓고
그날밤부터 가시버시 되어버렸다

그러나 세상이야 더딘 법이매
그들이 짝지은 일을
3년 뒤에나 알았으니
3년 뒤
팔척 계집의 몸에
씨 들어 자라나는 것으로 알았으니

어찌 야반도주 않을쏜가
강원도 울음산 웃음산 넘고 넘었다

한하운!

1940년대 다 저물어
중학교 2학년 때
저문 길 어둑어둑한 길
십릿길 학교에서 돌아오는데
터벅터벅
미제 네거리 다 들어올 무렵
어둔 길 한복판
눈에 번쩍 뭣이 있었다 빛이었다
가슴 철렁
가슴 설레어 주워들었다
책이었다
시집이었다
한하운 시집이었다

가도 가도 황톳길…

집에 가서
밤새도록 읽고 또 읽었다
조영암이라는 사람의
뒷글도 서너 번이나 읽었다
최영해라는 사람의 뒷글도 읽었다

그날 이후 나는 한하운이었다
그날 이후 나는 문둥이로 떠돌았다

그날 이후 나에게는 온 세상이 황톳길이었다
그날 이후 나는 시인이었다 서러운 눈썹 없는 서러운 시인이었다

김진숙

미면사무소 서무계 임시고원 김진숙

군산에서 아침 출근길
산등성이 넘어오는 김진숙
글씨 또박또박
주판 쪼르르 잘 놓는 김진숙
커다란 눈
깎아다 맞춰 박은 코
그 입술 도톰히 봄바람 이는데
그 달덩어리 얼굴
남치맛자락 나부끼는데
초록저고리 옷고름 날리는데
그러나 누가 말 붙이면
차디차기가
오싹 귀신 나온다

그렇다 그 숱한 남정네 가운데서
차디찬 얼음귀신 되어야
산북리 나운리 대밭 바람 아무 일 없다

서너 달 근무하다
군산시청으로 옮긴 김진숙
거기도
한 해 다니다가

어디로 간 김진숙

어디 가기는 어디! 시집갔지

라꿈빠르씨따

군산중학교 취주악대장 이길혁이
항상 교복 윗단추 두 개는 끌러두는 이길혁이
라꿈빠르씨따를 잘 불러
별명이 라꿈빠르씨따
때론 진실이 모자라고 과장이 넘쳐
누가 모르랴
처음 만난 여학생도 대번에 알아차리고 떠난다
늘 사랑은 짝사랑이요
늘 사랑했다는 말
여자 많다는 말 거짓말이라

그래도 지휘단에 올라서면
지휘봉 들면
그 무아지경에 온몸 푸르러
온몸 푸르러

어느 나팔 어긋날 때
발 굴러 탕탕탕
너 말이야 도대체 정신 있어 없어?
이렇게 해서야 무슨 음악인가 말이야
너 말이야
이 썩은 도다리 같은 놈의 새끼야
그렇게 욕하고 나서야 지휘봉 신명난다
취주악 큰 나팔 작은 나팔 신명난다

이휜

앉아 있음이 어디 부처뿐이리오

바로 라꿈빠르씨따의 동생 이휜
매독 걸리고
그것을 훈장 삼아
나 매독이야
나 니체 매독 3기야
그것을 훈장으로 자랑하는 이휜
제3의 인간 그렸다는
희곡 원고 1백50장 들고 다니며
자랑하는 이휜
이제 밤으로의 긴 여로 저리 가거라
이것이야
이것이야

울긋불긋 여드름자국으로
얼굴이 만들어진 이휜
남의 호주머니 뒤지면 돈 나온다
보스톤다방 지하다방
모닝커피에 들어 있는 달걀 노른자위만 건져먹고
그 커피 그대로 두고
하루 내내 끄떡없이 앉아 있는 이휜
끝내 다방 주인한테 쫓겨나는 이휜
그 어디에 노여움 있나

그 어디에 슬픔 있나
히히히 웃으며
다음 다방 기웃거리는 이훤

돛대봉

이 땅의 풍수지리 형국에
배 떠나가는 형국 있어
산도 돛대도 보여
돛대산 돛대봉이라
원 별 개코 같은 형국도 있어

나무도 돛대나무
바위도 돛대바위
일부러 세워놓은 당간도 돛대당간
솟대 세워
나무오리 앉힌 돛대솟대
아니더라
그냥 기둥 하나도 돛대기둥 아니던가

물화 가득 싣고 어디론가 떠나가는 배 격이면
그 아니 부자인가
그러기로
그 형국의 마을에는
아무도 우물을 못 파니

선은리 가면
선은리 앞산이 바로 돛대봉이지
우물 없는 마을
물 길러

오릿길 십릿길 딴 우물에 가는 마을

그곳에 고조 때
증조의 아버지 고조의 딸
명주실이라는 시악시 있어
명주실로 발 묶어 물 길러 보내면
팽팽한 명주실 튕겨
영롱한 소리 난다
제가 무슨 거문고라고
영롱한 소리 난다
그 소리가
바로 명주실 사모하는 총각 김방울의 소리라
가근방 사람은 물론이거니와
새와 짐승 지푸라기마저 모여들어
그 소리에 귀기울이니

선은리 물 길러 다니는 그 생고생이 명창 명곡을 낳느니라
사랑은 소리를 낳느니라
아무리 숨겨도
사랑은 소리를 낳느니라
미움이 하늘을 삼키는 때에도
사랑은 소리를 낳느니라
귀 청청
이 세상의 귀 다 열리는 소리를 낳느니라

전대석

옥정골 너머 전대석이는
여름 내내
베적삼 모시적삼 아끼느라
속적삼 아끼느라
숫제 웃통 벗고 다닌다
내외야 지나가는 아낙네가 고개 돌리면 된다
동네 어른 타이르기를
여보게 대석이 제발 무엇 걸치고 다니소
대답하기를
예? 예 제 살이 옷이어라오
이렇게 살아야
겨우내 감기 안 걸려라오

저뿐 아니라
제 새끼한테도 벌거숭이로 살게 하며
이렇게 살아야
약값 안 들어 주사값 안 들어

난순이

열여섯살 난순이 집 안에만 엄히 있다가
저녁때 나와
세상이 남부끄러운데
옴마! 미나리꽃 좀 보아
그 말 한마디 힘찼다
거기만은 아무 부끄러움 없이

하얀 미나리꽃 흐드러져 으스스할 때

나운리 싸낙배기

나운리 나운국민학교 앞
학용품가게 옆 오막살이
여기 오막살이 싸낙배기 시악시
뒷간에 가 주저앉아
똥 한 시간 넘게 싸는 동안에도
괜히 미운 사람 떠올려
버럭버럭 욕 퍼부어대며 시간 가는 줄 모르는 시악시

저것이 어찌 시악시인가
인두겁 쓰고 나온 아수라 딸년이지
네살 때부터
다섯살 때부터
성깔 부리더니
나이 열살 넘어서는
동네 어른이고 뭣이고 당해내지 못한다
진작 아비 세상 떠나
아비 없는 마당에서
꽁지 긴 닭
싸움닭처럼 자라나서
먹을 것 없으면
꼬꼬대 꼬꼬대 소리 듣고
남의 집 달걀 낳은 것 집어오고
남의 집 고구마 캐어다 먹고
낮에는 짝 벌리고 자고

자고 나 기운 좋을 때
저녁때
누구하고 싸움 걸어 소리지른다

아무데도 싸움 걸 데 없을 때는
하늘에 대고
오사할 놈의 하늘 좀 보아
저렇게 시뻘건 노을이니
언제 비 올 생각 하겠어
오사할 놈의 하늘 같으니라고

마을 남정네들까지 나서서
아서
다 욕해도
하늘에 욕하는 법 없어
하면
아니 윤달이 아저씨는
땅에는 욕하고
하늘에는 욕하지 말라는 법 있어요
오사할 놈의 하늘 같으니라고

윤달이 중늙은이 혼잣말
아이고 저것도 계집년이라고 치마는 두르고
머리는 따 댕기 드리었그만그려

계모

이 땅의 계모설화에 좋은 계모 없어라

나운리 김기태 선생네 대궐 같은 집
그 집 뒤
싱겁짭짤하게 사는 집
그 집 호권이 계모 발산댁
제 자식 호일이한테는 헌옷 입혀도
호권이한테는 설빔 입혀 호사스럽다
그러나 정작 먹는 일이야
호권이는 늘 배고프고
호일이는 찰밥 먹여 인물이 잘났다

장차 호권이 자라서
이번에는 거꾸로 계모가 당하는 판이라
아버지 들에 나간 뒤
빨래 널고 한잠 자는데
그 계모 배 위에 다듬잇돌 올려놓고 달아났다
방 안 가득 비명 차도
울타리 밖의 호권이
대추나무에 걸려 다 해진
작년 재작년의 낡은 연 너덜너덜 바라볼 뿐이다
그 호권이 장가보내어 제금난 일년 뒤
마음놓은 계모
그만 마음놓은 게

너무 놓아
한 사흘 누워 지내다가 눈감아버렸다

조부희

그 시악시 지나가면
아이고 깨물어먹고 싶어라
하고 아낙네들이 먼저 환장한다
남정네보다
아낙네들이 눈 떼지 못하고 그 뒷모습까지
하염없이 뒤따라간다

미제 용둔 원당 신촌 관여산 개사리
아니 산북리까지
불이농촌 자리 문창국민학교 들판까지
옥구면 선제리 어은리 옥봉리까지
아 옥봉저수지 그 드넓은 물
으스스 물결 자는 데까지
다 돌아다녀보아도
어디에 이만한 시악시 있더뇨
불가사의로다 불가사의로다
신촌 조부희
그 싸락눈 쌀쌀맞은 초겨울 아리따움
시틋치 말라 그 시악시 치마도 치마인지라
찬바람에 인조치마 찰싹 붙어
그 아리따운 몸매 숨을 수 없어라
그런 아리따움에 공부도 잘하여서
인공 때
여맹 간부였다가

수복 후
어찌어찌 몸 상해버리고

그 아리따움 일거에 망해버리고
죽음보다도 못하게시리
죽음보다도 못하게시리

썩을 년 임피댁

임피서 시집온 지 30년 지나
열다섯살에 족두리 썼으니
눈앞에 쉰살 두고 있거니와
나운리
토탄 나오는 논기슭
그 몇가호 마을
그 누구도
임피댁 욕먹지 않은 사람 있을까보냐
그런지라 이 임피댁더러
아이 어른 할 것 없이
그 욕 되받아쳐
썩을 년 썩을 년 욕 받아먹어 배부르네그려

두꺼운 입술
맑은 날 햇빛 아래에서도
그냥 시퍼렇기만 해서
저 썩을 년 서방 잡아먹고
새끼도 하나 잡아먹더니
또 누구 잡아먹으려고
저리 입술에 독 올랐네그려
썩을 년 썩을 년 욕먹어
그로써 당차게 남정네 일까지 다 하네그려

듣자하니 시집오기 전

어릴 때부터도
머리 땋아
어리광부릴 때부터
늘 욕먹을 짓만 골라 하다가
친정 욕 실컷 먹다가
시집와서도
그놈의 욕하고는 영 헤어지지 못하네그려
욕하기나
욕먹기나

그러니 누가 그 집으로 품앗이 가겠는가
그저 호락질로 사나흘 밭매면서
괜스레 화내어
종달이 에미 그년 뒈져라
망호 여편네 뒈져라
한가 그놈 한병돈이 여편네 뒈져라
칵 뒈져라
내가 가래침 뱉고 염해주마
이런 욕 해대며 우거진 비름 바랭이 맨다
까마중 뽑아 검은 열매 다 따먹어가며

그런 때 문득 여우비 온다
말짱하게 해 뜬 날
여우비 온다

이런 대낮에
무슨 오사육시를 할 놈의 비는 비여
하고 비더러도 욕하네그려
그렇건만 욕하는 것보다는
욕 얻어먹는 쪽이 훨씬 많아서인지
몸뻬 가랑이 까발리고 풀섶에 오줌 싸면
그 오줌 쇠오줌만치나 푸짐하네그려

어느새 저 건너 언덕배기 남정네
저년
저 썩을 년 보게
대낮에 ×구멍 벌리고 자빠졌네그려
하늘에 구름 걷히고
햇빛 쨍그랑

머슴 남수

미제 김태홍 영감네 머슴 남수
주인 앞
겉으로는 수더분인데
혼자 논에 밭에 나가 있을 때는
오줌 쌀 때는
주인집에 향하고 싸고
아나 이 오줌 받아먹고 천년만년 살다 죽어라
이 태홍이 영감땡감아
세상에
머슴 새경 생꾀 내어 떼어먹은 땡감아

석양머리 붉은 하늘 아래
이런 저주 밖에는 다 거짓말이다

혹부리

용둔부락 혹부리 큰당숙하고 김재석이하고 둘에다가
미제 진도균
원당 홍성관이
관여산 조봉구
그리고 개사 1리 문호섭이
선제리 전진배 김옥태

이렇게 마을마다 혹부리 있다
귀밑에 쇠불알로 단 사람 있고
마빡에
금방 얻어맞고 부어오른 듯한 사람 있고
하필 턱밑에 지어져서
고개 숙일 줄 모르게 된 사람
뒤통수 아래 달려
고개 젖힐 줄 모르는 사람

군산 가서
그 혹 파내라고 해도
아니 왜 이 부자 될 혹을 없앤단 말인가

두루 혹부리 혹쟁이 심덕 하나 꾸준히 좋은데
결코 부자 된 사람 하나도 없다
삼한사온 따뜻한 어느 겨울날
남의 집 짚벼늘 아래 해바라기하다가

스스르 추운 잠 올 때
혹도
죽은 목숨 같던 혹도 스스르 잠들어버린다
하늘에 뜬 솔개
다른 데로 가버린다

원당 홍성관이 혹이 그래도 이쁘다
다른 혹들은 징그럽기는 엔간히 징그럽다

문남철

폭포소리 같은 사람
그 목소리
벼랑에서 떨어지는 폭포소리

여름 돼지고기 잘 먹어야 본전인데요
그런 돼지고기나마 그 차례가 돌아올 리 있으리오
겨우 일년에 몇번 도랑물 새끼붕어 건져다가
국 끓여 먹고도
보리밥 쉰밥 가리지 않고 먹고도
어디서 그런 소리
우렁차게 떨어지는 소리 나오는지
일본 순사가
남철이 목소리 듣고 칼 쥐며 질겁했지요

어디 목소리뿐이리오
그 몸집도 폭포 같은 사람
우람하게 서면
벼랑에서 떨어지는 몸집이지요

어디 몸집뿐이리오
코 골 때
이불 들썩들썩
지붕 들썩들썩
끝내 그 코 고는 소리로 하여금 성깔로 하여금

마누라 달아나고 말았지요

그래도 어린 딸이 심청이 푼수여서
잘도 그 폭포소리
한밤중 폭포소리 견디어내지요
아니지요
그런 폭포소리도 오래 듣노라면
그 소리 어디로 가고 없지요

남의 일 하러 가면
날 어둘 때까지
일 꽉차게 해주고
어둠속으로 돌아오는 남철이

그 영감 쉰살 못되어 죽었을 때
그 고요 속에서
딸의 울음소리 애끊었지요

옥정골 문남철이 죽자
이 세상 적막강산인 줄 깨달았지요
너도나도
저기 저 바쁜 나그네도 깨달았지요

권평건

1945년 9월 8일
왠지 인천 앞바다 여름하게 보이는 날
미군의 인천상륙 환영하러 나갔던
인천노조 지도자 권평건 위원장
아직 무장해제가 안된 일본군에게 총 맞아 죽었다
그 밖에도 여럿이 쓰러졌다
상륙한 미군은 일본군 편들었다
왜냐
해방군이 아니었으므로
점령군이었으므로
매카서 일반명령 제1호의 점령군이었으므로
그 후리후리한 키 뺏뺏이 굳어버렸다
만세 만세 외치던
그 해방의 전위 권평건 위원장 굳어버렸다
그뒤로 내내
이 땅에서는 순정이란 순정은 다 굳어버렸다

그러나 이 땅 어디에도
어느 골창에도 개죽음이란 없다

그 죽음 쌓여 오늘의 모순에 이르렀다

성조기가 가장 잘 보이는 이 땅에서
일장기가 가장 잘 보이는 이 땅에서

이달호

군산 금강사 밑
8·15 뒤 동국사로 바뀐 절
그 동국사 밑
적산가옥 12호 이달호
거기에도 그냥 맨몸으로 들어가 차지해서
내 집으로 삼아버린 이달호
뛰는 놈 위에 나는 놈 이달호
한데
나이 스물 넘어서부터
고자질하고
투서하고
무고하고

목숨 질겨
병이라는 것 실컷 앓다가 죽는 벌 받아야 하는데
어디라고!
뭇 병마조차 그를 피해간다

세수할 때도
얼굴뿐 아니라
숫제 웃통 다 벗고 씻는다
한겨울에도
찬물로 어깻죽지 씻어 김이 난다

목간통 가도
목간값 다 빼고도 남게
때란 때 다 벗겨내고 나온다

세탁소에 가서도
두 번 세 번 다려 입고
바지에 칼날 같은 줄 세워 나온다
그렇게 나와
이간질하고
투서하고
남의 험담 늘어놓고

그러다가 무고죄로 잡혀갔다
용케 나온다
밥 먹어도
밥 한 숟갈을 일흔 번이나 씹어 삼키고
부홍루 짜장면 한 그릇 먹는데도
한 시간 남짓 걸린다

머리숱 칙칙하여
이마빡 없다
살도 검붉어
심줄 튀어나올 듯하고
눈알맹이도 번뜩번뜩 빛나고

가래침 탁 뱉으면
틀림없이 활짝 핀 꽃 속으로 떨어진다

슬픔 따위 없다
기쁨 따위 없다
그런 것 개나 주어버려라

동국사 금하스님

염불 하나
장성 백양사까지 소문나 있지요
금하스님
주금하 스님

불전 푸짐히 놓으면
그 염불 찬란하지요 구름 속 청승이지요

금하스님 마누라

그 주근깨 많은 얼굴에
무슨 놈의 분단장은 그리 하는지
지아비는
추운 법당에 서서 목탁 치는데
지아비는 입염불
지어미는 살염불이라
지어미는
다사로운 방 가운데 한가로이 경대 차리고
그 얼굴에 볼 두드린 다음 연지곤지 물들인다

어이할 수 없이 고와라

쩔뚝발이 영자

갈메 전영감 큰딸 영자
쩔뚝쩔뚝 오른다리 저는 영자
어릴 때
병원 못 가
쩔뚝발이 된 영자

밤이 좋지
제 다리 보이지 않고
오로지 별 보이는 밤이 좋지

그중에서도 보일락 말락 하는
은하수
거기가 좋지
거기다가 가만히 말하지
나 죽으면 저기 가서 살 테야

다 잠든 밤 영자의 꿈이 있지
하늘에는 별
땅에는 꿈
이런 때가 가장 아름답지
하늘도 땅도

이용구

난세는 영웅호걸과 함께 악한도 내는도다
동학 일진회 두목 이용구
1909년 말
이 땅 방방곡곡에 해괴한 것이 나붙었다

전국 동포에게 포고하노라

가로되
한일합방이
우리 황실 만년을 드높이는 터전이요
우리 백성이 일등의 대우를 받는 복리라 했다
일진회장 이용구와
백만 회원 일동이라 하여

그래도 이완용보다
나라 팔아먹을 때 흥정이 높아
왜는
싸구려 헐값 부른 이완용 쪽으로 기울었다

그 당시 조선에서 가장 큰 세력인 동학을 써서
왜는 크게 이로웠다
거기 이용구가 걸려들어
왜 앞잡이로 나섰던바
나라 팔아먹고

일본땅으로 건너가
폐결핵 치료하다가 죽어 송장으로 돌아왔다
그 갖은 꾀도 다 잠들어 돌아왔다

송병준이 쓴 묘지명 보아라

임금과 백성을 위해서
위태로운 나라를 보존했도다

김갑영

서수면 옹기장수 김갑영이
일자무식으로 신문사 덜컥 사서
군산신문사 사장이라
1951년

아침마다 사원보다 일찍 나와
공무국 활자 쪼르르 둘러본 뒤
사장실로 돌아와
천자문 내놓고 붓글씨 쓰며
한 자 한 자 외워나갔다
그렇게 하여
신문도 읽어 마지않았고
교정도 보고

그러더니
마누라 세상 떠난 뒤
새 마누라 얻고 나서
아쭈 유식해져
허어 이끼 언 이끼 재 온 호 이끼 야라
마당 구석
앉은뱅이 국화 핀 것 보고
제법 못 먹는 술 입에 대어보기도 한다

그러나 누가 돈 좀 꿔어달라고 하면

나 죽었다고 생각하고
나한테 돈 꿀 생각 말어

목련 송기원

그 긴 속눈썹 껌벅이면
어찌 그다지 슬프던가
그 뜸들인 목소리 듣고 울고 싶어라
1951년 군산항에서
가장 시를 잘 알던 시인 목련 송기원
일제 때는 김수영 등과
만주땅에서 연극에 미쳐 떠돌고
언제나 가슴속 그윽이
사랑할 마음 갖춰
지나가는 소녀 바라본다

아 뽈 발레리
아 뽈 발레리의 꼬레스뽕당스

전매청 감사과장 노릇보다
토요동인회 회장이요
시인이요
그 노릇이 좋았던 송기원

호가 목련이라
이른 봄
잎 없이 피는 백목련 아래
그 장대키로 서 있으면
그것으로 시가 되는 시인 송기원

그러다가 믿은 것에 발등 찍혀 해직당한 뒤
도금봉이 주연의 영화감독도 해보다가
어쩌다가
흰 운동화 신고
어쩌다가

죽었는지 살았는지 아무도 몰라

김순근

황해도 사리원에서 피난 온 김순근
딸 둘이
비행장 미군부대에 취직하여
파이프담배는
딸이 댔다

좋지 않은 시도 좋다고 하면
금방 빈대떡집에 가자고 이끌었다
샘도 많고 삐치기도 잘하지만
쩨쩨하지만
빈대떡도 한 개만 사주지만
늘 어린이 마음씨밖에 아무것도 없다

하루 저물도록 개복동 비둘기다방 아니면
비둘기다방 옆 고향다방
거기 꼭 앉아 있지
책상다리로
파이프담배 꺼진 지 오래

잔소리 많은데
정작 시는 짧은 것만 썼다

어느 오후 항구는 끝내 기울었다
나는야 떠난다

미스 박

비둘기다방 아가씨 미스 박
하얀 얼굴 쟁반이었다
경상도에서 온 미스 박
불친절하다
시건방지다 하고
껄렁패 손님한테 따귀 맞고
한 5분 동안 안으로 들어가 울고
화장 고치고 나와
아무 일도 없었던 듯
새 손님 탁자에 엽차 놓고 재떨이 놓고
섰다
하룻밤 자고 난 낮은 목소리
뭐 드실랍니꺼? 묻지도 않는다

김익순

소위 홍경래 난 때
선천 부사 김익순은 술 먹고 자다가 드르렁거리다가
그러다가 붙잡혀
홍경래 농민군 소임 맡아 목숨 부지하다가
그 농민군 참모 김창시가 관군에게 잡혔을 때
그 참형당한 목을
1천냥으로 사가지고
조정에 바쳐
거짓 공을 꾸몄다가
모반대역죄로 그도 참형당하였것다

그의 손자 병연으로 하여금
한평생 김삿갓으로
조선팔도 유랑케 하였것다

이 아니 할아버니 노릇 아니리오 뒷날 손자 노릇 아니리오

김삿갓

어이할 수 없이
풍자만이
해학만이
가는 데마다 옳았다
정색을 버렸다

김삿갓!

딱 한번 집으로 가
둘째아들 낳고
또다시 떠나버렸다
망한 놈의 집구석 쉰밥 얻어먹으며

아들이 여기저기 찾아다녔으나
보리밭 똥 싸는 척하고 달아나 따돌렸다
그럭저럭 많이 살았다
57세
전라도 동복에서 죽었다
둘째아들이 아버지 송장 거두어
영월 태백산 기슭에 묻었다

당송팔대가를 다 죽이고
그 흉내 다 죽이고
껄껄

술 있어 살아 있을 때 버들버들
죽어 꼿꼿
유유화화라 껄

허나 백성의 슬픔 하나 제대로 못 보고 갔다
다시 오지 마시게

이만복

학생들이 인사하기에 앞서
먼저 인사 받는 이만복 선생
어이
어이
먼저 인사하는 이만복 선생
그 껑다리 선생
군산중학교에서 격언집 『영란꽃』 내고
군산여중에 가서
국어소사전 낸 이만복 선생

새벽부터 어둑어둑 싸락눈 쓸던
그 껑다리 선생
키도 키이거니와
목이 길어
그 형용이 황새라
가로되 황새가 어찌 날아갈 줄 모르고 걸어가기만 한다

사택 안방에 들어간 적 없다
오로지 알뜰살뜰 서재에서
서재 천장 밑
역대왕조표 그려 붙이고
역대 왕 쭈르르 외던 선생

그냥 근엄할 수밖에 없어서 근엄한 선생

160

그러나 꺽다리 싱겁다지만
어디 싱거운 구석 찾지 못하게
머리끝에서 발가락 끝까지 간 들어 짭짤하다가 짜디짜다
1권에서 2권
2권에서 3권
3권에서 4권밖에 모른다

눈썹 여덟 팔자로 기울어
어쩌다가 딱 한번 웃으면
그 눈썹이 먼저 알고 웃는다

어이

도리도리 할아버지

할아버지 삼형제 중 가운데 어른
큰집 할아버지야 진작 세상 떠나고
윗집 할아버지 가운데 어른
나 어릴 때 살아 계셨다
동학 난리에도 덩달아 끼였다가 달아나
용케 숨어 살아나셨다
함께 나간 용술이 할아버지는 참수당하고

윗집 할아버지
그 할아버지
그렇게 살아나 풍 맞아
늘 상투머리 도리도리 도리질하셨다
우리 할아버지더러
아 이 인간아
임자는 왜 머리 빡빡 깎았느냐 호통치셨다
우리 할아버지 가만히 있다가
술 취하면
윗집에 가서 도리도리 할아버지한테 삿대질이셨다

그러면 윗집 할아버지
흐음흐음 말세여 말세여 말세고말고
이 세상 말세라고
흥!
하고 돌아서는 늙은 아우보고

날 봐 동생 한길이! 술 깨거들랑
임자 한 짓거리 다 잊어버려야 혀

그 도리도리 할아버지
죽기 전 보름 전부터 이 집 저 집 다니시며
평소 섭섭하던 사이 사화하고
미워하던 사이 사화하고
그러기를 가근방 바깥노인 안노인 두루 찾아보시고 나서
보름 지나 아침에 일어나지 않으셨다
영영 누워버리셨다
마를 대로 말라
썩을 것도 없는 몸으로 가비야우셨다

도리도리 할아버지 고한봉
돌아가시기 전날
큰아들 판섭이 당숙한테 한마디
풀 우거진 세상
풀 가운데 독사 조심혀

꽹매기꾼

깽 깨갱 깨갱
전라우도 풍장이라 할 만했던가
꽹매기 잘 치는 개사 1리 젊은 문인구
그가 꽹매기 한번 들면
그 쇠 자지러져
썩 귀신 물러나고
이 집
저 집
울타리 안에서
처녀들 고개 쏘옥 숨었다 나왔다 하지

김제 금산사 강증산 고수부도 고개 들어
문인구 꽹매기소리 듣는가
만경강 건너쪽 구름 모여든다

저문 날
들녘에서 치렁치렁 농기 앞세워
그 뒤로 꽹매기 앞장서면
그 뒤에 징
그 뒤에 장고
그 뒤에 소 맨등허리 탄 채
두 팔 춤추는 늙은이 온다

일에서 늙은이 젊은이 하나 되어

서로 반말도 주고받아
박한 세월 정으로 살아온다

깨갱 깨갱 뚝 깨갱
그 귀때기 새파란 문인구
쨍매기 귀신 문인구

정윤봉

군산 호남고무공업사 사장 부인 정윤봉 여사
정 헤프고 말 헤프디헤펐지
그 맑은 눈은 웃으라고 박혔으니
늘 웃어
밀물 때 고즈녁한 적 없었지
그러나 길고 하얀 얼굴
왠지 이울어가는 달이었지
시집 『옥비녀』 내고
폭격 함포사격으로 타버린 항구에서
사랑을
사랑을 하염없이 노래했지
전주서 신석정 어른 오면
그 스란치맛자락 휘저으며
그 헤픈 웃음으로도 모자랐지
결국 남편과 헤어지고
딸 여순은 자살하고
광주로 어디로 떠돌다가
밤 기적소리 숱하게도 들리는 솜리에서
바느질품으로 늙어갔지
사랑이 많아서
미움도 많았지
토요일 오후
그 댁 환한 다다미방 거기서
사랑 다음으로

문학을 얘기할 때가
가장 으리으리했지
늦여름 여치 울음소리처럼
찌르레기 울음소리처럼

이덕 선생

개복동 비둘기다방 주인 이덕 선생
남자보다
여자가 먼저 그의 운명을 알아보았다
그리하여 연애도 여러 차례 할 수밖에 없었다
그런 연애 하는지 안하는지
아무도 모르게

저녁때 출출하면
가지
이 한마디로 앞장서
호남병원 앞 키요꼬상네 술집으로 가
흠뻑 약주 사주었지
그 누런 약주

그 집 키요꼬상 반색을 해도
무덤덤히 비켜
그냥 두꺼비술 마셨지

젊어 만주 떠돌고
기차 안에서
일본 처녀하고 연애도 하고
그러다가 예수도 믿어보았다가
연애도 신앙도
다 요 깔아놓고

그 요 밑 요지가지 따뜻하였지
시가 좋아
시인이 좋아
가지
이 한마디

1950년대 초
항구는 미군 제21항만사령부가 점령하고
K-8비행장도 미군이 점령하고
그러나 개복동거리만은
거기 헤매는 자 머무는 자
다 지켜준
비둘기다방 주인 이덕 선생

그는 사람이었으나
사람이기보다 노래였다
노래이기보다 노래의 후렴이었다
이제 항구 제3부두 제5부두를 되찾았다
거기 갈매기 몇마리 있다
그것도 노래의 후렴이었다

보아라 아침바다
그 청년의 성욕으로 뻣뻣한 출항의 바다로부터
불어오는 바람도 결국에는 노래의 후렴이었다

윤여순

정윤봉 여사의 따님
서울 이화여고 3학년 윤여순
겨울방학 때 내려와서
제 어머니와 함께 다방에 나오면
눈감아야 했던 그 아름다움
거기 있던 사람들 다

그 머리 갈라 딴 아름다움

나일론이 처음 나오던 시절

그녀 짝사랑하던 군산 사내 하나가
그녀 자살한 뒤
오봉산 그녀 평토장 무덤 찾아가
몇달 동안 여막살이하고 떠났다
암 그래야 하구말구

당북리

정작 아름다운 마을은
그렇고말고
마을다운 마을은
큰 한길가
그런 데 있지 않고
거기서 고개 너머
잘 보이지 않는 곳
그윽해 마지않을 거기 별건곤으로 있다
옥산면 당북리
아름다운 마을
아름다운 시악시도 많아라
다만 해 빨리 지는 마을이라
누구나 부지런하다
저녁 냉갈 자욱이
그 아래
가슴 부푼 시악시 타마꼬
군산 신창동으로 시집가서
당북리댁으로 불리었지
시집가자마자
남편 병들어 죽고
시집에서 쫓겨나
선창가 노점장사로 돈도 벌었지
한평생 괜히 수절
온갖 잡것 집적거려도

다 뿌리쳐 넌즛 돌려보내고말고

어느덧 위엄 깃들었어라
뭇 사내 사내가 아니라 다만 오고 가는 사람으로 보였으매

그 무덤

아기 같은 선들바람
첫가을
이른 고추 붉은데
아까지 잠자리 잡던 아이들
홀연 간데없고
선들바람
아 거기 새 무덤 있다
시집와서
눈애피 자주 앓아
항상 눈에 안대 걸고 살다가
그 가지런한 잇바디로
제대로 웃어보지 못하고
3년 지난
저녁때 보리방아 찧다 넘어져
그길로 죽은 당숙모
고개 넘어 시집온 옥정골댁 당숙모

병 나은 눈 뜨면
늘 그 눈길 발끝에 내려가 있고
입은 만번이나 닫혀
이 세상 제대로 바라보지 못하고
말 한마디
제대로 걸어보지 못했다
어쩐지 오동나무한테도 길가 질경이한테도

그냥 죄스러워서

살아 산들바람한테도 죄스러워서

도둑 2대

대저 노름꾼은
제 자식더러
너 노름하면 손목 댕강 잘라버릴 테다고 혼내거니와
너 눈애피 걸린 놈하고 놀지 마라
너 눈애피 걸린 놈 보지도 마라
그런 놈 보기만 해도
너 눈애피 옮겨온다고
아들녀석 단짝까지 버리게 하거니와

군산 해망동 급한 비탈
심만섭이는
도둑질 몇번에
한번 콩밥 먹고 나온 뒤
이번에는
그의 큰아들 심재구 속닥여

드디어 부자가 나서서
깜깜한 밤중
아들이 망보고
아비가 담 월떡 넘는다
그러다가
다음에는 아비가 망보고
아들이 잠긴 문 따고 쓰윽 스며든다

175

그렇게 해서
한 짐씩 나눠 지고
장물아비한테 가서 돈하고 바꾼다
돈 제법 두둑할 때는
어찌 그냥 말겠는가
잠깐 다녀가자 하여
선술집
아비와 아들 불콰하게 취해 마지않는다
그러고 나서
해망동 선창 그물 깁는 척한다

아이고 밤새도록 그물코 들락날락했더니
이놈의 손마디 좀 보아
어쩌고저쩌고
허튼소리 치기도 하며
그 소리
뱃고동소리에 파묻혀버리기도 하며

오금덕이 내외

쇠뜨기
바랭이풀 우거진 데
나도 있다고
잔가시 돋친 며느리밑씻개 얽혀 있어
그런 데
나도 있다고
오금덕이 내외
하루 내내 푸나무서리
그 묵어터진 개활지 햇볕에 달구어진다
어쩌다가 붉은 딸기 익어
그것으로 요기하며
어쩌다가 까마중
그것으로 요기하며

여기 보아라
인생 일대 풀과 더불어 살아가고 있나니
이 땅의 사람 8할
어느덧 풀이거라 풀이거라
저 무심한 하늘 아래

한서울댁 시어머니

새터 한서울댁 시어머니께옵서는
말 그대로
봄볕에는 며느리 내놓으시고
가을볕에는 딸 내놓으신다

그 심보로 오래도록 살아 아흔두살

박일룡

어미는 죽고 아이는 태어나 응애응애
그놈 목숨 질겨
제 아비 박달호가
그 칭얼거리는 갓난아기 안고
이 집 저 집
가근방
이 집 저 집
동냥젖으로 키워
쌀뜨물 받아다가
그 물로 키워
나이 세살이 되어서야
이제 됐다 하고 이름 지어주었다
박일룡
보리밥 일찌감치 맛들이고
어쩌다가 보리에 쌀기운 섞인 밥도
웃음 함빡 먹어댔다
이녀석아
일룡아
아빠! 한번 해보아라 하면
아빠! 하고
그 새된 어린 목소리 듣고
웃음 함빡 사방을 둘러보는 아비 자랑스러워
쌀 한 말로 한 섬으로 자랑스러워
쌀 한 가마니로 자랑스러워

그렇게 젖동냥으로 자란 일룡이
장차 철들더니
어찌 그리 어질더뇨
어린 시절 젖 주던 아낙들 찾아다니며
어머니!
어머니!
어머니!

아 어머니란 이 세상에서 첫째 나눔인지라
박일룡이한테는
죽은 어머니
그 어머니 하나가 아니고
다섯
여섯
일곱이라
이 어이 아니 복될쏜가

죽은 어머니 제사 지내고
제사떡 돌리며
어머니! 좀 맛보시어라오
어머니! 좀 맛보시어라오
어머니! 좀 맛보시어라오
아이고 어머니! 좀 맛보시어라오

차칠선

생김새야 교장으로 장학관으로
아니 넉넉잡고 도지사감으로 맞춤인데
그 생김새 덕으로
군산 상공회의소 소장대리도 역임했으나
그보다는
1930년대부터 동요 쓰고 시조 지어
30년 동안 발표하니
1백30여편이라
그의 웃음소리
다방 안 가득 차고
언제나 되는 일 없고
안되는 일 없는 웃음소리

돌아가면
개복동 언덕 밑 그 집
마른 익모초 서너 두름 매달아둔 그 집
비록 초가일망정
잘도 갖춘 서재 안에 들어서면
명주 바지저고리에
남색 조끼 입은 노인
아냐 노인이 아냐
방금 온양온천 다녀온 젊은 한량이여

으허허허허허

백남운

1894년 갑오농민전쟁의 그 벅찬 환경에서 태어났다
고창 반암
고부땅에서 20리 상거
백남운
거기서 무럭무럭 자라났다
그뒤로 수원에서
동경에서 공부하여
연희전문 교수가 되었다
『조선사회경제사』
『조선봉건사회경제사』
『조선민족의 진로』
『조선민족의 진로 재론』 등
이 땅에서 처음으로 사회경제사학을 이루어냈다
1938년 이순탁 노동규 등 동료 교수와 검거되었다
머리숱 많고
쇠토막 의지였건만
학생 석방을 빙자하니
허위자백으로
3년 복역하고 나왔다
그러다가 일제말 부역 강연 한번 서고
영영 숨어 있다가
8·15 다음날
1945년 8월 16일
조선학술원 창립했다

그러다가 이 선구자 북으로 가
1979년에 세상 떠났다
그 어려운 시대
여든다섯살 먹고 떠났다

그의 동료 정인보는 진작에 떠났다

고병조

8·15 후 전국학련위원장 이철승
그 학련 전북지부위원장 고병조
해양대학 3학년 고병조
키가 장대로 커서
고장대라고도 불린 바 고병조
개복동 곡물상 장남이라
부자인데
1950년대 청구목재 과장으로
술 얻어먹는 자
그 장황한 말 다 들어주어야 한다

가수 남인수도
그의 술 얻어먹다가
그 장황한 말 다 들어주고
다시는 만나자 해도 만나지 않았다

늘 부리부리하다
좀 인색하여
그 부리부리한 눈값 모자란다
빨랫줄 늘어지다가
그가 서면 빨래 드높이 솟아오른다
고장대

사찰계장 이호을

군산경찰서 사찰계장 이호을 만년계장 이호을
함경도 단천이 고향이어서
그 북관 사투리 희끄무레 굽이치는데
아침 일어나거든
맨 먼저 손에 닿는 것 화투 아니랴
화투로 패 떼어
하루 재수 보고
좋아도 웃음 없고
나빠도 웃음 없다

하얀 당목천 씌운 의자에 뒤통수 박고
까마득히 코 골다가
거친 형사들
그 거친 바 죽여
조용조용 보고서류 가지고 오면
이봐요 이게 무시기 보고냐 말이다
다시 해오지 않캈음?

아무튼 시도 좋아하고
아무튼 산보도 좋아하고

조부희 오라버니

신촌 조부희 오라버니 조만연 씨
누이와는 달리
으리으리 퉤퉤 구릿빛 넓적얼굴에
늘 잔웃음 머금어
어느 패썸도 용서하듯
어느 패썸도 용서치 않듯
모를레라
그 깊은 속

밤길 자전거 타고 잘도 지나가는 조만연 씨
방금 주모 패주고 나왔는지
주모 쓰다듬어주고 나왔는지
도시 모를레라
그 깊은 속

노랫가락도 숫제 없다

강일순

공교롭구려
전봉준 장군 떨쳐일어나는데
20년 아래 강일순
그 약한 강일순
병도 잘 앓던 강일순 있어
갑오농민군 일어날 때
망동치 말라고
동학접주 김형렬 윤거 필성 등을
백산 싸움터 가까이까지 따라다니며 말렸다
망하는 싸움 하지 말라고
그 밖의 전사들도 말려 데려갔다

또한 임진왜란 때
그 일본 원귀를 달래어 해원해야 한다 했다

시대의 뒤에서
원시반본
천지공사
후천개벽을 말하고
일찍 세상을 하직했다
어찌 후천개벽이 가만히 앉아 올 것인가
남조선 남은 무슨 말인고?
서양은 저승이라
이 말이 무슨 말인고?

죽은 전봉준 손화중은
만물 가운데 시비가 없는 별자리로 부쳐 보냈다
이 말이 무슨 말인고?

고수부 아낙한테 물어나볼까
물어보나마나

나 볼 테면
금산사 미륵불을 보아라
이 말이 무슨 말인고?

어부 고씨

서해 오식도 어부 고봉관이 소리인즉
나의 할아버지도 고기잡이요
나의 아버지도 고기잡이요
나 또한 고기잡이라

술 취해 사람 때려
남의 팔뚝 분질러놓고
바다 나가
그 팔 치료비 벌어다 주고 만 고봉관이

그뒤로는
술버릇 개 주고
길그물로 통그물로
고기 들어가
숭그물 보고 놀라면
이미 그 낙그물 안에 갇힌 고기떼

바로 이 낙그물 솜씨 그만이라
그 아들도
아직은 따를 수 없는 솜씨 그만이라
거친 수염발
너무 일찍 허옇게 돋아났건만
그 힘과 슬기 그만이라

이수북이

돌 가운데 산돌 있어
물에 담가놓으면 조금씩 자라는 돌 있어
그 하얀 산돌인 듯
웃으면 이빨 가지런히 빛나는
이수북이

가난한 세월네월이라
부디 수북수북 고봉밥 먹으라고
이름도 수북이었으나

호적에는 오래 살라고 수복이로 되어버렸다
그렇건만 어찌 이름대로 뜻대로 되던가
나이 서른 채우고
빙판에 미끄러져 죽었다

그가 죽은 날
사잣밥 제법 수북수북 고봉밥이었다

고씨 마누라

어디 그물 한 벌 사들여
새로운 바다 나가겠는가
헌 그물 깁고 기워
누더기 그물일지나
바닷가 백사장에 얌전히 널었다가
잊어버리고
밀물에 떠내려간 뒤
영감 고봉관이한테
머리끄덩이 잡혀 질질 끌려갔다

아이고 이년아 어서 죽어라
죽을 데는
이 바다 사방에 있다
풍덩 빠져죽어라

그러나 새 그물 사서 배 떠날 때
고봉관이 중얼거리기를
잘된 일이여
그렇게나 되어야
새 그물 한번 펼치지 그려그려

기영감

남도 기씨 성바지 한 분
대기마을에 산다
대기 앞산 밑 산다
누구 칭찬은커녕
걸핏하면 꾸짖어 가르치려 한다
잘생긴 아이도
흠 못난 아비에 못난 자식이라 한다
곪은 데
바늘 콧김 쏘여 찌르고 나서
그 바늘한테도 꾸짖는다
이놈의 바늘 고약하기도 하다

그런데 어린 내가 똘 따라
대기마을 왕고모댁에 가노라니
그 기영감
너 어디 사느냐
너 이름 무엇이냐
너 몇살이냐
허어 그렇다면 너 닭띠로구나
닭으로 말하자면
상서로운 새라 하거늘
오덕 문무용인신을 갖추었거늘
일찍이 대국 노나라 애공의 신하 전요가 있었는데
그 전요가

애공이 간신배 농간으로
나라를 그르치니
벼슬자리 내던지고 말았다
그 자리에
사람 대신 닭 한 마리 천거하니
애공이 노여워
너 이놈 망측하도다
어찌하여 닭을 천거했느냐 호통치니
전요의 대답인즉
머리에 벼슬을 썼으니 문이요
다리에 발톱을 달았으니 무요
적 앞에서 물러서지 않고 싸우니 용이요
모이 보고 서로 부르니 인이요
밤을 지켜 때 잊지 않고 알리니 신이옵니다
그리하여서 삼가 천거하였나이다

나중에 알고 보니
그 기영감도 닭띠여서
닭띠 아이한테 비로소 자상했었구나
그러면 그렇지

송씨

전봉준 본마누라 여산 송씨
두 딸 두어
가난한 집에서 가난한 집으로 시집보냈다
그런 다음 병들어 세상 떠났다

바깥양반 전봉준 유난스러이 죽음을 겪었다
심지어는 아내 다음
아버지 관아 장독으로 세상 떠났다
그런 죽음으로 하여금
백성의 죽은 목숨으로 하여금
바깥양반 떨치고 일어난 줄 모르고
변혁에 나선 줄도 모르고
그냥 고부땅 밭두렁에 파묻혔다

아침에 밥 저녁에 죽
혹은 저녁은 백비탕
그 맹물 마시어
끼니 잇지 못하건만
그래도 제삿날
후살이 남평 이씨의 제수 몇가지 받아먹으며

손윗동서 귀신의 말인즉
자네 참 고맙네그려

어부 두남필이

부안 곰소에서
옥구 옥봉리 자천대 밑 마을로 이사 온
고기잡이 두남필이
천생 고기잡이 두남필이

배는 없고
썰물 개펄에 덤장그물 쳐놓고
밀물에 밀려드는 고기
썰물에 거두는 고기잡이
여덟 팔자 그물 달아
모서리마다 통발 달아 고기 몰아들인다
고기래야
잔고기 좀 잡아

항상 바라보기는 먼 배래 수평선인데
배 타고 가본 적 없이
내남적없이
가난은 두루 가난인지라
그저 물속으로 들어가
그물 걸 말뚝 박을 따름

바닷가에 나온 이웃사람
어따 자네는 고기잡이건만
어찌 배 타지 않고

바다 가생이만 빌빌 맴도는가
하면

나 사람 배는 타지만 나무배는 안 타라오

전주사

면사무소 전병배 주사
점심에 반주 과하여 얼굴 찢어지게 붉다
섣달은 죽은 달이라
일 하나마나
밤 이슥도록 얼굴 붉다
산북리 이장하고 한잔
개사리 이장하고 한잔
관여산 반장하고 한잔
시시껄렁한 일 보아주고
술로 받고
돈푼으로 받고
부면장 면장이 꿈인데
기어이 뇌물 들통나서
계장에서 더 올라가지 못하고
그만두었다
그런 뒤로야
어느 시러베아들놈 모주 한 사발 사는 놈 없다

끝내 속병 앓아 누워서
천장 서까래에다
한문으로 면장이라 써서 붙이고 있었다
아뿔싸 말로나마 면장으로 불러주자
전면장 나리
전병배 면장 나리

게막

논게 잡기로는 일등이지요
개사리 김판덕이

봄에 밀물 타고 뭍 깊숙이 들어와
논이나
똘에서 여름 나고
초가을 나락 익을 때
알 슬어 새끼 친다
바로 이 무렵
게살 치고
게막 지어
농사 마친 물 빠질 때
함께 빠지는 게
게살 피해
게막으로 들어간다
한밤중 물바닥 비추이는 불빛에
깜짝 놀란 게 수두룩 잡힌다
게 듣는 귀 없으니
소리도 내지르며
쑥대머리도 불러대며
김판덕이 신명난다
가을밤 밤비라도 한동안 내리면
더 많이 잡아낸다

모든 마을 잠들었는데
그 밤새도록
게막 불빛 적적하면
또 소리 내지르며
쑥대머리 부르며

그러던 김판덕이
낮에는
큰대자로
두 다리 뻗고 잔다
에라 그 마누라도
곁에서
가래 벌리고 아우라지 잠들었다
빨래야 마르건 말건
멍석에 넌 것
참새 차지 되건 말건
퍼질러져 잠들었다

어린것 형제만 바깥에서 돌멩이하고 논다

이씨

오씨 문중의 과수댁이었다가
머리 낭자 새로 하여
전봉준의 후살이로 들어왔으나
그 찢어지는 가난도 가난이려니와
어디 지아비 섬길 바이겠느뇨
싸움터 나가
끝내 돌아오지 않고 효수된 바 지아비인지라
후살이 아내조차
씨 받은 것 온전히 자라지 못하고 몽땅 망하지 않을 수 없으므로
날아가는 기러기
거기에 마음 의지하다 말아야 하였는지라
때는 처절히 을미년 4월 지나

성덕대왕신종

신라 성덕대왕신종이라
그 신종소리
한번 울리면
동해 난바다 파도 다 귀 기울인다

경덕왕이
아버지 성덕왕을 위하여
구리 12만근으로 만드는 중에
세상 떠나니
혜공왕이
그 아버지의 뜻 이어 만들어낸다

임금 3대의 충과 효로 하여금
그 종소리 울리면
서라벌이 융성할 터인데
아니로다
서라벌이야 이미 저녁인 것을

진작에 원효 가로되
오늘이 이미 저녁이어니

임

소화 18년인가 19년인가

야트막한 산
그 산이 어디 산인가요 임이지요
저 만경강 샛강이
어디 강인가요 임이지요
밤에 뜬 초승달
오 내 임이여

내가 그리워하는 것
못 잊어
못 잊어
그리워하는 것
두둥실 내 임이지요

막 동구밖 들어선 엿장수 가위질 뚝 그치지요
아이들까지 들에 나가
마을 적막하지요
혼자 콧노래 흥겨워
이렇게도 멋딱진 사설 이루어지지요
임 없이 떠도는 사람
그 마음속에
임 들어 있어야 떠돌지요

겉보기에 우락부락하건만
속내는
조갯속같이 희노랗게시리
날로 입에 넣어도 녹아버리지요

엿목판 층층으로 메고
옥정골 고개 넘어가는 엿장수
한번 가위질
따윗!
그러나 그 마을도 아이들 다 들에 나가
가을 일손 되지요
가을에야 지나가는 중도 부르는 판인데요

그 엿장수 이름 모르나
두 손바닥에
침 탁 뱉어 문질러 따윗!
하늘 드높아라
들 넓어라

강철종

1947년 군산중학교 1학년 5반 담임 강철종 선생
동양사선생
목울대 불거져나와
그 말소리 늘 덜덜 떨렸다

측천무후가 권세 잡고
호령할 때

이런 말도 떨려 노래가 되었다

그의 누이 인숙은 폐를 앓다가
에세이스트 이어령의 아내가 되었다 한다

에에 또 에에에 또오
하고 사뭇 떨어야 했다
가을 은단풍 같은 강철종 선생
『동양사화』라는 책 하나 남겨놓고
세상 떠났다

얼굴이 길어
사람이 안경 쓴 것이 아니라
슬픈 말이 안경 쓴 듯하였다
그 머릿속 지식 가득하였다
그 떨리는 얼굴 떨리는 마음 강철종 선생

나병재

미완의 예술이여
젊은 화가 나병재
화가이기보다
도스또예프스끼에 사로잡혀
낮에는 자고
밤에는 천장 뚫어져라 보다가
세상 떠났다
아내가 먼저 떠나고
자식들 나중에 뒤따라 떠나려다 말고

한 가족 구몰 직전 남은 딸이여 싱가포르로 간 딸이여

최영식

평안도 청년 최영식 선생
군산중학교 식물선생
아내 아리따워라
사택 신접살이
학교 과목만 끝나면
작은 키에 큰 눈으로
사택으로 달려가
마누라 치마 둘레 돈다
어케!
어케!
하며

술도 모르고 담배도 모르고
오로지 제 아내밖에 모르던 선생
어케!
어드렇게!

그러나 아내 두고 세상 급히 하직하고 말았다

노비 욱면이

신라 경덕왕 대
강주
그래 지금의 진주
본디는 백제땅이었던 진주
그 지방의 아간 귀진의 집 종 가운데
계집종 욱면이 있어
남달리 불심이 도타웠어라

주인마님 따라
미타사에 가 염불을 하였더니
네까짓 년이 염불은 해 뭘해 하고
이를 막고자
날마다 저녁 곡식 두 섬을 찧게 하였어라
이에 계집종 욱면은
서둘러 찧어놓고
절에 가 염불하였어라

그리하여 속담 하나 생겨나기를
내 일이 바빠
한댁 큰댁 방아 서두른다 하였어라
그렇구나 높은 것들 가로되
천한 종이
어찌 염불하는고
도야지나 개가 어찌 염불하는고

째보선창 주모

일중선 들어와 꽉찰 때
째보선창에는
쉰일곱 척
쉰여덟 척
그 돛대 빽빽이 숲 이룬다
거기다 대고
아 이놈들아
어서 술 먹으러 올라와
술국 끓였다
이 씨부럴 놈들아 어서 와

때꼽재기 앞치마 주머니에 돈 가득하여
기둥에 걸어둔 외상장부에
받을 것 가득하여

몸뚱어리 절구통이라
거기서 나오는 소리 걸쭉하기 짝 없어
처음 보는 손님더러
아 이 사람아
어찌 술을 그리 석 잔만 먹노
그래도 불알값 하려면
한 말가웃은 먹어야지
가웃 떼어
반 말이라도 먹고 뻗어야지

안 그려!
저 갈매기만도 못한 이 사람아

개 물린 도길이

옥정골 처녀 임순이하고
서문 밖 총각 박도길이하고 눈맞아 몸맞아
임순이네 산
그 산꼭대기 무덤자리
옴팍하니 들어가
와락 도길이가 임순이 끌어안자
임순이 따라온 개가
제 주인 해코지하는 줄 알고
도길이를 컹컹 물어뜯었다

도길이 허벅다리 흉터 아물고 나서
자랑하기를
여기여
여기여
내 사랑 자국 있던 곳
여기여

그러나 임순이는
제 아버지 뜻 따라
회현면장 며느리자리로 시집갔다
도길이는
군산 흥남동 뚱보각시 얻어왔다

도길이한테 뚱보각시 자주 매맞았다

응봉스님

포광 김영수
퇴경 권상로에 미치지 못할 바 아니었으나
늘 하심하여
이름 내기를 싫어하여
그저 완주 송광사 강주로 덧없어라

그 화엄경 통달한 강주
대추 물드는 때
얼굴 불그데데 물들어
팔십 화엄 주룩주룩 외워나가는데

마루 아래 섬돌에 놓인
그의 흰 고무신 깨끗한 귀로 듣고 있는데

형사 이진표

그 코 마늘코인데
냄새 하나 잘 맡아서
무슨 일에도
무슨 쩨쩨한 일에도
이미 그 마늘코가 벌름거린다
난쟁이 겨우 면한 키에다가
눈은 뱀눈이요
그 눈도 눈이언만
그 마늘코가 타고난 형사질 코인지라

김창환

군산중학교 수학선생
꼬장꼬장
염소턱 뾰쪽 선생
웃는 것 본 사람 없지요
싸인 코싸인
함수 수식 써나가다가
학생들 떠들어대면
쓰던 백묵 글씨 멈추고
그 염소턱 돌려
둥근 안경 속 찬 눈빛 번뜩이지요
학생들 입 다물면
다시 칠판 백묵 글씨 쓰는 소리 부지런하지요
자진모리로 부지런하지요

군산 회현 사이 시오릿길 자전거 타고 가지요
허리 꼿꼿이 세워
앞만 바라보고 가지요
그러므로 보리가 패었는지
보리가 익었는지 모르지요

오로지 수학밖에는 통 모르지요

돌 돌려 맹세하나니

조선 철종 13년
제주 대정현 화전민들 통문이 돌았는데
화전 남세에 견디다 못해
장날 모였는데
이때 일흔한살 김석구의 말에 따라
윤석서중이라
돌을 돌려 서로 맹세하니

임자들의 마음이 임자들의 말과 같다면
이 돌멩이 받아
옆사람에게 전하고 전하라

이렇게 돌 돌려 맹세하여
제주 대정현 화전민 뭉쳐 봉기하였다
주동자 장환 앞장서
조만송 앞장서

김재희

군산중학교 4학년 김재희
순한데
그 둘레에는
늘 사나운 아이들 꼬여든다
그리하여 저는 순하디순하게 서서
사나운 아이들한테
몰매맞는 아이 바라본다
한가닥 가여운 마음 없이

무서워라 그 순하디순한 성품 조용한 성품

김진강

중학교 교련교관이던 배속장교 김진강 선생
출석부로 지휘봉으로
아이들 때려 코피도 흘리게 하고
연대기합 잘 주던 선생
6·25 지난 뒤 실성해서
거지 행색으로 중앙로 걸어간다
혼자 중얼거리며
옛 제자들 몰라보고 인사한다
그러나 그 큰 키 하늘로 뻗어올라
교관 때 모습 남아 있다
아무나 보고 인사한다

바라노니 아무나 보고 인사함이 사람의 예절이기를

화가 홍건직

평양사범 나와
동경미술학교 나온 화가 홍건직
6·25 때 피난 와서
군산사범 미술교사 노릇
그림 그리다가
시에 그림도 넣어주다가
사진으로 돌아섰다
사진 찍으며 살다가
폐결핵으로 세상 떠났다
친지들이 개정면 공동묘지에 묻었다
그의 아내
남편의 사진기 들고
여고 소풍 갈 때 따라가
여고생
여고 선생 지정 사진사 노릇 해주고
아이들 키웠다

화가 홍건직
단 한번도 화내지 않고
어 그러면 안되는데
이 말뿐
입에 술 대지 않고
하루 커피 열댓 잔 마시던 홍건직
화낼 줄 몰라서인지

웃어도
아주아주 싱겁게 웃었다
하얀 얼굴 어린애 얼굴 어디에도 강한 데 없다 갈색 눈 맑았다

고향 평양 이야기 따위 전혀 없다
누가 웃으면
그 웃음에 맞춰 싱겁게 웃었다

문영감

군산시청 수위 문영감
조는 듯하다가도
시장 과장의 구두소리 듣고
벌떡 일어나
거수경례하네그려
시청 출근해서는 수위이나
신창동 초가 자택에는 법도 있어
퇴근하면
큰아들 큰며느리
큰손자 작은손자 나오고
맨 뒤에 늙은 마누라 나온다
다만 큰며느리만 조금 버릇이 덜하여
신발 끄는 소리 날 때 있네그려

신새벽에 일어나 면도하고 나니
언제 그 둥근 턱에 흰 터럭 나겠는가
새벽밥 먹고
일찌감치 출근하니
시청 마당 괴괴한데
서생원들 달아나며
영감
영감
수위 영감 문영감
하고 짹짹짹거려 마지않네그려

최혁인

군산중학교 교감 최혁인
숯검정 곱슬머리에 코밑에 수염 달고
교장보다 더 나대는 교감
처음으로 교지 창간되었는데
거기에 시 써서

음악이 혈액처럼 흐르는 이 밤…

그런 구절이 좋았다
그러나 뒤에 보니
그 구절이 어디서 따온 것이었다

아침 조회 때 동맹휴학 막는 것이 큰일이었다

김상호

꼭 나와야 할 때만
마지못해 나오는 김상호 교장
거의 다 교감한테 맡기고
그는 교장실에서 책 읽는다
끝내 전북대학교 설립되자
거기 교수로 갔다

세수 열 번 하지 않아도 깨끗한데
딸 셋도 다 깨끗깨끗한데

날씬한 몸이라
밥도 아주 적게 먹고 가는 똥 눈다

김교선

군산상업학교에서 전근해온 교장
김교선 교장
소탈 털털하고
아구 보면
성님 하고 부르게 무르춤하다

안경테 두꺼워 큰 눈 더욱 넉넉하다 떡이라도 줄 듯하다

째보선창 천씨

그의 배 난파하고 난 뒤
한동안 바다에 나가지 않고 있다가
투전방 개평이나 뜯어 술 마시고 어쩌고 하다가
에잇 남의 배라도 타야지 하고
어청도 밖 난바다로 나가
이른 봄 시금치 날 무렵
뱅어잡이 나가
영 돌아오지 않는다
그의 마누라 애간장 태워 기다리다가 떠났다
이제 서방님 귀신이 말려도
내 자식은 바다에 내보낼 수 없다고
꺼이꺼이
서녘 바다에 대고 울며 떠났다

대전으론가 어디론가

설중매

조선 원년
이성계가 즉위 직후
재상과 백관 불러서
크게 잔치를 베풀었도다
다 전조 고려의 벼슬아치들이라
그 잔치에 기생 설중매가 불려나왔도다

한 판서가 희롱하기를

들은즉
너는 아침에 동에서 밥 먹고
저녁에 서에서 잔다 하니
나와 또한 함께 자는 것 어떠하냐

설중매 척 대답하기를

동가식서가숙하는 천기로서
전조의 왕씨도 섬기고
새 조정 이씨도 섬기는 마님을 모심이
어찌 합당치 않으오리까

그 판서 나리 얼굴 붉혔으나
기생 설중매를 벌하지 않았으니
그것을 칭송컨대

술 취하니 얼굴이 붉고
계집에 취하니 다시 붉고

이병훈

다 떠나버렸는데
군산항
그 삭막한 데 지키고 사는 시인 이병훈
환갑 진갑 훨씬 넘어서도
조촐히 청춘이어서
어디로 떠날 줄 모르는 시인 이병훈
군산항 가면
반드시 그가 있다

모진 소리 하나 내본 입 아니어서
그 입은 싱겁다
그 눈도 싱겁다
그 코도 느릿느릿 내려가 싱겁다

그러나 그 마음속 깊이
옥산면 들 눈보라 들어차 있어
춥구나 옷깃 여미어라

인공 시절 면인민위원장이었다 용케 살아남았다

육손이

새터 방상길이 동생 육손이
손가락 하나 더 붙어
그 손가락까지 써서
번쩍 나락 한 가마니 들어올린다
그게 어디 병신이겠는가
하나 더 있음이여
하나 더 있어야 할 데 있음이여

누가 돌 던져도
여섯 손가락 환하게 펴 잘도 받아냄이여

코찡찡이 애숙이

이른바 면중왕이라는 코가
그 모양이어도
그 애숙이 목소리 하나
어찌 보리밭 드높이 하늘 속 푸른 노고지리 아니리오
그 목소리 듣노라면
울 밑에 봉선화도 바람 없이 흔들리운다
개가죽나무 우듬지 끝에 앉은 까치도 좀 흔들리운다

애숙아
애숙아
부디 소경한테 시집가거라
잘 살리라

김헌

군복이 특권이던 시절
그 50년대
나이 육십에도 군복 입고 으스대기 좋아서
『지리산』이라는
지리산전투 다루는 잡지 허가내어
석 달에 한 번도 나오고
두 달에 한 번도 내며
그것으로 전주 남원 구례 등지 다니며
백선엽 장군도 만나고
정일권 장군도 만났더이다
편집은 전학배 옥배 형제였다가
김용채였다가

백발 성성한 어은리 영감
집에 돌아가면
마누라하고 싸움하는 영감 경상도 영감
여기에 써 남기는바 성명은 김헌이라

김남현 스님

군산 동국사 주지 김남현 스님
더러는 화엄성중 밑
붉은 천 안으로
이쁜 보살 부여안고 들어간다는 말도 없지 않으나
항상 둥근 얼굴에 연꽃 피어 웃음 가득하다
그렇게 웃고 지내다가
그만 나그네 중한테 주지 노릇도 빼앗기고 떠났다
고창 선운사에 가서도 떠났다
떠날 때는 아무 말 아무 미련 없다

선운사 동백숲 재미 좀 보고 난 뒤

만
인
보

8

萬
人
譜

머리노래 금강

백제땅 금강 타분한 갯바람
어드메 붉은 댕기 시악시던가
그대 흐린 물 백리
이 세상 빈 데 메우러 가는 강물
거기 성난 돛 하나 올려
가거라
연평도까지
심청이 인당수까지
먼 안남 앞바다까지
가거라

이름 몇백

조선 말기 김정희
예산 김정희

글 쓸 때마다
이름 하나씩 생겨났으니
그 이름 하나하나
붉은 낙관으로 찍혀났으니
세상에 남긴 이름 1백85요
아직 세상에 숨긴 이름
솔개 그늘 아래 1백85라

옳거니 짝 찢어진 추사체 글 한 폭마다
글 쓴 사람 다르거늘
어찌 김정희가 단 한 사람뿐이던가

외할머니 오랜 동무

외할머니 오랜 동무
장항 수열이 할머니
예순여섯이오나
그 눈매
처녀 때 그대로
가는 바늘귀에
가는 실 한번에 들어가며 웃는 그 눈매

이제 아노니 벽에도 설레는 마음 서려 있음이여

탁류

탁류 금강에 무슨 사잇소리 터져 있다고
모여들어
궁궁을을 갯바람
너도나도 소리질러대는 날
충청도 건너가는 뱃길 하나
물살에 밀려 팽팽한 활줄로 굽어 감돈다
그 배에 늘 타고 오고 가는
늙은 아낙 가는귀먹어
길례
길례
하고 바닷바람 손바닥 귀청 떨어지게 불러야
겨우 알아듣고
순한 눈 멀뚱
무거운 생선짐 이어주기도 하고
내려주기도 한다
본디 길례 어미였는데
그냥 길례라 불러도
그 이름이 그 이름 아니던가
부르는 족족 달려가 거들어주고 도와준다
몸 하나 병나본 적 없이
건건이 대신
쉰밥덩어리 그냥 먹어도
그놈의 성한 엉덩이 철버덕 널벅지에 담기고 남는다
그놈의 젖통

적삼 밑으로 툭 불거져

덜렁거리고

그 젖꼭지 진무른 오디같이 검다

상스런 사내 녀석들 입초시

아이고 저런 뚱뚱이 년이야

어디서부터 방아 찧고

어디서부터 감아들어갈지 통 분간 못하겠네그려

하루 스무 번 배 타고 오며가며

배 안의 잔심부름해주는 것으로 하여금

겨우 거지팔자 면한 길례

뱃고동소리 뚜우 나면

그 소리만은 영락없이 짐작하고

얼른 뱃전에 나선다

이런 사람 있어 금강 뱃길 믿음직하거니와

물길이 아니라

그냥 터벅터벅 땅 위의 길인 듯 썩 믿음직하거니와

장항부두 1

장항부두에 배 닿았다 하면
어디서 쪼르르 달려오는
열한살짜리 용복이란 놈
머리 빡빡 깎아
흉터에다가 기계충 자리 환하다
그놈 좀도둑질에 이골이 나
배 시간 맞춰
내리는 손님 어리수굿하면
으레 그냥 보내는 일 없는데
이렇게 부두에서 자라나서

15년 뒤 장항포구
통통배 한 척 가진 선주어른 되었다
이제는 부두 대신
창선동 가고파다방 죽치고 앉아
마담 허벅다리 맛보고
인조저고리 등짝 쳐 등짝 맛보고 그러다가
아이고 벌써 이렇게 되었는가 하고
금빛 팔뚝시계 한번 보고
어디로 뛰쳐나간다
선주에다가 곧 선구상 차린다는데

그 목쉰 용복이란 놈
그 억센 놈

순동이

흐린 물 금강 하류
장항제련소 굴뚝
그 굴뚝의 기나긴 연기 바다로 이어진다
누가 말했던가
조선에서 제일 적막한 장항읍 거리
이쪽에서 저쪽까지 한번 걸어가면 끝나는 거리
그 거리 어중간 국밥집 남창옥
술손님 밥손님 기다려보아야
하루 서너 패로
더 올 사람 없는 남창옥
한밤중 남폿불 심지 줄여
불빛은 남겨두어야지
그 집 중노미 하루 하품 열 번
나이 서른이 넘어도
부여 고란사 중인가 땡초인가
계집을 흙 보듯 하고
그저 시키는 일
술청 닦고 쓸고 물 길어다 부을 따름

이 사람이 장항 토박이
이순동이
한산 이씨 순동이
옛날 옛적 고려 이색 이어서
정승 이산해 후손인데

이제 상밥집 중노미 신세라
제 고조할애비가 남인이면 어떻고
제 증조할애비가 농풍월이면 어떻단 말인가

남창옥 주인 마누라
불여우 마누라
이 닭을 때 소금 많이 쓰지 말라 하자
아예 순동이
모래 파다가
모래로 이 닦고 르르르르 헹구어내는데

그런 남창옥 잘되는 일 별로 없다
키우던 개도 슬슬 나가버린다

장항 기생

장항 선창 일꾼들이
선창가 소문난 기생 춘향이더러
우리는 돈 없어
자네하고 하룻밤 풋사랑 나눌 수 없으니
그 대신으로
하루에 한 번
점심때 쉴 참에
선창가를 지나가게나
그렇게 천하절색 자네 구경하는 것으로
우리는 더도 덜도 바랄 것 없네

낮 열두시 반이면
비 오는 날 아니거든
틀림없이 옥비녀 꽂고
동백기름 자르르 바른 검은 머리
긴 자주고름에 옥색치마
저것이 사람인가
저것이 귀신인가

그 춘향이 그 시절이 찬란하였지
병들어 떠난 뒤
죽었는지 살아 있는지
여름 내내 언덕에서는 억새 우거지는데 갯가 갈대 우거지는데

굴뚝님

장항제련소 굴뚝 연기가
동으로 뻗치면
화양에 재수 있고
북으로 뻗치면
서천에 재수 있고
남으로 뻗쳐 군산이면
어서 배 타고 군산 가자

장항 노석환이 마누라한테는
시어머니 이어받아
제련소 굴뚝이 대감인지라
한밤중에 새끼 꼬듯
손바닥 비벼 비난수하기를

내일 청양장 먼 길 나서는데
청양장 장승재 넘어가니
부디부디 그쪽으로 연기 내주시오

아니나다를까
다음날 어지러이 갯바람 불어
동북방으로 연기 나가니
굴뚝님 굴뚝님
이 은공 언제 다 갚으리오

그 마누라 치마 밑 고무신코 신명났다
십릿길도 얼른 지나고
시오릿길도 얼른 지나고
황톳길 소경 먼지 자욱한 고무신코 신명났다

청양장 가서
하필 친정 일가로 몰라도 그만인 사돈네 팔촌네 아낙 만나
불어터진 국수 한 그릇이야 재수 좋게 얻어먹었지

대천역

하루 내내 대천역 썰렁한데
아침저녁 통학생으로
그 까마귀떼 우르르 내려
개찰구 말고
여기저기 아무데나
철길 전나무 사이로 다 빠져나간다
개찰구 말라깽이 역무원
모자 헐겁게 쓰고
그런 아이들 흘끗 쳐다볼 뿐
으레 연착한 기차 떠난 뒤
대천역 대합실 지린내 저 혼자 남아 있다

다음날 첫차 개찰구에도
말라깽이 역무원
홀아비 역무원 있다

그렇다 그가 있어야 만사 제대로 된다

장항부두 2

장항에서 군산 건너가는 배
밧줄 받아 감아주는 영감
칡뿌리 같은 영감
알고 보니 마흔 몇살인데
20년은 더 들어 보이는 영감
늘 술냄새 풍기는데
안주 없이
맨소주만 마셔대는데

누가 보고
어찌 영감땡감은 안주도 없이 술 먹는가
술이 욕하겠네 술이 욕해
하고 빈정대면
아 장항 천지 갯바닥 비린내가
다 내 안주인 줄 모를 것이여

겉늙은이 영감이건만
꼿꼿한 허리 세워
밧줄 힘껏 잡아맬 때
그 밧줄에 묻은 물 휘익 뿌리치는 힘이여

대천 이문구

부리부리 화경눈으로
사람 쏘아보기는커녕 불쌍히 여겨
제 것 주고 나서
빈 몸이 보름달인 양 무던하다
결곡한 양친 난리에 바치고
네 형제 또한 난리에 목숨 무너져버리니
막일꾼으로
트럭 조수로
공동묘지 언저리로
어찌어찌 대학 문예창작과도 다니더니
옹졸하면 옹달샘이요
마음 열면 밀물 들어 숨막히는데

할아버지 노론 이어받은 심덕인가
망한 땅에서 뼈 캐내며
길고 긴 이야기에 밤이 훤히 새고 만다

살 속 깊숙한 사람
그래서 침 놓기 어려운 사람
오지랖 넓적한 사람
너도나도 사촌 아니던가
순정은 또 어디서 그런 순정이던가
실개천 보고도 섬겨
당신이라고 사랑하옵는 순정 아니던가

나물장수 성산댁

이른 봄 둑새풀에 질세라
어디 꽃 하나 안 보이는 매운 날
어김없이 질긴 목숨하구서는 나물들 돋아난다
이때다 하고
판교 장태봉 벌거숭이산 밑 밭두렁
마대 상좌 후동리
삼동 현암리 일대 할 것 없이
그 밭두렁 방게처럼 싸질러다니며
날마다 나물 캐는 판교 성산댁
아들 삼형제 산 입에
어디라고 거미줄 치랴
국민학교 1학년 3학년 6학년
쪼르르 학교 보내느라고
봄이 왔다 하면
성산댁 나물 캐는 시절이고
성산댁 밖에 나오면
그게 봄날
참냉이 황새냉이
국수댕이
벌금자리
고갱이 따내고 먹는 지칭개
지칭개 사촌 방가지나물
어인 일인지 올해 씀바귀는 드물구나
축축한 데 돌미나리

쇠스랑개비
미나리아재비
푸석푸석 언 땅 풀린 데 고들빼기
민들레 한두 뿌리
그놈하구서는
그놈 어여쁜 달래야 달래야
저만치 혼자 잘난 무릇도 제격이라
이렇게 남의 밭 남의 밭두렁
천하 공짜로 캔 나물
아기구럭에 한 짐
큰 소쿠리에 가득 한 짐
등에 지고
머리에 이고
그길로 판교역에서
내려오는 완행 타고
장항역에서 내려
강 건너 군산으로 간다

본디 금강 이남 옥구 성산이 친정이라
군산 옥구 훤한데
군산 묵은장 먼 일가 가게에 가
나물 씻어
한 무더기씩 향긋한 내음새 넘기고 나면
몸뻬 속주머니에 종이돈깨나 구겨 담겨

그놈 차곡차곡 개어 세어보면
얼씨구 기백원이라
우선 봄 양식 얼마 팔고
둘째 셋째놈 월사금 내고
이것저것 머릿속에서
돈 쓸 데 삥그르 챙겨보며
어둠속 막배 타고 건너간다
속에 떡 하나 넣지 않아도 시장한 줄 모른다

대천 홍성 가는 밤 완행 타고
장항 떠나
어느새 판교에 내려
집으로 간다
일찍이 서방 여의고
큰놈 6학년짜리가
제법 제 아비 타겨
네모 유리등불 들고
마을 앞까지 나와
인제나 오나
인제나 오나
어머니 기다리다가

행모야
준모야

봉모 잘 놀았느냐
하는 어둠속 어머니의 힘찬 목소리

건넛마을 개 짖고 나자
그 집 강아지도 덩달아 깽깽거린다

봉림이

그렇게 달밤에 박꽃 같더니
열다섯살에
그 봉림이 단발머리
고무줄 줄넘기 멈출 줄 모르는
열다섯살에

차령산맥이 강원도 오대산에서 비롯하여
원주 치악산으로 올라섰다가
그것이 경기 충청 서운산 흑성산 지나
차령 넘으면
청양 두메 이루다가
이윽고 보령 서천 들판을 건너뛰어
장항제련소 우뚝 솟아
그만 바다로 빠져버린다
그러나 거기서 끝장내지 못하고
다시 한번 솟아나
고군산 선유도 장자도 되어
거기에 동백꽃도 피는데

장항 선창가 봉림이 시집갈 때
시집가기 전날밤
싱숭생숭
제련소 굴뚝에 대고
장항 선창가 고물상 딸 봉림이

얌전한 봉림이
제 아버지 친구가
서천군 문산면 봉림산 이름 따서
이름 지은 봉림이
다른 것은 그만두고
부디부디 여드름만 없애주시오 하고 빌며
아버지 술 끊게 해주시오 하고 빌며
어둔 밤 눈물 흘리며 빌고 빌었다
그 여드름쟁이 봉림이

강바람인지 바닷바람인지 비단 같은 밤

읍장 신중헌

점잔 빼려면
자전거야 끌고 가는 것이지
그걸 어찌 타고 가겠는가
장항읍장 신중헌 씨
허허 조강지처 두고
무창포에서
파리 날리던 술장사 여편네 데려다가
한 살림 차려
거기서 나오고
거기로 돌아간다
자전거 끌고
점잖게도 중절모자 쓴 읍장 나리
앞길 큼큼 잔기침소리 던지며 가는데
동네 아낙 울타리 너머 바라보고
찧고 까불어댄다

아따 그년이 사내 다섯은 잡아먹었다는데
시침 뚝 떼고
읍장 나리 여편네로
호박씨 까고 들어앉았어
실컷 욕사발 자냥스러이 퍼부어대고 나서

아서
욕 많이 먹으면 오래 산다네

그녀 오래 살라

앙상하여라 산수유꽃 망울 맺은 추운 날

짝

조선 헌종 때
한양 운종가 종각 다락 밑 맨바닥에는
온갖 재주꾼들이 드나들어
거기에 사람깨나 오고 가며 모여드는데
이야기꾼은 이야기를 하여
이야기값 받고
떡장수는 떡 팔아 이문 챙기고
코 베어가는 놈 코 베어가기도 하고

그런데 어느날
거기에 해금소리로
흉내 잘 내는 해금쟁이가 와서
이야기꾼 옆에서 판을 벌이다가
어느 쪽도 파흥이 되자

그들 이야기꾼과 해금쟁이가 서로 합하여
해금쟁이가 쥐 때려잡는 소리 내면
이야기꾼은 그 소리 척 받아
장화홍련전의 계모가 장쇠 시켜
쥐 잡는 대목으로 이야기를 이어간다
해금쟁이가 톱질하는 소리를 내면
이야기꾼은 그 소리 받아
놀부 박 타는 대목으로 이어간다

이렇게 두 재주꾼이
한짝이 되어
흥을 돋우고 신명 내니
옜다 봐라
던져 주는 흉내값 이야기값도 제법이여

그들은 종각 다락 밑뿐 아니라
멀리 수원성 서문 밖까지
수원 용주사 산문 밖까지
초파일 산문 밖까지 떠돌며
함께 이야기 팔고 해금소리 팔아
춘하추동을 덥지 않고 춥지 않게 떠돌며

시절 인연이 다하였는지라
그만 이야기꾼이 세상 떠나니
외로운 해금쟁이
슬피 슬피 외기러기 울음소리 흉내내며 떠돌았나니

옛 외가

외할아버지가 강물 나그네라
장항에서
대처 군산으로 건너가 살기까지
장항 외가는
나지막한 양철집
그 양철지붕 녹슬어 온통 썩은 밤색인데
가랑비 오면
마당 구석의 맨드라미
어디에도 화풀이할 데 없이 쩍 벌어졌는데

뱃고동소리 뒤
호랑이 장가가나
맨하늘에 눈먼 빗방울 서너 낱 떨어지는데

순남이

금강 개펄 개흙 범벅으로
변변치도 않은 바지락 캐는 순남이
아버지가 글 배우면
화냥년 된다고
학교 보내지 않아
바지락 캐는 순남이
제 또래 아이들
책보 메고
딸깍딸깍 필통소리 내며
학교 파하고 오는 것 보아도
부러운 생각 눈꼽만치도 없이
개펄 비탈에 맨발 푹 빠지며
바지락 따개비
졸따개비 캐는 순남이

소원 하나
고군산 선유도
그 섬에 가 보는 것
석양머리 불타는 바다 바라보며
어느새 저 혼자 캄캄한 처녀가 되어버린 순남이

지서방

제 늙은 어미 자는데
금반지 빼어다가
노름판에 가는 놈
하루에도 거짓말 가만두고
밥 세끼로는 못 사는 놈
그런 인간인지라
마누라인들 정나미 떨어져
개구멍 이웃 사내한테
그만 몹쓸 정 주었는데

그 사내하고 마누라하고 자는 방에 들이닥쳐
나 네 연놈을 해칠 생각 없다
네놈 논 없으니
밭 팔아
내 마누라 몸값 내면 그만이다
하여
그 왁댓값 단단히 받아내어
그길로 도리지꼬땡 노름판으로 달려갔다

그런데 놀라운 것은!
실로 오랜만에
그놈 지서방 딴 돈이
집은 물론이거니와
절도 사고 남을 만한 돈이었다

그제야 울며불며 한탄하기를
아이고 내 마누라
배꼽 깊고
어디 있는 줄 모르게
속 깊은 마누라
아이고 내 마누라

이관구

대천해수욕장 백사장에서 맞아죽었다
맞아죽어
거기 거적때기 덮여 묻혀버렸다
갓 스무살 이관구
동네 민청 간부였다가
인공 떠날 때 달아났으나
나락밭에 숨는다고 되겠느냐
낯선 마을
잔솔밭에 숨는다고 되겠느냐
붙잡혀와서
멀리 해수욕장으로 끌려가
거기서 맞아죽었다
비명도 제정신 있어 질러대는 것이지
그저 퍼억 퍼억 퍼억 맞아
언제 숨 끊어진 줄 모르고
피투성이 송장 되고 말았다
쪽빛 하늘 아래
어린 아우 하나 살아 있다가
소문 듣고
한밤중 깊어지자 시오릿길 백사장 달려가
그 무서움
그 무서운 송장 파내다가
다시 시오릿길 메고
관촌 뒷산에 묻고 나니

날 새었다

대천해수욕장 바람 자는 날
느린 파도 자늑자늑 밀려오는지 밀려가는지 모르는 날

우영감

화양에는 우씨들이 떼지어 사는데
그 우씨네 종씨 가운데
한 사람 눈밖에 나
쫓겨나다시피
장항읍내로 이사 와 사는데
그 우영감
언제나 갓 없는 망건 바람으로
비도 맞고
풀도 뽑고
미나리꽝 미나리도 솎으러 들어가고
말동무 하나 없는 하루
어쩌다 누가 말 한마디 붙이면
와르르 열 마디 스무 마디
입속에 꽉 차서 기다리던 말
터진 자루 꼬라지로
마구 쏟아져 나오는데
그 우영감
축 늘어진 목젖께가 말할 때마다
뒤숭숭히 떨어대는 것 희한타
그 늙은 살이
여리게 여리게 부끄러운 듯
떨어대는 것 희한타
다 늙어빠졌어도
그 생기나는 눈빛

첫사랑 같은 눈빛
그것 희한타

유재필

싸낙배기 돼지에 뜨물 부어주듯이
욕 잘하고
걸쭉걸쭉
말참견 잘하고
어느 시절에는 탕수육집 중국 시악시하고 살며
해장국 못 끓인다고 투덜대다가
속 쓰린 데 양파나 까먹으며 투덜대다가
다른 서방 얻어 살라고 헤어지고
조선 여자 얻어 살며
아무나 만나
나이 위면 성님
아래면 아우님이라
남의 일이란 일 도맡아 해주고

허어 하루는 백오십만원짜리 찌개 먹었다 하는데
사연인즉 대한항공 회장댁
남미 원산 비단잉어가 죽어
그 잉어 내버리려다가
한 마리 백오십만원짜리라
그놈을 찌개로 끓여
얼큰하게 소주 마시고 나와 자랑이라
식민지시대 사상가였던 그 아버지에
그 아들로 연좌된 세월
잘되어보아야

대한항공 운전사였는데
마흔 몇살 먹자마자
아이쿠 그만 살자고
저세상 갔다
남겨놓을 것 없으니
손가락에 낀 쇠반지 그냥 끼고 갔다

아니! 저런 즈 에미 똥구녁에 뭣 박은 놈의 자식 같으니라구

그 육두문자 침 튀어나오며 역력한데
봄날 먼지바람에
저 건너 둔갑해 통 안 보이누나

재필이 아버지

동경 유학 시절 자본론에 사로잡힌 이래
그것으로 지탱한 세월
9·28 유엔군 상륙으로 도망길 막혀
고향 광천 벗어나지 못하고 체포되었다
검사가 있나 판사가 있나
그냥 체포되자마자
광천 냇가에 끌려가 맞아죽었다
이 소식 듣고
그의 아버지
선산으로 올라가
선산 조상한테 인사할 겨를도 없이
소나무에 목매달아 늘어지고 말았다
남은 건 제정신 없이
아내와 자식 하나
타관으로
타관으로 떠돌며
가을 제삿날 슬픔 따위 어림없어라
지아비 제사 이어서
시아버지 제사에
석유등잔불 밝혀
어린 자식한테 음복술 자꾸 먹였다

어찌어찌 지니게 된
재필이 아버지 사진 한 장

일본 명치대학생 사각모 쓴 누런 사진 한 장
그 사진 속에서
아직도 굳게 다문 위아래 입술
현해탄 관부연락선 난간에서
그 바다 복판의 침묵 아직껏 굳세어라

재필이 어머니

남편 맞아죽은 뒤
그 아름다운 아내
모란꽃 앞에 서면
모란이 죽어야 하는 아름다움인데
하루아침에
아홉살짜리 새끼 하나 남은
빨갱이 과부 되고 말았는데
그러자 대천 바닥 건달들
치안대들
순경들
길에 나서면 수작을 부리는데

이러다가는 안되겠구나!

어느날 품에 부엌칼 품고
건달 우두머리네 집에 찾아가
칼을 방바닥에 꽂고
나 건들려거든
너 죽고 나 죽자 하고 결판내자
거기에 감복하여
다시는 대천 비알 어디서도
그 아름다운 과부 건드리는 일 없어졌다

어쩌나 정갈하고

어찌나 그윽한지
새끼 하나는 미륵덩어리로 뒹굴며 커도
그 논게 잘 잡아오는 놈
그 우렁 잘 잡아오는 놈의 효성 밖에서
늘 공중의 찬바람인 듯
빈 아름다움이여
흰 댕기 낭자머리에
언제나 앞치마 두른
그 빈 아름다움이여

그 아름다움보다 더한 비상 같은 절개여

대천장 할망구

대천장 장날
사람 등쌀에 짐승 등쌀에
사람 하나라도 제해야 할 판인데
오직 한 사람
아무 일도 없이
장바닥 오락가락하며
사람 등쌀에 밀리기도 하며
나아가기도 하며
늘 빙긋이 웃음 흘리고 다닌다

눈여겨보면
어깨에 매라도 한 마리 없고 가듯이
무척이나 의젓스러운데

아침 개떡 팔리지 않은 것 얻어먹고
그것만으로
어이 아들 없이 손자 없이
저토록 웃음 은은한가
누더기에 몸뻬 할망구
남자 고무신 할망구

비인만 어부

다른 데는 바람에 홀딱 뒤집혀도
비인만은 아늑하여
거기 노는 고기도 순하디순하다
넓은 마당 같은 비인만 끝 마정리
거기만 온통 햇빛에 자지러지는 백사장 지나서면 마정리
그 지저귀 모르는 동백나무숲에
삼사월 홑동백꽃 피어나면
그 붉은 동백꽃 누가 보나
때마침 가난뱅이 낙배 먼 데로 나가다
그 뱃사람 김달용이
흘끔 눈 팔아
얼래 저 동백꽃 좀 보아
아 저렇게 저승 차리고 이승 차려야
누가 와서 놀아난단 말이여
그러던 그가 그길로
이모작 땅 영영 돌아오지 못하고
물귀신 되고 말았지
그 싸리나무 기어오르는 검정쐐기 눈썹 진하고
고기 부스러기 자스러기 좀 달라면
한 바가지 푸짐하게 퍼주던 뱃사람 김달용이
그 사람 아들 아직 소꿉장난 꼬맹이인데

구멍가게 나길섭

장항 열 마을에서
제일 떵떵거리는 창선동이라지만
겨우 이층집 서너 채일 뿐
저 멀리 구렁이 담 넘어가는 언덕배기
천일염 소금 흉년인 해는
그저 구질구질한 날씨인지라
제련소 검은 연기에 이어
낮게 낮게
잿빛 연기 긴 놈이나 바라보아야지
창선동 구멍가게 나길섭 아저씨
방문에 유리 달아 빤히 내다보다가
눈깔사탕 하나 달라면
너는 꼭 둘은 모르고 하나만 아느냐며 옜다 쥐여주고
손님 와
급한 아낙 명태 달라면
먼지깨나 쌓인 북어 한 마리 늑장부려 떼어준다
젊으나 젊어
가게에 들어앉은 이래
20년을 하루같이
바지에 대님 꼭 매고
하루같이

그러다가 가게에 불이 나서
파출소 드나들고

다시 불탄 자리에
임시로 전방 차려
눈깔사탕 달라면
너는 꼭 둘은 모르고 하나만 아느냐
하고 불나기 전이나
불난 뒤나
그 말씨 그대로
그 마음씨 그대로
택도 없이 넓은 이마 왼쪽에
사마귀 한 분 긴 잠 자고 있지

유영모

그래서 어쨌다는 것인가
다만 멋쟁이라면 모르거니와
어쨌다는 것인가
어쨌다는 것인가

일찍이 그 총기에
유불선 익혀
서양 칸트 익혀
그따위를 하나로 만들고

무릇 인민을 씨올이라 부르고
그를 이어
제자 함석헌이
그 씨올을 펴나가는데

쉰살 넘자 깨친 듯이
아내 김효정과
이혼하는데
이혼이라 하지 않고
해혼이라 부르고

하루에 한 끼 먹으며
오욕칠정을 감히 잿더미에 묻어버리니
따뜻한 아랫목 대신

잣나무 널빤지 위에서 자고 깨며

절로 이름 짓기를
온 우주의 수많은 밤이라 하여
거친 수염발에
두 눈 떠
수많은 저녁이라 하여

아흔한살 살고 훌쩍 떠나
정녕 그것이 사상이란 말인가
다석 철학이란 말인가
여기저기 도토리나무 솎아 베는 나무꾼 미치지 못할 때도 있었다
무슨 큰뜻이 있는 듯하나
그저 부질없을 때도 있었다

대천 노창길이

눈 하나는 인두로 눌러 지졌는지
푹 꺼져 맥 못 추는데
눈 하나로
빤히 볼 것은 다 보는 창길이
초상났다 하면
제일 먼저 달려가서
차일 쳐주고
마당솥 걸어주고
큰 멍석
작은 멍석
둥근 멍석 깔아주고
상 내가고
상 들고 나오고
이렇게 한 이틀
초상집 국수에다가
막걸리 서너 사발 대접 받고
상여 나가는 날
마당 구석구석 다 쓸어주고 돌아간다

동네 초상집마다
그렇게 해주는지라
울음도 없는 상제 마누라 퍼질러앉아
욕보았네 한마디 없어도
어디 섭섭한 줄 모르고 돌아간다

가다가 묵은 밤송이에
발바닥 찔려도
어디 섭섭한 줄 아픈 줄 모르고 돌아간다

화양 정순이

이른 아침저녁으로
화양 군산 사이 배 타고
강기슭에 높직한 멧부리 하나 보이지 않는
그 강기슭 나란히 배 타고
중학 3년
여고 3년 6년 동안
벌써 계집아이가
쌀고치 처녀 되었네
군산여상 졸업하고 돌아가는 날
이제는 구정물 금강 건너는 일 다 끝났다고
서럽게 서럽게 울며
졸업식에서 받은 꽃다발
사시나무 잎사귀 달린 가지까지
강물에 띄워
떠내려가는 것 바라보며
잠잠해진 울음 다시 살아나
흐득흐득 울어대는데
해야 무심하매 서쪽 바다에 혼자 빠지네
뱃전의 한동네 남학생 녀석
그만 울어
시집올 때 울 울음 없어져
나한테 시집올 때

그들 곁에 서서

화양부두 다가오는 것 바라보는 젊은 아낙
송화색 저고리에
검정치마 입은 그 서늘한 눈 서러움이여
한번 배 옆구리 난간에 부딪친 사나운 물결 솟아오르네

행인

늦은봄 저 건너 전라도 뱅어철
충청남도 서천군 마서면 원포리
송석리
다사리
장포리
선도리 갯가
갈매기도 싱겁디싱거워
한번 기 펴고 날 줄 모르고
시금치밭에 거름 주어
갯내음 대신
시동냄새 자욱한 갯가
그 개펄 썰물 때
저게 누구여?
길도 묻지 않고
남으로 남으로 내려가는 사람 있어
알고 보니
전쟁에 나간 아들 죽은 뒤 반 실성하여
식민지 산천 떠도는 사람이라구!

나이는 쉰 넘었을까
저 혼자 장딴지 종아리 위 삼리혈 뜸까지 떠가며
먼 길 남으로 남으로 내려간다

그렇다 땅 밟고 가노라면

웬만한 슬픔이나 외로움은 달랠 수 있지
그러나 제 아들
웃통 벗으면 가슴팍 무쇠 같은 아들
그 아들 죽은 아픔이야
삼천리를 다 간다고
어찌 사그라지랴

아이고아이고
아들이 아비 죽어 곡해야 하는데
거꾸로 아비가 곡하다니
아이고

솔리 추씨

사천에 가을 추자 추씨 하나 사는데
큰부자라
일년 내내 소나무장작 참나무장작 벼늘이
두어 길짜리 서너 채 끄떡없다
머슴 넷에 꼴머슴 한 놈
화양 마서 기산 화산 일대
가는 데마다 소작인 머리 굽실거리고말고
그 추씨네 집 딸도 부자라
을숙이
병숙이
정숙이
무숙이
경숙이
신숙이
임숙이 일곱 자매라
첫딸 갑숙이는 진작 죽어 을숙이가 맏이 되고
무숙이와 경숙이 사이
기숙이라야 할 터인데
까딱 뱀 사자 모양이라
그 뱀 사자 뛰어넘어 죽을 사자 넘어
경숙이가 되었지
딸부자이매 사위부자인데
한데 변변한 사위 없어
다 처가살이에 붙어사느니

을숙이 남편 김길현이는 마름을 다스리고
병숙이 남편 노필섭이는 장인 서기
정숙이 남편은 큰처남 뒷바라지
무숙이 남편 문종수는 마서농장 감독이고
경숙이 남편은 기산면 산림을 맡고
신숙이 남편은 처가 살림 서무 맡고
임숙이는 아직 열여섯이라
여기저기서 침 삼키며 탐내는 자리인데
추부자 추씨 큰 소리로 말하기를
아서 임숙이란 년은
천리타관으로 시집보내버려야지
이놈의 피라미떼 사위 등쌀에 넌더리나도
이만저만 난 것 아니네
그 말 받자마자
추부자 마누라 금비녀 금이빨 번득이며
그 무슨 소리요
우리 막내 임숙이 서방은
내 곁에 둘 것이오
내 곁에 두고
내가 쇠뼉다귀 고아 먹일 것이오

송내 처녀

장항에서 한 마장 미처 못 가면
거기 송내리
개구리소리 자욱한데
잔솔밭 왜솔밭 그 너머
여기도 저기도 하얀 무논에
모내기철
한번 못줄 놓으면
낭창낭창 놓으면
단숨에
모 스물다섯 번 심어가는
송내 처녀 이옥자
타마꼬

모심을진대
송내 타마꼬란 년 얻어다 심어야지
그래야
품 둘 값 셋 값 버젓이 때우지

그렇게 번개같이 심은 모 자라
어느새
따가운 화살볕에
고개 푹 숙인 벼이삭이지

그런 날 저물어

어둑발에 눈앞이 침침해갈 때
동네 총각
우물에 나온 타마꼬
오동통한 몸매 느닷없이 껴안아도
별로 소스라치지도 않고
아서 함부로 그러는 것 아니여
하고
총각 팔뚝 느긋이 풀어내는 그 따뜻한 손길
타마꼬 손길

어린 거지

대천 장날
어린 거지한테도 장날이다
여기저기 기웃거린다
걸핏하면 발길에 채며
일어나
여기저기 기웃거린다

삼절

한 사람이
시에 능하고
서에 능하고
화에 능하여
이를 삼절이라 우러르거니와

조선 세종 때 안견
세조 때 강희안
성종 때 최경이라
그대들도 삼절로 자자하거니와

그러하나 그 예능에 연연한 바 없지 않았다
그것 깨뜨려
새 경지 헤쳐나가 마땅하거늘
거기 그대들 칭송에 자리잡으며
술 거나하면
검은 수염이 흰 수염 되고 말았다
몽유도원도라 청산백운도라
산수인물도라
그리고 마마의 용안 어진이라
슬픈 일은 예능이 멈추고 더 나아가지 않음이라

은옥이

언제나 빨간 두 볼의 은옥이
1·4후퇴 때
경기도 연천에서 피난길 나섰는데
의정부 지나
그만 부모가 폭격으로 죽어버리고
어린 은옥이 하나 살아나
제 이름 송은옥이만은 용케 붙들고
한강 건너
수원이라
천안이라
홍성 예산이라
이렇게 바닷가 대천까지 흘러오며
어느덧 시악시 꼴 박혔다
그 모진 고생으로
어설픈 초다짐밖에는
밥 한 끼 제대로 먹지 못했는데
어느덧 무거운 시악시 꼴 박혔다
대천 복숭아 과수원 조만석이네 양녀로 들어가
키는 작으나
그 몸집 오동통하고 상냥하고
과수원의 고된 일
남정네 두 품이나 해내고

수문리 동네사람들

아이고 은옥이 좀 보아 은옥이 좀 보아
하고 이르던 시악시인데
그러나 이 고장이
충청도 잔반 땅이라
아무 막대기 하나 선 데 없이
그저 떠돌이로 온 은옥인지라
누구도 선뜻 데려가지 않았다
그런 신세라 워낙 은옥이도
늘 어린 시절 고향 그리워하여
시집을 가도
고향 총각한테 가겠다고 입버릇이었는데
어디 경기도 연천 포천이 복사꽃 피던 춘색이던가
아직도 폿소리 포연 자욱한 싸움판이 아니던가

그래도 말이 씨 되어
그런 세월 지나서
휴전이라고
총소리 뚝 그쳤을 때
이때다 하고
은옥이 머릿수건 벗고
고향 달려가
실컷 울고불고
양친부모 허묘라도 써두고나니
마침 총각 있어

만나자마자 성례 치르고
싸움 끝난 폐허에서
가시버시 되니
그렇게 시작하여
떡두꺼비 아들 낳아
그 아들 업고
친정 오듯
대천 수문리 과수원집에 와서
며칠 머물며
어린것한테
과수원 찬바람 마구 쏘이고 돌아갔다

대천 이씨네 사랑방 머슴들 입초시에는
으레 은옥이 방뎅이가 올랐는데
누가 보기나 했나
그 박속 같은 방뎅이
그 살살살 눈 녹는 방뎅이
사철 안식교 구제품이나 걸치고
손등 터 구리셀린 바르지 않는 날 없으나
그 손등 손가락 가지런히 예쁘디예쁜 손가락
그 은옥이 방뎅이는 고사하고
그 손가락도 이제 없다

자 포 떨어졌거든

졸장기라도 두어 보아
어서

김돈중

세도 김부식의 아들 돈중
왕실 내시로 있어
무서운 것 없는 서슬이라
호종 군사 정중부의 수염이여
어찌 한낱 무부가 수염은 수염인가
하고 촛불로 태워버리는 서슬이라
보현원 무신란 직후
그 정중부가
어찌 돈중을 그냥 두겠는가
감악산 깊은 산중에 숨었으나
어찌 고비 고사리로 무사하겠는가
잡혀 목 댕강 나가떨어지고 말았다
문신일진대
돈중이로 아니 되고
무신일진대
정중부로 더욱 아니 되고

이 땅의 문무 함께
만백성을 도탄에 두고 있음인지라

제련소 소장

장항제련소 소장 이자복 씨더러
자네는 참 좋겠네
날마다 금하고 지내고 은하고 지내니 하고
문중 어른이 말하면
그 말에는 어른이고 자시고 없다
콧등에 엄지손가락 대고
피잉 하고
빈 코 풀고 나서야
그게 금이면 뭘하고 똥이면 뭘합니까
나야 월급봉투 받아다가
보름 밑 살고 나면
그날부터 남한테 인사성 밝아야 합니다
한푼 두푼 꾸어다
살아나가자면
해 번히 떠버린 한나절에도
아이고 아침 진지 잡수셨습니까 하고
이른 아침 인사성 그때까지 밝아야 합니다

우는소리 이렇게 하지만
이자복 씨 마누라 나들이 좀 보아
이 난리통에
장항 천지 한 벌밖에 없는
곰보 나일론 치마 떨쳐입고
으리으리

군산 벚꽃놀이 건너간다

아 저기 자네 마누라한테도 아침 인사 하지그려
아이고 아침 진지 잡수셨습니까
하고 말이여

대천장 임씨

대천장 비 오면
질퍽질퍽 진창길 진흙깨나 묻어나
구두나 고무신이나
진흙 넘어들어
신발하고 발하고 따로 노는데
그런 진창길
하루에도 열대여섯 번 왔다 갔다 하여
짐 날라다 주는 지게꾼 임씨
여름에는 숫제 웃통은 벗고
그 맨어깻죽지에 지게 지는 임씨
누가 싱거운 소리 해도
드러낸 배꼽이라
배꼽하고 웃어대는 임씨

하루는 술 먹은 개라니
영문 모를 주정뱅이 난장판 벌이는데
장터 장사치들
임씨한테 부탁하여
그 늙다리 주정뱅이 지게에 져다가
밀물 들어오는 섯개에다 부려놓았는데
알고 보니
그 주정뱅이가 임씨 아버지였을 줄이야
아이고아이고 아버지
이게 뭔 일이오

296

인월

홍산 무량사
이 산
저 산 버번쩍
매월당 노닐던 무량사

그 이래 어디에 사내 있던가
극락전 젊은 비구니
인월스님

참는 달이라
인욕의 달
인월스님

눈썹 없는 듯하더라
웃음 없는 듯하더라

아무리 청계바람 불어도
눈썹 없는 듯하더라

그 하얀 얼굴 아래
까만 염주 백팔번뇌 없는 듯하더라

잠도 수잠이라
소쩍새소리 다 들으며 자더라

대천 박형사 마누라

일제 때 보조원에다가
해방 직후 사찰계 형사로 시작하여
그 박형사가 잡아들인 사람만
3년 동안 아흔아홉 명이라 한다
대천땅에서 아흔아홉 명이라 한다

그 박형사네 집 지붕 위에는
기러기도 제 울음소리 떨어뜨리지 않고
입 다물고 지나간다 한다

날고뛰는 박형사
그 박형사가
인공 때 튀지 못하고
그만 잡히다니
그 날래고 날랜 박형사가 잡혀
대천역전 인민재판에 끌려나와
즉각 사형선고받고
그 자리서
척진 사람 나서서
낫으로 등짝 찍어버리니
마구 달려들어
뱃구레 박고
염통 찔러버리니
피 뿜어대며 죽어버렸다

그뒤 궂은비 올 때
전봇대 밑에서
눈 째려보며 박형사 서 있는 듯하였다

박형사 마누라 혼자 살아남아
당장 거지 되어
어드메 멀리 떠나라 해도
내 서방 죽은 땅에서 살겠다고
거지 되어 살아갔다

억척이어라 15년 뒤
그 마누라 집도 절도 생겨나고
곗돈 잘 주물러대더니
부녀회장까지 되어
금비녀 꽂고 아장걸음 잘도 걸어
하루는 온양 가고
하루는 천안삼거리 가고

고봉산이

대천 관촌 뒷산 부엉이재
그 부엉이재 아래
학교가 있것다
그 학교에 들어가려고 했으나
그놈의 구두시험에서
이름이 뭐냐 하는데
남의 이름은 왜 묻냐고 해서
그만 떨어지고 말았다
정작 그렇게 되자
낫 놓고 기역자 놓고 살아가다가
그 학교 못 들어간 것이 한이 되어
그 학교 오줌똥 퍼내고
그 학교 쓰레기 퍼내는 고용원으로 지정되어
아예 봉산학교 창고에 방 들어 살았다

그러나 그의 아들도 학교라고는 담쌓은 팔자라
글 배워 쓸데 없다고
바닷가에 나가
죽은 고기 밀려온 것 건지러 다녔다

그 아버지나 그 자식이나
온통 껌둥이라
누가 아버지인지 누가 자식인지

고서방

고봉산의 아비 고서방
머슴살이지만
서방은 서방이라
그 고서방
가을 바심 마당에서
풍구 잘 돌려
그 풍구바람에
잔검불 잘도 날아갔지
바심 끝나고
으슬으슬 서리 내린 날
지붕 이엉 새로 입힐 때
지붕 꼭대기 올라가
용마루 선뜻 얹는 일이야
누구 따라가지 못하지
에헴 하고
높은 데 서서
대천정거장 기차 섰다가
떠나가는 것도 보고
잘 가거라
한마디하기도 하지
주인 안 보는 데서야
어찌 그리 입담 좋고 청승 잘도 떠는지
동네 아이들 어른 되는 건
고서방 때문이라 하지

그러나 군불 아궁이
감자 하나 구워도
저 혼자 입에 대지 않고
술 생겨도
뚜레뚜레 돌아다보아
술동무 찾기 일쑤지
눈 펑펑 쏟아지는 날
주인네 심부름길 먼데
아 누구 동행 나설 사람 없어?
하고
저 혼자서도 신소리 한번 하고 떠나지
그 어깻죽지 등때기
벌써 함박눈 쌓여
갔다 온 눈 털면
한참 털어야 본모습 나오지
그 고서방 살만치 살고 죽으니
나이 예순셋이라
행랑채 머슴방 문 옆에
아들 고봉산이 곡하는 상청 차렸지
주인 마누라
삭망밥 푸짐하게 차려주었지
나이 예순셋 뜬구름에

마서 나상하

서천군 마서 부잣집 나상하 양반
일본 가서
무슨 대학 마치고 돌아와서도
줄곧 두메에 묻혀 지내는 양반
어쩌다가 어린 손님이 와도
문지방 밖으로 나가
찬 마루에서
방 안에 대고 큰절 드려
손님을 맞이하는 양반
그 집 뒤안 대숲 대바람소리
밤새도록 잠들 줄 몰라
호롱불 아래
그윽이 그윽이 글 읽는 나상하 양반
아내더러
반말 하나 없는 양반

그러나 좋은 공부 하고 나서
그냥 그렇게 세월 보내고 만 양반
눈도 괜히 크고
코도 괜히 큰 양반
그냥 그렇게 늘 조용한 양반

화냥년 옥분이

대천 내항들에 대고 물어보아라
궁촌들에 대고 물어보아라
화냥년 옥분이 남치마 벗긴 놈이
어디 한두 놈인가
대천 앞바다 파도에 대고 물어보아라
그 옥분이 저 혼자 새운 밤이
어디 한두 번이라도 있던가
친정아버지 삼우제 지내고 오자마자
그 실하디실한 상대 불러들이지 않았던가
밤새도록 되게 요분질치고 나서
다음날 넋놓고 먼바다 바라보다가
신기루로
바다 너머 대국땅 보이는지라

아무래도 내가 아버지 따라갈 모양이여
바쳐도
너무 바쳐댔으니

주근깨 옥분이 쭉 늘어진 네다리

나영순

나상하 양반 둘째딸 영순이
군산여상 다니느라
하루에 배 두 번 타고
강 건너갔다 오지
아버지 어머니와 달리
바닷바람에 머리칼 한껏 휘날리며
남학생 잘도 잡도리하며
한번 웃었다 하면
그 웃음소리
어디 충청도에서 들리던 소리던가

방금 바다에 해 떨어지는 것 바라보며
으하하하
그 웃음소리
어디 강 건너
전라도에서도 들리던 소리던가

그러던 영순이
한번 시집가더니
찍소리 하나 없이
아들 삼형제
딸 형제 쑤욱쑤욱 잘도 퍼질러 낳고
잘 먹고 잘도 살아가고 있다던가
어쨌다던가

복산이 아범

대천 복판에서야
타고난 사주 건달 복산이 아범 모르는 이 없다
하루도 술기운 아니고는 못 사는 사람이라
술 대신 술지게미라도
한 투가리 얻어먹어야 산다
술 먹은 귀신이라니
제 큰아버지더러
아 자네는 누구네 머슴인가
하고 헛수작하는 사람이라
누가 이 사람하고 상종하겠는가
오로지 개 잡을 때
돼지 잡을 때
손님 와서 닭모가지 비틀 때
그런 궂은일에나 불러다가
실컷 부려먹는다
돼지 오줌보하고 창자하고 얻어다가
어찌 또 한잔 없을쏜가
외상 소주에 안주 삼는다

그 복산이 아범 눈총깨나 받아서인지
늘 훤칠한 키다리였는데
픽 쓰러지더니
그길로 세상 하직하고 말았다
작것!

그의 죽음에 제일 슬피 운 사람은
그러니저러니 해도 장모였다
다 쭈그러진 장모였다
이놈아 내 딸 달달 볶아쳐먹더니
너 잘 간다 너 잘 간다
하고 통곡하고 달려와서
상여 나가는 날에는
너 못 간다 너 못 간다
내 딸 망쳐놓고 너 혼자 못 간다
하고 사설 반 울음 반 통곡하며
실성실성 춤까지 추어댄다
허나 죽은 사람 어쩌겠는가
그 당나귀귀도
죽어서 무슨 소리 듣겠는가

동네 아낙
복산이 아범 욕은 맡아놓고 하던 아낙
한마디 인사

흥 복산이 아범 그 영감 떠나니
이제 누가 우리 동네 개 잡어?
돼지 잡어?
장닭 잡어? 씨암탉 잡어?

길례

역전 춘광옥 아가씨
어디 손님이라고 씨 할래야 씨도 없는데
아침나절부터
문 탁 열어놓고
니나노만 불러대는데
그 어린것이
오늘도 걷는다마는에서부터
달밤에 지은 맹세
꽃 피는 아침에 시들었구나까지
한 스무남은 곡 불러대는데
그때서야
주인마나님 나서서
아 지랄한다고
멀쩡한 대낮에 권주가는 무슨 오구삼살방 권주가여?

노래 뚝 끊고 대꾸하기를
엄마!
엄마는 내 노래가 노래로 들리우?
참 안되었수

그 어리고 매운 길례
어느 놈한테도 넘어가지 않는 길례

오늘도 걷는다마는 정처 없는 이 발길

험한 세상 끄떡없는
그 어리고 매운 길례

오줌 쌀 때도 노래하는 길례

고종

파락호 이하응
여기저기 굴러다니던 시절
자갈의 시절

애꾸 화상 있어
정색으로 말하옵기를
당신 아들이 필시 왕위에 오를 터이오
그러하니 율무밥 부지런히 먹여
겉은 마르게 보여도
속은 꽉 차도록 하시구려

이 말에 자갈 이하응도 한 수 두었으니
허허 애꾸눈으로
어찌 그리도 내다보시는가
애꾸 화상 대꾸하기를
허허 그래서 일목요연타 하지 않던가요

뒷날 천년만년 장동 김씨 세도 뚫고 들어가
아들 임금 되고
그 아들 위에 앉아
흥선대원군이라
제법 한가한 척
석파란도 쳐보며
바람과 구름깨나 불러들이며

그러나 조선 역대 왕 가운데
고종!
그것이 무슨 왕이던가 망국 대감 아니던가

그저 전라도 소리꾼 불러다가
실컷 소리 몇마당 들은바
용상거사 아니던가

윤서방

딱 한해 동안
대천 문구네 집
시큰둥히 머슴 살다 간 사나이
남녘 사나이

기골 장대하고
기운 쓰기가 황소 항렬인데
온종일 일만 할 뿐
가타부타 입 여는 법 없는 사나이
사람하고 눈 마주치는 것 싫어하여
외양간 황소 앞에서
멀뚱멀뚱
황소 새김질하는 것하고
눈 마주치는 사나이

그 사나이
저녁 모깃불 풀 한 짐 지고
바깥마당에서
안마당으로 들어올 때
꼭 산 하나 출렁대며 들어오는 것 같아라

그 사나이
그런 산으로 들어갔는지
어느날 아침

언제나 베고 눕던 목침 하나 남기고 갔다

그 낫 서너 자루 단번에 갈던 사나이

삼남매

창준이 큰누나
작은누나
창준이
이렇게 셋이 장날 나가
장바닥 국수장사를 하는데

그 전날밤 이슥토록
깍두기 담느라
칼도마 소리 한번 숨넘어간다

문풍지 으르르르 브르르르 울어대는 밤
그렇게 깍두기 담고
신새벽같이 일어나
큰누나는 국수 이고
작은누나는 깍두기 이고
창준이는 지게 지고
그 지게에
화덕하고 장작개비하고
짚방석하고 지고 나간다

하루 내내 국수 팔면서
아무리 불어터져도
입에 대지 않고
어찌 그리 빈 배 견디며

세 아이가 다 화경눈이어서
그 눈동자 들여다보면
불쌍하게시리
하늘도 들어 있고
땅 위의 사람들도 들어 있는데
그러나 창준이 한쪽 눈은 애꾸눈이라
그저 희읍스름히
아무것도 들어가지 않는다

그 창준이가
두 누나 덕에
뒤늦게 중학교 들어갔다
애꾸눈 애꾸눈 하고
아이들이 골려먹어도
그저 희읍스름히
아무 말도 없이

청라 도령 우활식

청라면 부자 우부자네 외동아들
우활식이
들에 나가면
다 제 논바닥이요
다 제 하늘이라

집에 돌아가면
사철 곶감이요
꿀단지에
인삼 떨어진 적 없다

그런데 그 우활식이
바람만 불어도
감기 들고
비만 오다 말아도
몸살 나고

깎아 박은 듯 콧대 하나 좋은데
그 얼굴에
늘 수심이 열 말이라
진작부터 산에 팔아
이 산 저 산
산어머니 와서
내 아드님

내 아드님 해도
늘 수심이 열 말 열한 말이라

기어코 나이 열일곱으로
이 세상 두고 갔다
잘 갔다
어중간히 더 있다 가야

기쁨 하나 없을 터

석봉이

전실 자식 남매 석봉이 석근이 앞세우고
석봉이 에미 재취로 들어와서
또 아들 낳으니
그게 원수지 어디 형제이겠는가
의붓아비야
남의 자식 꼴 못 보고
에미는 에미대로
전실 자식도 자식이요
새 자식도 자식인지라

그저 볼 때면
매운 내에 눈물바람으로 날 저문다

이런 집구석 견디다가
석봉이는
제 누이 석근이 데리고
그놈의 집구석 뛰쳐나갔다

한사코 남의 집 종노릇 따위는 하지 않았다
어릴 때부터 손재주 좋더니
끝내 남의 호주머니에 잘도 드나들었다
석근아
이 오라비가
너 굶겨 죽이지 않는다

그러면서 훔쳐온 돈 쏟아놓으면
단발머리 석근이가
그 돈 얌전히 챙기며 훌쩍거린다

오빠 언제까지
이렇게 살 거여!

이 계집애가 짜기는 왜 짜

복남이 누나

삽짝은 고사하고
울타리 시늉도 없이
달랑 방 한칸 부엌 한칸
복남이네 집

복남이 누나
그런 집이라도
날마다 남부끄럽지 않다
봄이 와
산나물 들나물 잘 캐고
도라지 캐고
수북수북 고사리 꺾고
여름에 보리이삭
보리까락 줍고
가을이라
이삭 줍고
우렁 잡고
섯개 개펄에 나가
갈게 황바리 잡기도 하고
방게 잡고
바지락 빠래고동
그렇지 바다다슬기 잡아 빨아먹고
파래
나문재 뜯어오고

바다가 심심해지면
산에 가 도토리 상수리라
물에서도
뭍에서도
그 솜씨
복남이 누나 솜씨라

허름한 소창 직으로
적삼 해입어
늘 등짝이 비치건만
앞가슴 가리면 되지 뭐

동네 점잖은 양반 가로되
저것이 사내여 계집이여
하고 흉이건만

어찌 신명나지 않겠는가
산으로
바다로
어디로 어디로

고광순

지리산 밑 의병장 고광순 장군께서는
왜적과 싸우러 나가실 때마다
머지않아 다시 찾아내는도다
불원복기 휘날리시며
산 넘고 골짝 건너뛰어
진 치신 다음
불원복기 휘날리시며
화순 동복에서 무찌르시고
구례 연곡사에 본영 두시고
싸우시고
싸우셨다
싸우시다가
나라에 순하셨다
불원복기 휘날리시며

고광훈

형님 고광순과 더불어
의병을 일으켜
어느 한밤중
형이 연곡사 어둠속에서 전사하니
남은 의병 거느리고
연곡사 위
산골짝 위에서
백척간두에서 싸우다가 붙잡혔으니
그 이후로
입을 연 적 없이
벙어리 되고 말았다
두견새 울어도
귀머거리 되고 말았다
진도 귀양살이
백년 묵은 여우 울어도
끝내 귀머거리 되고 말았다

본마누라

남편 김창길이가
어린 년 데려다가
한동네다 살림 차린 뒤

김창길이 본마누라 생과부 되고지고

짓던 논도 넘어가고
밭뙈기도 쓸 만한 놈은
새살림으로 넘어가니
본마누라야
늘 목수건 쓰고
시래기나 씻으러 물가에 가는 일 말고는
숫제 무슨 죄 지어
집 안에만 틀어박혀
혼자 구시렁구시렁 군소리 버릇 들었다
첫 뜨물 버릴 때
뜨물에 뜬 싸라기 한 낟도 아까워
한 손으로 건져내려고 애먹으며

혼자 하루 내내 뻐꾸기소리 들어가며
혼자 그 쓴 밥 지어 먹으며

김수관 씨

대천 바닥에서 봇장기로는
김수관 씨 넘보는 놈 없지 없어
그런데 그것도 후생이 가외라고
귀때기 새파란 녀석
비인서 이사 온 녀석이
장기판 떡 차린 김수관 씨에 맞서
대천 장기꾼 모인 자리
그 자리서
김수관씨 납작 눌러버렸다
이 뿌드득 갈고 돌아가
김수관 씨 머리 쩔쩔 끓으며 누워버렸다
비인 녀석
술 한병 들고 찾아갔으나
그 술병 마당에 내던지고
하늘에 대고
에잇 네가 무슨 놈의 하늘이더냐

하늘이 사람 대신 욕먹었다

팔룡이

무창포에서
헌 유자망이나 만지작거리다가
대천으로 온 팔룡이
여기 와서
무슨 대수가 있나
막벌이는 거지 사촌이기 십상이지

한 마리 용도 거추장스러운데
여덟 마리 용으로 이름 지어놓았으니
아이고
그놈의 용트림에 얽히고설켜
길이 트인 적 없는
팔룡이

어느덧 세상을 제대로 보기 싫어하여
아이들도 질색이고
아이들 노래도 질색이고
이른 봄 개나리 피어도
그 개나리 꽃가지 낫으로 쳐내버리고

어찌 이런 인간이 되었는지
세상과는 도무지 맞지 않은 사람
최팔룡이
남의 품 팔러 가서도

반품에 그냥 돌아와버리는 사람
딱도 한 사람 최팔룡이

팔룡이 마누라

최팔룡과 오다가다 만나
일년 딱 살고 쫓겨난 아낙
쫓겨나서
얼굴 제대로 피어난 아낙
날마다 댕기 드려 낭자 짓고
비녀 꽂고
먼 데 나들이 가듯이
둔 옷가지 꺼내 입고
가기는
밭두렁 나물 캐러 가는데
동네 아낙들 우물가에서
그렇게 꾸미고
어디 나가는가 하고 빈정거리면
예
남의 밭도
남의 집이나 매일반이라
아무 옷이나 입고 갈 수 없지라우
아낙들 아무렴 아무렴 그렇고말고
자네 그 답답한 서방 잘 헤어졌네그려
그 말에는 정색으로
그 양반 흉보지 마시어요
까마귀하고도 못 사귀는 외톨이라오
너무 그러지 마시어요

그 손

대복이
대천 진개 대복이
남의 아기도 업어주면
칭얼대다가 그치고
남의 개도
한두 번 워리워리 하면
그놈의 꼬리가 논다
조상 대대로
산과 들 냇물과
바닷물 어느 곳 하나와도
허물없이 살아온즉
대복이한테
어느 것 하나와도
너나들이 아닌 것 없다
캐는 것
잡는 것
따고 뽑는 것 노는 것
먹는 것 할 것 없이
동네 아이들 데리고 다니며
멀리 봉황산까지 다니며
이것저것 가르쳐주고
발등 다친 날에는
연도 만들어주고
가오리연도 만들어주고

팽이도
제기도
자치기 토막도
겨울 논바닥 썰매도 만들어주고
칡뿌리
산밤
개암
으름
머루랑 다래랑
바닷가로 가면
망둥이 낚시
냇물로 가면
용수로 붕어 잡고
한여름 구렁이도 잡고
이렇게 손속 좋고 손땀 좋아
누구네 참외서리
닭장 닭서리도 잘하고
나무도 잘 타고
동아줄 드려
팽나무에 단옷날 그네도 매고
제집 마당 빨랫줄에
망둥이 잡아온 것
싸릿가지에 꿰어
호랑이 장가가는 볕에

잘도 말리고

그런 대복이 커서
누구 신랑 되나
나이 마흔 넘도록
제 손으로 밥 안치고
불 때고
밥 퍼서
저 혼자 부뚜막에서 먹는다

밤중에 저 혼자 우물물 길어온다

전상국

조선 끝 철종 고종 때
전라도 임실에서 태어난 광대 있것다
헌걸찬 광대 있것다
그 명자가 전상국이라
춘향전 한판에
쥘부채 탁 오므려
마당 가득히
한숨 채워졌것다
특히 사랑가에다가
십장가 그 대목에서는

들기름 한 숟갈 떠먹고 나가면
벌써 목구멍까지
소리가 올라와
입만 빵긋 열면 되었것다

소리가 어디 내 소리인고
이 세상 소리
내가 맡았다 내놓는 것이여
암 그런 것이여

철새

대천해수욕장 철새 아씨
여름 두어 달
몸 하나하고
달랑 핸드백하고 와서
그 몸 놀려
몇푼 버는구나
몇푼 벌고
줄담배만 느는구나
바다에 찬물 들면 어디로 떠나야 한다

그런 철새 아씨 가운데 하나
오학자
첫해 왔을 때는
울기만 하더니
다음해 여름에는
해반주그레 웃어대더니
다음다음해 왔을 때는
벌써 누렇게 뜨기 시작하는구나
나이 스물다섯에
마흔도 넘어
바람 불어도
웬만해서는 물결도 일지 않는
대천 앞바다
저 원산도

납대지도
삽시도
심심해 죽고 싶은 앞바다
거기 바라보며
구미호 같은 담배연기 감기는
오학자
벌써 아침저녁은 선득선득하구나
또 떠나야겠구나

승철이 할머니

잡혀가
3년짜리 옥방 콩밥 먹는 승철이
그러나 집에서야 그 손자 승철이 얘기만 나오면
입에 거품 물고
우리 승철이
우리 승철이
하고 큰소리치는 승철이 할머니

우리 승철이 나오면
이놈의 세상도
새 세상 된다
하고 큰소리치는
승철이 할머니

똥 받아내고
오줌도 받아내건만
들이넓적한 얼굴 어디도
기죽은 데 없이
늘 뻔뻔스럽고
늘 가즈럽다
가물어 논바닥 갈라져도
우리 승철이 나오면
소나기 몰고 와
소나기 삼형제 몰고 와

새 세상 된다
하고 큰소리치는
승철이 할머니
방고래 검댕이 긁어내 먹고
그렇게 기운난다는
승철이 할머니

임화

감격 없는 시대를
감격으로 마치고자 한 시인이었다
시인의 죽음이었다

1953년 8월 6일
평양 모란봉 지하극장 언덕에서 처형

이 땅에서
애오라지 시인적인 시인이었다

현해탄
식민지의 발렌타인 또는 혁명이었다

대복이 아버지

육손이 대복이 아버지
국그릇 들 때
으레 손가락 하나 덤으로 붙었으니
국그릇 덜 무겁겠다
아들 대복이하고
어찌 그리 딴판인가
아들 손재주하고는
영 달라
50년을 꼬아온 새끼인데
대복이 아버지가 꼰 새끼는
언제나 풀어지고 마는 새끼로다
그 대복이 아버지 세상 떠난 뒤
10년이 되어도
동네 새끼꼬기 재주타령에는
으레 대복이 아버지 말 나온다
꼰 새끼 아니라
푼 새끼라는 말

시월 하늘 아래
이런 타령이 사람이 살아오는 타령이다

봉자

다리병신 봉자
시집 못 간 봉자
그러나 바느질 잘하는 봉자
어느새 익었는지
사내 맛도 알만치 아는 봉자
한밤중 마실 온 총각 일어나면
지그시 눈 감으며
바짓가랑이 잡고
더 놀다 가
하늘에 별도 많은데

두로

고구려 모본왕조
날마다 왕을 섬기는 궁인 두로조차
그 왕의 학정 기나긴 세월
북방 백성의 재물 거둬오는 것 보다 못해
동방 백성의 재물 빼앗아오는 것 보다 못해
서방 남방 백성 눌리고 갇히는 것 보다 못해
어느날 밤 왕의 배에 칼도막 박아버렸다
그리고 그 자신도
그 자리서 왕의 피투성이와 더불어
칼 박아 쓰러졌다

저 아득한 고구려 제5대 모본왕 6년
그때라고
어디 의인 없을까보냐
그 이름
외자 이름 전해져
2천년 뒤에
2천5백년 뒤에 살아 있다
어느 등잔불 밑 어리마리한 어둠 밖에

다홍치마

대천 선창가 오두막집
늘 집 안팎 정갈하게 쓸어둔 집
비록 가난뱅이지만
가난뱅이 주제에도 아버지가 멋부리던 끝이라
고명딸 영자한테는
둥글넓적한 영자한테는
모본단 노랑저고리에
훨훨훨 불타는 다홍치마 꼭 입혀서
내 딸 보아란 듯이
밖에 내보내어
동네 총각들
선창가 뱃놈들 싱숭생숭거리게 한다
얼굴도 후덕히 생겼고
가슴도 들썩거리고
갯바람에
보리밭 바람에 치마 들러붙을 때
그 아랫도리 몸매에
어느 고자가 침 삼키지 않겠는가

논 세 마지기로는 어림도 없다
하고
똑딱선 한 척은 갖다 바쳐야겠다
하고
사나운 수염발 문질러대며 노가리깨나 까는데

그런 개소리 못 들은 척하고
긴 댕기머리
칠흑 같은 검은 머리 등에 드리워
의젓하였다
어이할 수 없이
의젓하였다

그 다홍치마 영자
아버지가 정한 대로 시집갔는데
시집살이 3년 만에 친정에 돌아올 때
옛날 처녀 때 입던 그 노랑저고리
그 다홍치마 그대로 입고 왔다
이제 제 색깔 나지도 않는
그 옷에
그 옷 속의 몸매로 왔다

배 한 척하고 바꾸기는커녕
보리 한 말하고도 바꾸지 못하고
아버지 멋에 시집간 것이
그만 속은 시집이라
물고생 불고생 실컷 얻어 하다가
병든 몸으로 가난뱅이 친정에 왔다
때마침 첫눈 내리는 무심한 날
바다는 죽은 사람 입술빛으로

썩은 보랏빛으로 깔린 날

선창가라고 한들
오늘따라 뱃고동소리 없는 날

그 대보름 달덩어리 같은 처녀 영자 어디 가고

뒷산 도사

관촌 뒷산 말랭이 밑
비나 와야 소리내는
마른 개울 건너
일제말에 판 방공호 굴 안에는
해방 이래 홀아비 거지 하나가 들어 산다
제법 때운 냄비도
돌 세워 괴어놓고
얻어온 식은밥 데워 먹는다
찬밥 먹으면 명 짧아진다고
꼭 데워 먹는다

밥 먹고 나면
헌 짚멍석에 누워
굴 안이 웅얼웅얼 울리도록
무슨 소리를 한다
과연 도사 아니고 무엇이더냐
때 되면
어제 간 마을 아니고
다른 마을 가세말 쪽으로 가
한술 한술 얻어온다
그 도사 걸음걸이 하도 느린 걸음이라
걸어가는지
머무는지
아예 가재걸음인지

한참 있다 보아도
거기 그대로 있다
풍에 맞았다 살아나서
사람을 보아도
마음뿐이지
어디 고개 제대로 굽혀져야 말이지
발등 퉁퉁 부어
그 발등 떼어놓기도 힘든 나날
허나 어쩔 텐가
걸어다녀야 입에 밥 들어가는데
쉬어터진 묵은 김치 가드락 들어가는데

그 뒷산 도사
사람마다 성이 최가라 하기도 하고
유가라 하기도 하고
그 흔한 김가라 하기도 하고
그 도사한테 가서 물어보아라
틀림없이 배가다 배가 하기도 하고

몇사람이 뒷산 밑 도사네 굴로 찾아갔다
어이 도사
자네 성씨가 무엇인가
하고 굴에 대고 소리지르니
학질 한죽 앓는 중이라

그냥 뻘뻘 떨고 있을 뿐
누더기 바지에
오줌 싸
푹 젖어 있을 뿐
장난치러 온 사람들 물러서고 말았다

허기야 성이나 이름이 무슨 소용인가
기어가는 짐승 성 있던가
이름 있던가

서녘 하늘 낙조에 부자 있던가 거지 있던가
못난 사람이나 제 이름 따라다니느라
죽을 때까지
제 이름 종노릇이지

서장옥

이 불타오르는 사람 보라
이 물보라치는 사람 보라
이 물불 가리지 않고 사납게 나서는 사람 보라
서장옥

동학 교조 최제우가 처형당하자
수원사람 서장옥이
넋 빠진 동학 교세를 일으켜
가는 곳마다 포를 짓는다
서씨라 서포이며
이에 뒤따라 법헌 최시형이
법포를 지어나간다
그리하여 서포 따로
법포 따로
서로 달리 포가 늘어났다
서포가 먼저 일어났으니 기포이고
법포가 뒤에 일어나 앉는 방이 좌포인데
이후
서포 즉 기포가 동학 남접 혁명의 바탕이라

지난날 최제우가 동학을 창도하기 앞서
산천 찾아 공부할 때
스승 용담선사로부터
장차의 인물로

총각 서장옥을 천거하였는데
눈에서 불이 튀고
눈에서 벼랑 사이 메아리치는
서장옥

이 사람 보라

이 사람이야말로
장차 교조신원을 비롯하여
시국에 대처할 때마다
물러서기 좋아하는 해월과 갈라서서
머뭇거리기 좋아하는 해월 좌포와 맞서
언제나 마음속에
무쇠 탄환이 가득하였다

갑오 을미 앞둔 삼천리 백성들 들고일어서는 시절
그도 일어나
한가락 이룩하다가
공주 관아에 잡혀 금갑도 귀양살이로 떠나버린다
그러나 어찌 이 사람이
그 섬구석에서 얌전히 뻗어 있을쏜가

이 사람 서장옥의 추종 황하일이
전라도 포 맡았는데

바로 여기서 손화중이 입도한다
손화중을 통하며
드디어 전봉준과 맺어진다

1893년 3월 북접이 보은 장내리 집회를 열고
그해 5월 서장옥 전봉준 들이
김제 원평에서 서포의 대회가 열린다
이로부터 쫙 갈라져
하나는 시국의 수세이고
하나는 시국의 전위에 나서게 된다
과연 볼만하여라

이윽고 갑오농민전쟁으로 나아가는바
이에 앞서
서장옥의 기상을 보아라
혁파 없이
그 무엇도 이루어낼 수 없음이여
서장옥의 실행을 보아라
조정에서는 서장옥 잡아들여라
전국 감영 혼쭐나는데

이윽고 갑오 전쟁으로 나아가는바
이에 앞서
이 사람으로 하여금

오랜 동안 다지고 다져진 혁명이여
이 사람을 보라
서장옥
그러나
생떼 입힌 역사에 묻혀
꼭꼭 숨어버린 서장옥
이 사람을 보라

대천 호박

어쩌다 태어난 것이
평생 항아리손님인가
호박이 보면 성님 성님 하고 섬길 만하다
시집갈 데 있을 리 만무하였건만
재 넘어
정성구네 머슴한테 시집가서
그 호박덩어리 낯짝으로
제법 마누라질 해내며
친정오라비한테 사정사정 얻어온 리어카
그 리어카 끌고 다니는
생선장수로 나섰는데
너울가지 하나 좋아
도무지 사들일 생각 없는 집에서도
이 호박덩어리 수작에는
시든 갈치 서너 마리 뒤져 간다
이쁘지 않을 바에는
차라리 이런 호박덩어리로 생겨먹어야
세상 인심 눌어붙는가

그 목소리 걸쭉한 것이
동네에 돌림병 들어오다가 질겁하고 달아나겠다
갈치 사
고등어 사
박대 사

팔딱팔딱거리는 꼴뚜기 사
알배기 사

그러다가 하도 더우면
내 더위도 사

이한종 어르신

마서 이한종 어르신
호는 옛 중국 왕필의 필자 따다가
필암이라
주역과 노장 훤히 통효하여
먼동 트인 어르신
수염 한 자가웃
아침마다 소세하시고 곱상히 빗어 내려
그 수염 끝 매만져야
비로소 하루가 열리나니
멀리는 금강 건너 군산 옥구에서
백마강 건너 부여에서
청양 산골에서
거의 날마다 빳빳하게 풀먹인 두루마기 입고
무슨 큰뜻 품었다고 찾아오는 사람들 있나니

두루 맞이하여
에헴
헛기침 잇고 나서
뱀이 풀섶을 지나가듯
마른 개울
새 물이 모가지 내어 흘러가듯
때로는 문 열자
후끈 더운 바람 몰아치듯
눈보라치듯

아침에 놋주발 반도 안 찬 진지 드시고
어디서 나오는 담론이러뇨
허리 꼿꼿하신 이한종 어르신
그 어르신 또한 드물게 매서우신지라
찔끔

여섯과 넷은 그 몸에 머무른다 허물이 없으리라
이 말은 유순히 바른 데 머무르나
응하는 효과 없도다
아직 사람을 바로잡는 데 이르지 못한다
그런고로 오직 허물이 없을 따름이로다
그러나!
하고 이제까지의 말씀 치우고 나서
가시게
가서 왕필 선생의 역주 한 권 읽고 읽으시게

또 어느날에는
격사전에 있기를
셋이 갈 때는 하나를 감하고
하나가 갈 때는 그 벗을 얻으리라
셋은 많고 하나는 부족하나니
오로지 둘이 한패거리 되어
음양이로다
또 어느날에는

다만
냇가의 공부자께서
가는 것은 이와 같도다
밤낮없이

어느날에는
한번은 다스리고
한번은 어지러운바 이가 역사로다

5백 년마다 왕이 나오고
그 사이에 현인이 나오나니

이렇게 한마디씩 듣고 나면
그것이 곧 읽은 것일지라도
생생하게 듣고 나면
가난한 선비
등에 메고 온 밥 먹고
있는 집 선비야
스승의 마루 끝에
쌀 한 말 끌러놓고 간다

허나 필암 이한종 어르신 가장 의구하실 때는
오히려 홀로 서서
마루 끝에 두 버선발 두고

먼 들과
먼 산 바라보시는 때
그런 때는
감히 누가 거기 다가설 수 없나니

곧은 땅이요 어머니요 포목이요 가마솥이요
인색한 것이요 고른 것이요
새끼 달린 어미소요
큰 수레요 무늬진 것이요 무리요 자루이노라
그것이 땅에서는 검은 것이요 검고 검은 것이노라

어느새 날 저물어
어둠이노라
검은 것도 함께
어둠이노라

사모님

이한종 어르신 부인 달성 서씨께서는
마을에서도
그 얼굴 아는 사람 많지 않다
사랑채에는
각도 선비 모여드니
거기에 술상 보아 내기
진지상 보아 내기
지아비 뒷감당하기에 바쁘니
어디 바깥바람 쐬일 겨를 있으리오
늘 낭자머리 단아하고
늘 말소리 낮게 나는 새로 나지막하고
늘 걸음걸이 벼락 떨어진 적 없이 정숙하고
그러나 늘 근엄하여
아랫것들 절로 주눅이 드니
나이 서른 이후로
사랑채 어르신과는 남이 되어
내당 섬돌에 파르라니 이끼 낀 채
이적지 잠긴 세월 살아오며
아무 탈 없이
아무 소리 없이
어쩌다가 가뭄에 콩 나 나들이길에서
어르신 제자 가운데 한 젊은이가
용케도 알아보고
사모님

하고 넙죽 땅절 드려도
그저 내외하여 고개 돌려
다른 길로 접어든다

행여나 치맛자락 조금이라도 엿볼까보아
건들바람에도 내외하며

아기씨

필암선생 막내아기씨
나이가 다 차지도 않았는데
벌써 혼처가 정해졌다
한산 이씨 아계파 이산해계 종손
홍성 이달호 양반 아들이었다
혼처 정해지자마자
뒷걸음부터 배워
시댁 어른 앞에서
제 엉덩이 보이지 않기 위하여
상 들고 뒷걸음
절 올리고 뒷걸음 걸어야 함이여

그 뒷걸음질 배우다가
높은 문턱에 걸려 넘어지기 한두 번이었나

철든 이래
제 또래하고 한껏 그네 타보지도 못하고
놀아보지도 못하고
언제나 고개 밋밋이 숙여
안마당 뒷마당 나왔다가
방 안으로 들어가야 하였다

그 도학자 가풍이 무엇인지
이렇게 자라나

이렇게 시집가
이렇게 살다가
이러이렇게 늙어 죽을 터

어느 상놈 없더란 말이냐
배포 커
이 아기씨 고쟁이 바람으로
치마 씌워
업어갈 놈 없더란 말이냐
진짜배기 삶과 죽음 맛보여줄 놈
그렇게도 없더란 말이냐
이 마서땅 비산비야 그 어디에도

머슴 석주

대천 관촌 이씨네 머슴 석주
머슴치고는 몸집 하나 가냘펐으나
그 몸 쓰면
날래고 재빨라서
하늘 한 군데도 눈 크게 떠 놀란다

인공 때 의용군으로 나갔다가
어찌어찌 살아와
다시 수복 직후 국군으로 들어갔다

그길로 머슴 노릇 끝났다
말하자면 난리가
머슴 노릇 종노릇 면해주고
사람 노릇 시켜주었다

햇살 한번 소경 눈 활짝 뜨게 환한 날
예쁜 새각시 업어왔다
숫제 깜깜한 방
대낮에도 누가 있는지 없는지 모르는 방
그 방에 새각시 들어가 앉아 있는 날
그 새각시 족두리 작은 구슬들 사뭇 떨리는데

그렇다 사람이 제 마누라 있어야
누가 돈 꾸어주어도 꾸어주지

겉보리 한 되 꿔어주어도 꿔어주지
그냥 등거리 입은 홀몸으로야
이 세상 더 가파로운 오르막이 아니던가

송광사 사미

조선 중기
불법이 산중으로 가 웅숭그리는 시절
조계산 송광사에
한 방장이 승풍을 진작하고
도를 떨친다는 말 듣고
북방으로부터 어느 운수승이 찾아왔것다
송광사 아래부터
강이 내가 되는
냇물 따라 올라가는데
그 냇물에 배추 잎사귀 하나 떠내려온다
운수납자 그것을 보고
에잇 헛걸음했도다
이렇게 시주 물건
대중 물건 아낄 줄 모르는 절에
무슨 놈의 대덕 있고
무슨 놈의 법 있겠느뇨
하고 오던 길로 돌아서는데
그때 저 위에서
어린 사미승
헐레벌떡 달음박질쳐 내려오며
씨님 씨님 씨님
아래서부터 올라오시는 길이시니
혹시 배춧잎 하나 떠내려가는 것 못 보셨나이까
하고 숨넘어가며 물었다

암 보고말고
암 그러면 그렇지 하고
그 운수승 발길 다시 돌려
허위단심
조계총림 송광사 삼일암으로 가
방장실 앞에서
소승 문안드립니다
하고 법을 청하였것다
방금 조계산 앞산 뒷산 일대는
비구름에서 굵은 빗방울 후드득 떨어지기 시작하였것다
새들 부산하게 어디로 날아가것다
방장실 문 열렸다
어느새
아까 만난 요염한 사미
바로 그 배추 잎사귀 찾던 사미 나왔다
비 오시고
객승 오시네
객승 오시고
비 오시네

귀먹짜가리

머슴 석죽이
늦게 둔 제 자식이라
그 어미 바싹 늙어
바깥채 머슴방에서
자식하고 함께 살아가는데
자식 고된 일에
눈물바람 잦아
그 때문에
늘 눈이 지점지점하여
눈 개운한 날 없다
게다가 남의 말은
한마디로 귀동냥 못하는 절벽이어서
사람들이 귀먹짜가리라 한다
그러나 동네 짓궂은 새끼들
귀먹짜가리 귀먹짜가리 하고 놀려대면
그 소리는 용케 짐작하고
몽당빗자루 쥐고 마구 뛰어나온다
그러나 아무리 화가 나도
화난 소리
기껏해야 먼 데 개구리 울음소리 사촌이라
그 소리에
어느 놈이 움찔하겠는가
흰머리 헝클어지고
거기 서캐 자욱 깔린 귀먹짜가리

그 귀먹짜가리 값으로
소리라도
뱃구레에서 나오는 소리라야 할 텐데
남의 집 살지
자식 하나
머슴 살지
하기야 이 신세에
소리는 무슨 소리라고 나오겠는가

그 어드메 밭두렁 미륵불이여
언제 용화세상 차리겠는가
귀먹짜가리 귀 열리는 세상
그 세상 차리겠는가

김학기

남의 집 사스락담 고치는 일이나
하고많은 잔일 거들어주는 늙은이
오라 하면
후딱 오는 법 없다
느려터져서 새참 때 온다
혼자 구시렁거리며

그러나저러나 품삯 줄 늙은이가 아닌지라
밥때 고봉밥 한 그릇이면
제 아들 밥 얻어먹으러 와
그 아이 밥 한 그릇 더하면 되는 늙은이라

삶은 물고구마인지
물렁거리는 늙은이
그 김학기

동네 싸가지없는 젊은이들이
성님 성님 해도
자식 같은 젊은이들이
어이 학기 해도
무슨 일이여 하고
고개 돌려 궁금해하는 늙은이
저것이 쓸개가 빠져도 빠지고
창아리가 모자라도 모자라지

올해 환갑이라
그 주제에
어디서 들어온 자가웃짜리 곰방대에
담배 꾹 눌러 피우며
바래깃재
개밥별 뜨는 바래깃재
먼산바라기를 하는 판인데
산 너머 산 어디서
사냥꾼의 총소리 울려오자
하이고
하고 놀라버리는 늙은이
김학기
이런 머저리 늙은이한테 무슨 일이 일어났구나

김학기 늙은이네 오막살이 문짝 다 닫히고
부엌문짝 닫히고
찍소리 하나 없구나
마을 아새끼들이 지나다 코를 벌룸대니
그 집에서 누린내 고기냄새가 난다
방 안에서 숟가락 소리도 난다
먹는 소리도 난다

그날밤 누군가가 말하기를

읍내 대한청년단 사냥꾼의 총에 선불맞은 노루
도망가다가 쓰러진 걸
김학기가 나뭇짐에 숨겨왔다 한다
그래서
일년 가야
목구멍에 때 한번 벗기지 못하는데
그날 문 걸고
실컷 노루고기 뜯어먹었다 한다

동네 어른들도 소문 퍼질수록 쉬쉬하여
그 소문 읍내로 나가지 못하도록
김학기네 감싸주었다
환갑잔치 뒤늦게 잘해냈구나
진갑잔치도 그렇게 잘해야겠구나

복산이 에미

이건 좀 딱한 이야기 아닐 수 없네그려
복산이 에미는
서방이라고 칠칠치 못한지라
그녀가 나서서 산 입에 거미줄 막고 있는데
동네 부잣집 두어 집 물 길어주고
세 항아리
한 길도 더 되는
큰 항아리
아침저녁으로 가득하게 물 길어주고
그 물동이 이어 나르는 일로
정수리 머리 가르마 벗겨지는
물동이 일로 살아가는데
그 물동이 물에는
가을이건만 마른 버들잎 하나 떨어지지 않으며
시절도
그 물동이를 보아주는데

그만 그 푸짐한 엉덩이값 하느라
한 집 젊은 머슴과 눈맞았다
그 머슴 처자가 분명 달려 있는데
눈맞은 노릇이야
어쩌란 말인가

아무 날 아무 시 한밤중

그 집 헛청 검불 속에서 나뒹구는 판인데
하필 거기에 먼저 온 한 쌍
그 연놈이 누구냐 하면
바로 복산이 에미하고 눈맞은 머슴의 마누라하고
동네 사내라

사내의 소리
아 이년 보아 이년 보아
계집의 소리
아니 이년 보아 이년 보아
이년이 우리 서방을 도적질하고 있네

이런 일을 어찌 알랴
복산이네 곁방살이
복산이 애비야
나물죽 두 그릇 먹고
마누라가 오건 말건
와서 호박씨 까건 말건
일찌감치 코 골고 있다
꿈자리 사납지도 못하고 삿갓반자 밑에서 자고 있다

하기야 늘 추운 비 맞은 듯
입술 검보라색으로
사내 바치는 년

열대여섯살 난 아이들만 보아도
입안에 고인 침 어쩌지 못하는 년
그 복산이 에미를 어쩔 텐가
그래도 그 색골 덕으로
그 색골의 힘으로
물동이 이어 날라다
물 부어주고
싸라기라도
어쩌다가
맷대가리 없는 중둥밥이라도 받아다가
목구멍 뚫어놓지
암 그렇지
개돼지하고 더불어 사는 이 세상이여

상거지 노인

거지 중의 거지가 상거지라
그런데 여기서는
그 뜻이 좀 달라
순 거지가 아니라
그래도 거지 중에서
덜 거지라는 뜻이야
별놈의 뜻이야

대천 구릿재 마을에서
부자는 아니나
논 몇 마지기 있어
공출 내고 어쩌고 해도
간당간당
굶지는 않고 넘기는
박우동이네 집

할아버지 있고
아버지 어머니 있고
삼촌 있고
육남매 우크르르 있어
어느 때나 집안이 사람 사는 것 같은데
할머니 세상 떠난 뒤로
할아버지는
상투 베어내고 삭발하여

알대가리 되었다

마누라 무덤에 가서
지랄한다고 먼저 가버려
지랄한다고 먼저 가버려
하고 욕 반 사랑 반 내뱉기도 하다가
그냥 그 무덤가에서 잠들어
산지네한테 물려
모가지 퉁퉁 부어올라
바가지 하나 달고 다니기도 하다가

그 할아버지
마누라 무덤 대신
대천장 광천장에 나가
여기저기 손 벌려
한푼 주셔 하고 구걸하기 시작하였다

그렇게 구걸하여
잔돈푼깨나 모이면
그놈으로 은밀하게 용돈 쓰며 지냈다
우동이란 놈 조청엿도 손바닥만하게 사주며

이 소문이 퍼져
아이들한테도 퍼져

우동이
우동이 동생들
우동이 여동생들 보고
야 네 할아버지가 거지더라
야 알고 보니
네가 거지 손자더라
거지 손녀딸년이더라

이런 소리 듣고 돌아온
우동이 남매들 울며불며 소리지르며
구걸 마치고
돌아오는 할아버지더러
할아버지 제발 장에 나가지 말어
밖에 나가지 말어
나가려면
뒷산 할머니한테 가서 죽어
하고 부르짖었다
우동이 아버지도 울고
우동이 어머니도 행주치마 걷어올려
눈물 찍고
코 풀었다
게다가 우동이 삼촌 쏜살같이 달려와
할아버지를 뒷방에 밀어넣고
그 방문에 대못 스무 개 박아버렸다

그 방 안에서도
히잉히잉 우는 소리 났다

정순이

관촌 이씨네 높다란 토방머리
오뚝 서서
비 온 끝
분주한 낙숫물 떨어지는 것
언제까지나 바라보는
열다섯살 정순이
눈 흰창 어찌나 그리 깨끗한지
그 정순이 눈 한번 더 보고지고
열흘은 기쁘리라

어서 바람 불어라
내가 연 날려
그 정순이
하늘 드높이 떠오른 연 바라보도록
언제까지나 바라보도록
열흘 아니라 달포는 기쁘리라 아흐 정순이

청라 배창덕

한번 대천 바닥에 나왔다 하면
아 체증 내렸다
하고 쟁기 보섭 같은 낯짝으로 좋아하며
좀처럼 돌아갈 생각 없이
대천 골목 누비는 창덕이
청라 창덕이

오늘도 안 갔구만그려 하면
응 아직 일이 있어서

며칠 뒤
오늘도 안 갔네그려 하면
응 일이 좀 남아 있어서
또 이틀 뒤
아직도 안 갔구만그려 하면
응 일이 자꾸 생겨나서

일은 무슨 일
해거름 때부터 밤중까지
이 술 저 술 먹는 일이지
이튿날 아침 해장술로 시작하여
해 중천에 걸렸는데
그 해에 계면쩍지도 않은지
항상 주먹코에 술독 올라

코 하나가 성성전 덮은 듯 붉은데

청라 집에서는 마누라하고
다 큰 것들하고
사느라 뼈빠지는데
그래도 집 바람벽은 흙이 아니라
회를 칠한 집인데
아 앞문 뒷문 열어놓으면
청라 바람 다 몰려오는
그 시원한 집 놓아두고
이 대천 장터
코 쥐어야 하는 골목에
무슨 일이 있다는 것이여

이 청라 째마리야

창덕이 마누라

워낙 서방이라고 해야
그 서방 마음에 든 적 없다
초례 지내고
첫날밤부터 하는 수작 보소
술 잔뜩 취해가지고
이년아
이년아
하고 기죽여놓아야 한다고
이년아
이년아
이년아
첫날밤
소리친 서방이라

그 서방한테 재 묻은 떡 하나
얻어먹을 생각
진작 거둬버렸다
시집이라고 와
못자리도 내가 다리 걷고 해내고
삼세벌 김도 내가 호락질로 해내고
이렇게 살아오며
들녘 바람하고 사는 게 낫지
바람에 나부끼는 나락잎하고 사는 게 낫지

어디 여보 소리 당신 소리 한번 절로 나왔던가

아침마다 머리 빗고

수건 쓰고

처음 나오는 건 한숨 아니던가

그 좋으나 좋은 젊은 몸

기쁨 하나 담지 못하고

늙어가며

가슴속 금쪽 같은 두근대던 순정

어디로 빠져버리고

늙어가며

채완묵이

무슨 사달이 벌어질 때마다
하는 노릇이 바뀌는 사람
채완묵이
일제 때 어린 시절은
그 어린 몸으로
짚신감발하고
커다란 대바구니 메고
수레미장사를 했고
해방 직후에는
일본 물건 모아 팔아서
제법 거드름도 피워보는 시늉이더니
그뒤로 엉터리 농지개혁 지나
쟁기와 풍구 등 농기구장사하다가
쫄딱 망해먹고 말았다

난리 뒤로는
대천해수욕장 닭장사로 나갔다
아무리 담뱃불 저절로 타는 여름이라지만
어디 피서객이 있는 시절인가
미군뿐이어서
그 미군을 상대로
양갈보도 흥정하고
새로운 처녀 비싸게 흥정하고
어쩌고저쩌고하여

대천 바닥에서
제일 먼저 미군 군화깨나 신고 뻐겨 마지않았다
미군 군복 카키복 입고
일 없을 때도
대천읍내 한길 거닐었다
낯바닥은 벌써 개기름이 흘렀고
아랫배가 불거졌다

지난날 고기 못 먹을 때는
까치도 잡아 구워먹고
까마귀도 돌팔매로 잡아 구워먹었다

바위 위에다가도 나락 심어 먹을 놈
모진 놈
총 두 번 맞아도
죽은 척했다가 일어설 놈
채완묵이

미군부대 옮겨가자
대천장 싸전머리 난장 뻥뻥이판
돈 버는 놈은 채완묵이뿐
숫자판에 송곳 찍는 노름
쇠고릿줄 흩어놓고
손가락 짚는 노름

화투장 놓고
8월 공산 스무 끗 짚는 노름
맨소래담 갑 세 개 가운데
한 개 안에 든 색종이 들어 있는 노름
그 오사리잡놈의 야바위 노름
지랑지 종이 속에
주사위 넣고 흔들어 쏟는 노름
창호지 심지 여러 가닥에서
쌍갈래 맺은 심지 뽑는 노름
그 밑도 끝도 없는 야바위 노름
이 판에서
항상 야바위꾼들 이기는 놈은
채완묵이 그놈이다

그놈 그길로 더 나아가
그만 거란문자 끝발
그 투전길로 나아갔다

그러나 그놈 한밤중 생두부 서너 모에다
소주 몇병 까고 취하면
아버지 나는 사기꾼입니다
오늘은 열 번에 한 번 모자라게
아홉 번 사기 쳤습니다
내일도 칠 것입니다

아버지 굽어살펴주시오

영

대천장 여장군

대천장 안쪽 젓집
김장철이면
새우젓독 늘어놓은 젓집
그 젓집 여장군
시집와서 40년 동안
젓만 팔아서 젓장수 여장군
그 여장군
물속의 짜가사리로 쏘아대는데
젓 살 사람이 와
이것 얼마유 하면
벌써 서너 사발 퍼 담아주는 시늉이다가
20원어치만 달라면
한 사발에 50원짜리
덜고 주면 되는데
20원어치! 다른 집에나 가보더라고 하고
등 돌려버려 쩨쩨한 건 질색이었다

어찌 이다지도 40년을 젓 팔아왔는지
그러나 되게 춥다가
미친년처럼 따뜻한 날
다 몸살감기 들어도
그 여장군
그 짜가사리만은 끄떡없다

그러다가도 돈 아끼느라
몇달 만에 목간통에 가는데
거기 들어가
반나절이나
몸의 구석구석 때 벗기고 나서야
그래도 본전 못 찾았다고
투덜대며 나온다

이 여장군 일숫돈놀이 이골이 나
돈 벌어
닥치는 대로 논과 밭
그리고 값없는 야산까지 사기 바쁘다

허나 장터 거지
그 젓집에 들러
한푼 탄 적 없다
다른 집 가보더라고 하고
등 돌려버린다
순경한테는
어디서 그런 넉살 좋은 웃음이 나오는지
그 풀 뜯어먹은 암소 배만한
짜가사리 배때기 흔들어대며
아이고 최순경 납시었그만이라우
아이고 이런 비린내 나는 데 납시었그만이라우

옆집 젓장수 아낙 씨부렁거리기를
작것 지랄깨나 하네
저것도 사람이라고 주둥이 달려
아이고 납시었그만이라우?

여서방

일찍이 염병 앓아 머리 속 환하고
얼금뱅이인데
말주변머리도 어디다 주어버렸는지
반벙어리 푼수인데
그 어디에 맺힌 힘이 있어
가는 데마다
염복에다가 여난에다가
치맛자락 인연이 이어진다

본디 여서방
머슴 출신인데
머슴 사는 집 딸이
마침 바람깨나 잡는 년이라
그년 하자는 대로 했다가
쫓겨난 뒤로
읍내 진말 모롱이 방 한칸 얻어
혼자 사는데

읍내 농고 학생
수산고 학생 모여들어
그놈들에게 겪은 이야기
음담패설 해주는 재미로 사는데

이제까지 머슴살이로

양반집 딸
양반집 며느리깨나 상관하였는데
쫓겨나도
쫓겨나도
그놈의 머슴 노릇은 끝나는 법 없다가
이번에야 끝났구나
하고
학생들 가운뎃다리 어느새 뻣뻣해진 것 알고
가서 뒷간에 다녀오너라
다녀오면
세상이 문득 허망하니라

창조 할아버지의 기절

창조 할아버지 유금식 영감은
허리가 굽고
달포에 한 번씩 배코 친
까까머리
며칠 뒤
머리 자라는 힘이 좋아
흰머리 자욱하다
난리 때 일흔이라
마을의 환갑 진갑쟁이가
다 어른으로 대하는데
뼈대는 있었으나
한두 대 가세에 워낭소리 울릴 뿐
어려운 시절
김장하고 난 밭 돌아다니며
시래기 모아다가
처마 밑
바깥벽 까작에 층층이 걸어놓고
삼동을
그 시래기에
밀가루 밀기울 기운 섞어
시래기 먹고 지낸다
그래서 창조네 집 뒷간에는
시래기 줄거리만 쟁여 있다고 한다
그런데 그 창조 할아버지

옛 진죽역 30리 나마 되는
파리재장에 다녀오다 날 저물었다
사돈네 등불 하나 얻어
넘고 넘어
부엉이재 소로길 넘는데
온몸 선뜩
들고 온 등불 꺼져버렸다
얼핏 뒤를 돌아다보니
거기 따라오는 큰 물건이 있었다
그만 두 다리 얼어붙어
꼼짝 못하자
뒤에 따라오던 것이
앞으로 썩 나서서 앞장서는데
보아하니
캄캄한 절벽에도
산더미 같은 호랑이영감이었다
움직이지 못하는 창조 할아버지더러
안 따라오면 재미없다는 눈치라
가까스로 발은걸음을 떼어놓으면
앞에서도 가고
걸음 멈칫거리면
앞에서도 뒤돌아다보며 멈추었다
그렇게 집 근방까지 왔는데
그때에야 호랑이영감 어디론가 사라졌다

사립문 밀고 기어들어오자마자
창조 할아버지 기절하였다 뻗어버렸다
식구들이 떠메어 방에 누이고 보니
바짓가랑이에
생똥이 가득하였다
그러나 그뒤로 멀쩡하여
일흔에서 여든 사이로 나아갔다
여러 자식 있건만
다 짜고 그러는 듯이 가난하여
배운 것 없고
입은 것 없으나
한결같이 점잖고
딸들도 세 자매가 까치처럼 얌전하였다
그 창조 할아버지 볼 파내버린 듯이
진작부터 광대뼈 그대로 드러난 창조 할아버지
세상 떠나
상여 나가는 날
만사 세 폭 조촐히 휘날리며
선심 얻어
남의 산 구석에 묻혔는데
거기서
창조 할아버지 말소리 이따금 난다 하였다
아침 먹었는가
날 저물 무렵

안개 끼면
저녁 먹었는가
십년 뒤에도
어제 일인 듯
창조 할아버지 이야기
오늘인 듯

창조 누나

방 둘 쇠구들이라
불 처때어야 따뜻할 줄 모른다
언제 지붕 이어보았던가
골이 패어
거기도 살 데라고
풀 우거지건만
그 풀 함부로 건드릴 수 없다
그렇고 그런 집 딸로 태어난
창조 누나
하루에 한두 마디면
그것으로 사는 창조 누나
막 피어나려는 시악시 전인데
앉은 새만 날아가도
까르르르 웃어야 할 시악시 전인데
그런 웃음은 고사하고
말 한마디도
어머니 배 나올 때
아예 두고 나왔는지
위아랫입술 적적하기 짝이 없다

동네 심술쟁이 영감 하나가
저것이 벙어리인가
아닌가
죽은 놀무기 징그러운 뱀

막대기에 감아
창조 누나한테 들이댔지만
그저 물러설 뿐
그 대신
누렁이가 죽어라고 짖어댔다

그런 창조 누나이거니와
부엌 옹솥 앞에 앉아
마른 억새 타들어가는 것 볼 때
그 불빛 물든 얼굴
어찌 그리도 아리따운지
솥 안에 들어 있는 것 끓기 시작할 때
어찌 그리 아리따운지

이른 봄 깍두기 담아
그 깍두기가 반찬이 아니라 밥인 세월
어찌 그리도
말 한마디 없이 아리따운지

시집가거든
제발 덕분에 소박맞고 돌아오거라
돌아오거라

박성춘

1898년 광무 2년 10월 29일
만민공동회라!

이날 광경을 살펴본건대
종로 네거리 차일 친 광장
으리으리한 연단과
좌석을 만들어놓고
대감도 그날만은
오사리잡것도 그날만은
길 꽉 막혀
백성과 양반 벼슬아치 할 것 없이 모여드는데
수수천 명의 씩씩한 독립협회 회원들이 나서서
그 군중을 차곡차곡 안내하였다
육조에서도 말할 것도 없이
조마조마 가슴 죄며 나와 있고
유지도 신사도
여러 단체에서도
막 창설된 여성단체 순성회에서도
각 학교 학도
장사치
중
소경
그렇다 재설꾼 즉 백정놈까지도
정정당당히 초청받아 모여들었다

어서 오시오
어서 오시오
어서 오시오

회장 안팎에는
대한독립이라 쓴 깃발 몇십개 크게 휘날리었다
몇천년 이래
아니 이씨 오백년 이래
바야흐로 백성이 거리에 나와
시국과 역사 이끌어가는 첫 대회였다

의정부 참정대신
각부 대신 나오고
여러 양반나리 나오고
드디어 사회 이상재가
대회를 선포한 뒤
대회장 윤치호가 연단에 올라
불을 토하는 대연설로 군중을 달구었다
…이같이 하고서 도탄에 헤매는 국민을
그 어찌 구제할 것이며
누란의 국운을
그 어찌 만회할 것이냐
이 연설에 이어
백정 박성춘이 나선다

이는 일찍이 없던 일
백정이 연단에
양반 나리 앞 연단에 나서다니
백정이 사람으로 사람 앞에 나서다니

소인은 비록 지천한 인간이요
또 무지몰각하기도 합네다
허나 애국의 뜻은 그래도 짐작하는 터이니
오늘 같은 판국에
나라에 이롭고
백성을 편히 하는 방도는
관과 민이 마음 합한 연후에야 될 것이외다

이렇게 외쳐대니 더더욱 만장은 박수로 떠나갔다
고관대작도 손에 땀 쥐고
고개 숙이고
한숨 푸 내쉬었다
여기서 만민공동회 결의 6개안이 채택되어
고종 정부에 보내게 되는데

이 박성춘의 아들 서양은 사실인즉
서양 선교사의 수양아들이 되어
세브란스 제1회 졸업생 의사인데
고종의 종기를 은밀히 치료한 사람이라

그뒤로
박성춘의 딸이 있는데
아버지 이름 몰라
미상이라 민적에 올린 것이
박미상이 되었다

얼굴 훤한 사람
소 겁간깨나 싱싱한 놈으로 먹었으니
허우대 실한 사람
그 아비 박성춘에
그 외동딸 박미상이라

윤덕산

난리 때 그 난리 피하여
산불에 놀란 짐승인 듯
남쪽으로 남쪽으로 와
평안도 순안골에서
대천까지 온 사내
그도 낯설고
대천도 그에게 낯설고
한번도 어느 땅과 딱 맞아본 적 없이

늘 신발 뒤축 끄는 사내 윤덕산
늙은 부모는 어쩌자고
죽을 생각도 않고
젊은 아내와
서너살짜리 새끼 명준이놈과
이렇게 행랑방 하나 얻어
살 판을 시작하는데

그 단칸방살이로
방세 대신
농삿일 좀 심드렁 거들어주고 하는데
그런 윤덕산 영락없이 군대 나가야 할 때
거리 검문검색 무서워
바깥출입 뚝 끊고 숨어 지내는데
이렇게 되자

아내가 나서야지

장터 여관 식모살이로 나가서
깊은 밤에야 돌아오는 아내
그 아내가 얻어온 찬밥으로
늙은 부모와 남편과 자식 빈 배 채운다
어쩌다
행랑살이 면하여
움집 하나 파 이사 갔으나
그 움집 옆 소나무에 매달려 죽은 윤덕산
기러니까니 기러니까니
하고 동네 아이들 놀려먹던 윤덕산

그렇게 될 바에야
순안골에서
미국 비행기 폭격으로 죽어도 될 것을
그러나 어찌 사람의 일
때의 일
때와 때 얽히는 이 세상의 일에
그럴 바에야 그럴 바에야가 아무렇게나 남아 있으리오

덕산이 마누라

1951년 1월 나이 스물넷짜리
평안도 새댁
늦장가든 남편한테
시집오자마자
새끼 들어
그 새끼 업고
천오백릿길 피난이었더니라
그 싱그러움 채 피워보기도 전에
열 발가락 다 얼음 들고
이제 와서
밥 한술 다급한 시절
생각건대
억장 무너지는 시절 살아가야 했더니라
얌전한지
내숭인지
속으로야 호박씨 까는지 몰라
언제나 말문 열지 않고
슬프다 구슬프다 내색 않고
대천 오복여관 식모살이 살았더니라
세상에 어디 손 닿는 사내 없을쏜가
어느 기름 잘잘 흐르는 올백머리 사내와
딱 배맞아
그길로 아들도
서방도

시부모도 다 놓고 떠났더니라
멀리 강 건너 군산으로 떠났더니라
그 낯선 항구 밤 뱃고동소리 에워싸는 밤
믿을 수 없는
한 사내에게 다 걸고 기구한 피난길이 기구한 도망길 되었더니라

그 움집

관촌 뒷말 피난민 윤덕산이네 움집은 곧 없어졌다
그냥 밭으로 돌아가
한해는 보리밭 되고
한해는 호밀밭이 되었다

덕산이 마누라 도망간 뒤로
덕산이 죽은 뒤로
그 움집 옆 소나무도 잘라버렸다
덕산이 부모와
덕산이 아들
어디로 갔다
도망간 며느리 찾으러 갔다 한다
그 며느리가 아직도 며느리인가
다른 사내 발 닦아줄 물 데우는 여자일 터
아니면 또 헤어져
다른 사내와 주거니 받거니 하는 여자일 터
그런 세월 이쪽에서
어린것은 굶고 자라고 먹고 자라
이제 갈 데 없이
고아원이 자꾸자꾸
할아버지 침침한 눈에 띈다
여기저기 보육원 애육원
얼마나 많은가
얼마나 십자가 내건 사랑 철철 넘치는가

우군칙의 머리

뭇사람 모인 한양 운종가 네거리에서 목 잘려
그 상투 튼 머리 댕그랑 효수되어
사흘 동안 공중에 달려 있다가
파리떼 그 공중까지 올라가
늘어붙었다가
팔도 몇천리 떠돌며
두어 달 동안 썩어가며 달려 있다가
이윽고 상투와 해골에
썩은 가죽 엉겨붙어
파리들도 한 마리 두 마리 떠났다

일찍이 서북땅 청계리에서
갖은 풍수
갖은 복좌로 세상을 내다보더니
가산 화룡사에서
호걸 홍경래를 만나
오랜 당쟁과 세도 탐학을 때려치우려
한뜻 아래 모이더니
마침내 살년에 궐기하여
그 군사 참모로 나섰다
그리하여 서북 전역을 주름잡았다
비운이라
화약 공세로 성벽을 허물고 들이닥친 관군에게
장수 홍경래가 죽고

그 정주성 싸움
지방군 대장한테
참모 붙잡히고 말았으니
그 즉차로 압송되어
한양 네거리 귀신으로 돌아갔다

일세의 재략 우군칙
그러나 그대 죽은 뒤
홍경래 잔당 일어
중 학상화상 한패거리 떨치고 일어났으니
어디 그뿐인가
조선팔도가 이른바 민란으로 채워졌으니

마침내 뒷날 갑오년에 다다르고 말았으니

허공에 뜬 눈 감을지어다
백성이야
허공이 혈친 아니던가

대복이 아버지

동네 이 집 저 집 뜰방 아니면
워럭워럭 행랑방 면치 못하던
대복이네
남의집살이라
첫째 아이들 기죽어
사람 행세 못하고
늘 다른 집 애들한테 얻어맞기만 한다

에라!
하고 대복이 아버지 나서서
무작정 장태봉 산중으로 들어가
나무 찍는 일 하다가
나무장사로 나섰다
일곱 달 만에 내려와
밭 한 뙈기 3백평짜리 사서
거기에 담집 지어
남의 집 접방살이 벗어났다

대복이네 기쁘고 기쁜 날
어디 갔다 와
밥 둔 것 없을 때는
김치라도 꺼내다가
찬물 두어 사발 불가심하고
어허 배부르다 배부르다 물배때기 두들기던

대복이 아버지
이 기쁜 날에는
대복이 낳을 때도 없었던 미역국에
꽁보리밥 실컷 말아먹었다

나무장사로 나선지라
늘 산판에 오르내리니
한번에 짚세기 한 켤레 닳아버린다
그래서 집에 있는 날이면
하루 내내 담배 말아
연기 자욱한 방구석에서
짚세기 삼아
대복이네 집 바람벽에는
짚세기 한 죽씩 걸려 있다
아버지가 짚세기 삼을 때는
으레 대복이도 조리라도 삼았다
그 어린것이
벌써 아버지 반은 되어
첫여름 보리바심 앞서
떡갈나무 따위
새잎 달린 푸장나무 베어다
하루이틀 뒤집어 말려 땔 무렵
나무하러 갔다가
웬놈의 강아지 새끼 일곱 마리나 데려왔다

나무장사 틈이 나도
노는 때 없는 대복이 아버지
삼태기에 담은
그놈들 잿빛 어린 누렁이로 흐뭇한데
누가 와 보고 나더니
이놈들 강아지가 아니라
너구리 새끼라고 했다
쯔쯔쯔

그렇다면
새끼 냄새 뒤밟아 찾아올 테니
그 어미 해코지 꼭 할 테니
어서 제자리에 갖다놓아라 말아라
마을사람들 성화에
대복이 아버지 할 수 없이
바지게에 지고
산으로 가서
제자리에 얼른 내려놓고 왔다
네미랄 것!
침 탁 뱉고 나서
먼 데 남쪽 장태봉께 바라보았다
산판으로 가야지
산판 가서 나무 받아와야지

대복이 어머니

남의 집 진일해주며 사는 대복이 어머니
떡 할 때 불려가
늘어진 젖 두 개 다 내보이며
떡방아 드높이 치켜들어
떡살 잘도 찧는 아낙
고추 빻을 때
그 매운 고추에도
에취 에취 하지 않는 아낙
밭매고
두벌 김매고
누구네 집 엿 골 때
두부 쏠 때
메주 쏠 때
장 담글 때
김장할 때
지레김치 담을 때
이불빨래 할 때
손님 치르는 집에 가
교자상 음식 장만하는 아낙

그런가 하면
그 집 깨소금 참기름 따위
고춧가루 따위
양념 잘도 얻어오는 아낙

아궁이 불씨 잘도 살려주는 아낙
누가 와 불씨 나누어 가면
그 이튿날이나
며칠 뒤에나
그 집에 가
반드시 무엇 하나 가져오는 아낙

그것으로 모자란 팔자인가
입깨나 싸서
동네방네 소문 하나 모르는 것 없고
어느 소문도
그 입에서 퍼지는데

그러다가
아랫말 싸낙배기 아낙이 소매 걷어붙이고 와
대복이 어머니 머리끄덩이 틀어잡고
아 이년의 주둥아리에서 나온 것이여
아 이년이
내가 누워 있는 서방 몰래
타관 사내 세 번 붙어먹었다고 퍼뜨린 년이여
이 벼락 맞아 뒈지고도 남을 년이여
눈깔 빼어
네 서방 사타구니에다 달고
네 서방 산판 밑 주막에서 하는 짓이나

잘 보아두어라
이 개보× 같은 년아
이년
이년
이년아

부월이

대복이 누나 부월이
아무것 없어도
꼭 하나 손바닥 반절짜리 거울
낡아서
좀 벗겨진 거울

그 거울 하나하고 있으면
한나절 온데간데없지
시집가면
살림 한번 매섭게 해낼 부월이

어쩌다가 백분 사서 바르는데
그 곱돌덩어리
그 부스러기 빻아 바르는데
그것 혀끝에 닿으면
쉬어터진 개살구맛 그대로라
거울 속 얼굴 찡그렸다가 이내 편다

거울 보다가
아무도 없는데
제풀에 흠칫 놀라
거울 두고 일어나
재빨리 부엌으로 간다
솥에 물부터 붓고

아궁이에
축축한 것 넣고
어렵사리 불 피운다
건넛마을 감나무에서
감 툭 떨어진다
대복이네 집에야
무슨 감나무 있겠는가

부월이 숨겨둔 거울
캄캄한 거울

앵무

대원군
이 풍운의 시절
풍운의 정객이여
운으로나
꾀로나
지나친 정객이여
권세 한 손아귀 틀어쥐고
제일 먼저 생각한 일이
외척 발호 막으려면
며느리 잘 골라야겠다
손수 골라야겠다고
고르고 고른 끝
한미한 남한강가
민씨네 촌처녀 데려왔는데
이 중전한테
어찌 그리 농락당하고 말게 되었는가

천하 대원군도
그만 며느리 하나 때문에
오금 못 펴고
으르렁거리다 주저앉은
늙은 짐승 꼬라지였나니

중전이 얼마나 독살스러웠는지

416

얼마나 시샘 솟고
얼마나 호사 탐하였는지
얼마나 척지어 원수한테 살벌하였는지
무당에 푹 빠진 그 중전
조선왕조 안방이야
외유내불로
겉으로야 주자학이건만
대비마마
중전마마 거의가 부처를 섬겼는데
그 끄트머리
민중전은 아예
무당에 심사를 의뢰한바

정동 오르막 앵무라는 무당한테
시아버지 대원군
제발 뒈지도록 저주 기도를 시키고
신당의 벽에
시아버지 화상 붙여
거기에 좌시 화살 밤마다 쏘아대면
그런 날 밤에는
대원위대감 꿈자리깨나 사납고
급환으로 진땀깨나 흘리고 하였나니

그러다가 운현궁 밀정한테

417

앵무의 저주 적발되어
당장 잡혀가니
그 눈빛 퍼런 앵무
밤새도록 신을 청해도
목쉬어본 적 없는 앵무
키 작으나
생글생글 웃으면
대장부 간담 녹는 앵무
그 앵무 멍석에 말려
멍석말이로 맞아죽고
죽은 뒤에도
작신작신 밟혀서
몇번 죽었다

그 앵무의 한마디면
나라일이 오른쪽에서 왼쪽으로 바뀌었는데
청나라 비단 걸치고
민중전 머리 위에 앉아 있던
그 앵무
무덤도 없는 앵무

산업과장

보령군 산업과장 김태중 씨는
어느날부터 누런 금이빨 대신
하얀 이빨 환한 웃음 터뜨렸다
사람이 한결 젊어 보였다
술맛 밥맛 났다

그런데 대천 풍천옥 술자리
환한 웃음 터뜨리다가
그만 그 이빨 틀니여서
잘못 끼운 틀니여서
그 웃음과
그 이빨 함께 쏟아지니
대번에 합죽이영감 되고 말았다

니나노 술상에는
금융조합 이사 두 사람
면장 두 사람
부면장 두 사람
그리고 군 산업과 주사 한 사람 있었으나
그 누구의 입에서도 웃음 없는데
오로지 술 따르는 접대부
호호호
과장님 이빨께서 답답하셨나보아요
바깥세상 아무리 개똥밭이라도

바깥이 좋았나보아요
그뒤의 한마디는 입속에서 우물우물
똥 넘어가는 입안에서만 박혀 있자니
바깥이 좋구말구

누구의 앞에서
에끼 요년!
그러나 과장 나리 손 내저으며
아서 아서 하고 우물거렸다
합죽이 입속에서 우물우물
이놈 말이 맞아 맞아

불현듯 망신당한 과장 나리
어릴 적
외갓집 가는 길
비 온 뒤라
길바닥에 물 고여
그 물에 깊이깊이
하늘과 하늘의 구름 그림자 내려와 있을 때
얼마나 무서워했던가
그 깊으나 깊은 곳 떠올랐다

과장 노릇 3년 반
계장 6년

주사 7년
서기 8년
어언 쉰살 넘게
더러운 구실아치로 아전으로 살아왔다
곧 그만두고
깨끗하게 살다 죽어야겠다고 팔목 쑤시며 깨달았다
내일 아침 당장 사표 내자
면장하고 짜고
해먹는 짓 때려치우자
새로 이빨 해넣고
새로 살아보자
그러자꾸나

밖에서는 오라잇 오라잇 오라잇
트럭 뒤에서 외치는 차장의 거친 소리

보령 군수

지프차 타고 가다가
운전수더러
스토뿌!
하고 차 세우고 내려서서
지나가는 사람이 아는 사람이거든
이 사람아
자네 요즘 어떠신가
하고 알은체한다
한데 이는
그 사람 반가워서가 아니라
그 사람한테
내가 군수영감이다
내가 고을 원이다
하고 새겨두려는 짓이니
인심 못 얻은 군수
하는 짓이니

제가 무슨 이승만 박사라고

보령 군수 이민규
팔자 구레나룻에 금시켓줄 내린 가슴
군수실에는
자필로 쓴 두루마리 한 폭
경천애인이라

제가 무슨 각하라고

하늘 섬기고
사람을 사랑함이라

제가 무슨 자유당 총재라고
하기야 그 대통령에 그 군수 딱 들어맞지
맞구말구

심봉사

한내 송방 뒷골목 당달봉사 심봉사
진짜 성은 김가인데
사람들이 김봉사 대신 심봉사라 부른다
지팡이 동무하여
애저녁마다 정거장에 나온다
한동안 정거장 마당에 무연한 듯 서 있다가
지팡이 짚은 손 바꾸기도 한다

열네살짜리 외동딸
동네 아낙 따라
새우젓장수로 나선 지 벌써 해가웃이다
장항 것이 싼값이므로
동네방네 이고 다니며 다 팔고
해거름에 장항 가서
한 다래끼 받아 이고
막차로 온다

이윽고 정거장에 기차 멈추고
몇 사람 내릴 때
거기 심봉사 외동딸도 내려야 한다
아부지!
하고 맨 먼저 옥 구르는 소리로 부른다

심봉사의 어둠에 금방 가득 찬 빛이여

딸의 목소리여

아가 인제 오냐
예 아부지

그 어디에 어둠인가
두 사람 사이의 천 길 기쁨이여 빛이여

심청

어찌 심청이 심청전의 처녀만이리오
어찌 심청이 심청가의 처녀만이리오

장산곶 인당수 무서운 물
치마폭 쓰고
몸 던진
그 삶이여 죽음이여
조선 처녀의 가슴에 품은 붉은 뜻 아니리오

한송이 연꽃으로 떠올라와
조선팔도의 어둠속에 살던 소경들 모아
그 어둠 어둠 어둠 가운데
소경 아비 가려냄이여
어찌 그 심청이 지극 효도의 처녀만이리오
빛의 처녀
천년 소경의 눈 떠
밝은 세상 열리는
그 만백성 청천백일 해방의 처녀 심청 아니리오

부채

대천역전 귀퉁이 각시풀 난 한데다가
캐러멜 몇갑 놓고
하루 내내 앉아 있는 사람
구만서 아저씨
거기에 꼭 앉아 있어야 하는 사람
구만서 아저씨
부채 하나 가지고 있어야
그 부채 부쳐본 적 없다
아무리 더워도
아무리 외로워도
아무리 억울하고 서러워도

최건달 전처

첫장가든 지 3년 지나
아직 헌 각시도 아닌데
10원 받고 팔아먹은 최건달
10원짜리 한 장 갈자리 밑에 넣으니까
말 한마디 없이
최건달 고개 끄덕이므로
그길로 이미 단단히 약조가 되었던지
부엌 살강 어루만지며
눈물바람하는 최건달 마누라
왕사마귀 귀밑에 달고
10원짜리 낸 새서방 따라 나섰다
동네 앞길 긴 빨랫줄만치 떨어져
저만치 뒤따라 나섰다

최건달한테서는 애가 없다가
거기 새서방한테 가서
줄줄이 굴비뭇으로 1남 5녀 낳아
머리 팰 때 쑤실 때
부엌살림 손놓아도
딸년들이 대들어 살림 거뜬해진다
그러나 대천에서 광천으로 가서 살아도
대천 소식이라면
귀가 쫑긋 열려 꽃이 핀다
혹시나 그 건달 전남편

어찌 사는가 하고

그러다가 대천으로 다시 와 사는데
서방 몰래
전남편네 제삿날 쌀 한 되 꼭 보낸다

최건달

최건달 최옥술이
본처 팔아먹고
그 자리도
시집갈 자리라고
새로 시집온 재취 각시 마구 패댄다
나뭇가지 들고 달겨들면
이제 매에도 꾀가 붙어
집 모퉁이 돌고 돌아 달아난다
동네사람들 하나둘 구경났다고 모여든다

새로 온 각시는 각시대로
시집온 지 석삼년인데
애 못 낳는 죄로
남편한테 쥐죽어 지낸다
그게 어디 마누라 노릇인가
숫제 종노릇 아닌가

동생 아들 창호 이름 빌려
동네 아낙네들은 창호 큰아버지라 부르고
동네 남정네들은 최옥술이보다
최건달이라 부른다
손길 하나 까딱지 않고
새로 시집온 여편네
채소장수 소금장수 품팔이로 내보내어

담배 사다 주면 피우고
술 받아다 주면 마신다
세숫물도 토방에 떠다드려야 세수한다

어디 그뿐이던가
땔것 떨어져도
나무 한짐 해온 적 없고
방구석 먼지 내보낸 적 없다
그저 누구네 집 일하면
그 집 가서 일밥 얻어먹고
새참 얻어먹고
잔칫집 반 집사 반 손님 노릇하고
초상나면 옳다 됐다 하고
초상집 부고 돌리고
밤샘에 술상머리 떠나지 않는다
수염 하나 푸짐하여
제가 무슨 포은 선생이라고 이럴듯 그럴듯하다

언제나 풀 빳빳이 먹인 두루마기 입고
걸음 놓을라치면
그 두루마기 서걱이는 소리 한번 요란하다
일제 때 징용 갔다 와서
그 이래로 일본말 버릇 들어
누구 만나면

오하요오고자이마스
콘니찌와
콘니찌와
아, 아리가또오고자이마스
아리가또오
아리가또오

창호 큰어머니

창호 큰어머니
그러니까 최건달 재취 각시
시집이라고 와서 37년
한내장 남의 가게 옆에다
소금 받아다 팔고 있다
하루같이 팔고 있다

어쩌자고 남편은 하늘보다
하늘의 해님보다 더 섬겼다
그 남편 죽은 뒤
방 하나 부엌 하나
그 집에서 그대로 혼자 살았다
남편 살았을 때는
술값 대느라 배 주렸다
감기 들어도
감기 들었다는 소리 해본 적 없다
찬물에 더운물 타 식은 듯
싱거운 얼굴로
실컷 웃어본 적 없다

소금전 차려놓고 앉아서 꾸벅거린다
잠이 많아
남의 가게 처마 끝
꾸벅꾸벅 졸다가

살 사람이 깨워야
그때서야 눈떠
소금 한 되 되어 팔았다
어찌 그런 잠꾸러기인지
숯불 다리미질하다가도 꾸벅 졸아서
다리미 슬쩍 닿아
깜짝 놀라 잠 깬다
과연 산 물건은 산 물건이구나
그러나 졸지 않을 때는
옛날이야기 어찌 그리 한정없는지

겨울 아니면
그냥 맨발로 걸어다닌다
소금 받아오는 먼 길도 맨발이다
누구하고 다툰 일 없고
죽은 남편 전처와도 정답게 지냈다
나중에는 성님 동생 하며
소금장사도 함께 했다
게 잡으러 갈 때
논에 함께 가기도 했다
인공 때 인민군 밥 지어주고
그 때문에 수복 후 발가벗겨져 혼깨나 났다
겨우 풀려나와
무슨 일이 있었느냐는 듯이

한평생 소금장수 37년을 살아왔다
허름한 적삼 밑으로
축 늘어진 늙은 젖무덤
무슨 일이 있었느냐는 듯이 나와
날 저문 길 출렁거렸다

귀동이 아버지

발 한번 헛디딘 적 없는
귀동이 아버지 권오선 영감
변변찮은 농사 연장
못 쓰는 연장도 조심스러이 섬긴다
어디 따로 고조 증조 할아버지 할머니이겠는가
닳고닳은 호미 한 자루가 조상이다
그런 호미 내다가 쓰고
아무데나 두면
벼락 떨어져
귀동이 등때기 몇번 얻어맞아야 한다

칠팔월 논에 나가
논두렁 풀 깎고
어둑발 들면
하루 내내 풀 깎은 고된 낫
정성스레 숫돌에 갈아
정성스레 풀로 싸매어 들고
풀냄새 따라오는 풀지게 지고 돌아온다

눈썹 없어
사람들이 문둥병 들었다 해도
그 눈꼬리 길고 사나워
사람값 천근 나가매
정작 귀동이 아버지 보면 쉬쉬한다

헛간 연장 어느 것 하나
흙 묻은 것 두지 않고
반들반들 제 색깔 나며 빛난다
귀동이 열병으로 헛소리하는 밤
그 연장 바람벽에 걸기도 하고
방구석 여기저기
찍는 시늉 하기도 하여
열병 귀신 내쫓는다

마누라하고 말하는 것 누가 보지 못했다
밥상 내오면
밥상에 젓가락 고르는 소리뿐
얼른 밥 먹고 물 마시고
밥상 물린다
어쩌다 고등어 반찬 나오면
한쪽만 먹고 남겨 밥상 물린다

담배 한대 피우면
도무지 그 담배연기
권오선 영감의 말 한마디인가

달과
달 따라다니는 별

중천에 떠 있건만
거기도 쳐다보지 않고
그냥 마당 멍석에 앉아 이슬 맞다가
담뱃대 털고 일어서
벌써 귀동이 곯아떨어진
퀴퀴한 갈자리방에 들어간다
그뒤에 어디 있다가
마누라 들어간다

성삼문

처음은 참 재미나다

낳았느냐
낳았느냐
낳았느냐
하늘에서 세 번 묻는 소리가 난 뒤 태어나서
삼문이라 이름 지었다 한다
그러면
그의 형제 삼빙은
세 번 불러서 태어났는가
삼고는
세 번 돌아보아 태어났는가
삼성은
세 번 살펴 태어났는가

세종 집현전 훈민정음 창제 주동
이 땅에 글이 태어났도다
그가
문종 훙하고
어린 단종 없애고
수양이 왕좌에 올라 있을 때
뜻을 모아
그 수양 처치하기로 하였는데
받은 날을

뒤로 미루자는 삼문 자신 때문에
일망타진되고 말았도다

본디 삼문은 무반 성승의 아들이나
이미 문관의 주저 때문에
함께 모진 불고문 받는 유응부로부터
이 새끼!
먹물 먹더니
일을 이렇게 그르쳤으니
이 새끼!
하고 침 뱉어
삼문의 얼굴 일그러졌도다

아버지 성승 박팽년 이개 하위지 김문기 유성원
그리고 침 뱉은 유응부와
삼문은 친국을 받고
극형 거열로 사지 찢어발겨졌도다
어디 아버지뿐인가
삼빙 삼고 삼성 형제와
아들 맹첨 맹년 맹종과 갓난아이까지
참수당하고
일가가 몰살되고 말았도다
마지막 남긴 시 한 편이야
차라리 군더더기

북소리 이 목숨 재촉하는데
돌아보니 지는 해 서산을 막 넘어가네
황천길에 주막도 없을 터인데
오늘밤은 뉘 집 찾아 쉬어갈까

그로부터 3백여년 흘러
영조는 그를 이조판서에 추증하고
시호 충문이라 내렸다

하기야 역적이 천년이면 성현 아니던가

창덕이 아들 형제

청라에서 배가라면 딱 한 집 있다

동네 짓궂은 사람들이
우리 동네 배나무에 배 세 개 달렸다
하나는 오래된 배라
아무도 안 먹으니
저 혼자 떼굴떼굴 굴러다니고
둘은 아직 안 익어 못 따먹는다
이렇게 놀려먹어도
배창덕이 아들 형제
땡볕 아래서도
학교 갔다 와
언덕의 풀 베어 나무로 널고
논두렁 풀 베어 퇴비 쌓는다
어린것들이
벌써 낫 가는 솜씨
여간내기 아니다

짙푸르른 하늘 아래
어디에도 그늘 조각 두지 않는 들녘
어디에도 노여운 것 두지 않는 들녘
그 뜨거운 세벌 김 때 들녘
그 논두렁에서 입 꼭 다물고
땀 흐를 대로 흘러

더 흐를 것 없는 몸 놀려
그 빛나는 구리덩어리 몸 놀려
큰놈은
어느새 두 지게째 풀 걷기 시작한다

둘째아들놈 목에 큰 붓털만한 흉터 있는 놈
저만치 한산으로 넘어가는
그 언덕에서는
방금 독사 아닌 무자치 한 마리 쳐죽이고
서슬 퍼런 억새와
잔 푸나무 베어
나무 한 짐 드높이 우렁차다

정자

머리에 수건 쓰면
어찌 그리 어여쁘던가
남의 집 품팔이
쉴 참 때 먼 데 바라보며
머릿수건 벗으면
어찌 그리 새로 어여쁘던가
막막한 세월 긴 세월
이 아름다운 처녀 정자 있어
이 세상 매미 쓰르라미 번갈아가며 울어라

파리 부자

아랫갈머리
길가 오두막집 유만복이네 집
그저 숟가락 몽댕이 서너 개뿐
집 안이 썰렁해서
누구 없는가
하고 말하면
그 소리 외메아리 울린다
그런 집에 무엇이 있다고
파리는 어찌 그리 많은지
손만 내저어도
위잉하고 파리떼 오르고
뒷간에 가
골마리 내려도
위잉하고 똥파리 신명난다
과연 파리 부자라
유만복이 딸
금자 얼굴에도
파리똥 주근깨 쏟아졌다
그 반달 눈썹에
섭섭하게도 섭섭지 않게도

똥통쟁이

한내 요까티에서
한 마장 걸음으로 지장 모퉁이 돌면
거기에 서낭당 있고
하필 서낭당 옆에
서낭당 심심할세라
오두막 있다

그 오두막에 똥통쟁이 내외 살아간다
여편네 다리가 하나 절어
들밥 내가기 어려운지라
때 되면 똥통쟁이 일하다 와서
밥광주리 빈 지게 지고 간다
그가 지나가면
이 논 저 논 일하던 사람들
어? 똥통쟁이가 밥 지고 온다
저게 밥이여? 똥이여?
하고 너털 웃는다

정서방이라 부르니 정씨인데
나라 정자인지
곰배 정자인지
남의 땅뙈기 밭 부쳐먹고
소작 논 한 배미 얻어 하는데
숫제 비싼 금비는 나 몰라라 하고

가까운 데 먼 데 가리지 않고
한내 여기저기 다 훑어다니며
똥 퍼나른다
한내장터 변소 다니며
여관집 요릿집 변소 다니며
이따금 쫓겨나기도 하며
묵은 똥 새 똥 할 것 없이 퍼날라다
서낭당 아래 똥구덩이에 쏟아붓는다

사시사철 똥거름지게 지는 팔자
그 똥통쟁이 정서방 만나면
추운 아침나절에도
똥냄새 풍긴다
지장 모퉁이
그 오두막
코딱지만한 방구석이야 오죽하랴
구름 낮은 날
답답한 날
그 구린내 퍼질 대로 퍼지는 날
똥통쟁이 여편네
다리 절며 메밀씨 묻고 온다

김암덕

안성 서운산 청룡사 골짜구니
불당골 여덟 사당
팔사당 사당집에
한 계집애
북도 잘 치거니와
노래도 잘하거니와
춤도 잘 추거니와
얼씨구 줄도 잘 타서
타고나기를
사당질할 년으로 태어났거니와
그 초롱초롱한 눈매
한번 웃어 나는 새 떨어지고
한번 웃어
뭇 나무 뭇 풀 죽었다 깨어난다

안성 청룡 바우덕이
소고만 들어도 돈 나온다
안성 청룡 바우덕이
치마만 들어도 돈 나온다

드디어 한양으로 불려가
대원군 앞에서
갖은 재주 다 보여 주어
그 대감 입 다물 줄 몰랐더라 하더라

이리하여 바우덕이
한 계집애로서
안성 남사당 개다리패 바우덕이패 꼭두쇠가 되니
그길로 이 고장 저 고장 찾아
갖은 재주 다 보여주어
긴 세월 꿈 같더니
어디 사당패가
고대광실에서 임종하던가
길 걸어가다가 병들어
길에서 죽어야 했다

바우덕이 김암덕
그뒤로 바우덕이패 흩어졌다

정 많은 땅
무정한 땅
두루 떠돌다 흩어졌다

신석공이

아무리 무지막지한 싸움일지라도
그 사람만 가면
그 싸움 어찌어찌 가라앉는다
지랄병 난 사람
다 나 몰라라 하는데
그 사람이 업어다주어
퉤 퉤 침 뱉으며 돌아선 뒤
마을이 예대로 고즈넉하였다
평생 남의 일 해주고
남의 마음 달래주고
제 그림자마저
남을 위해 있다가
이 세상 떠났다
대천 신석공이

인공 때
그 인공에 가담했다
그것으로 5년 동안
대전형무소 조용조용 살고 나왔다
고향에 있다가
서울 가서 살다가 병나
밤중 서울에서 대천까지 오는 택시 안에서
그만 홍성 못 미쳐 숨넘어갔다

그 신석공이 시체 업어 내린 날
하루 내내 동네사람들 일손 놓았다
그 신석공이 묻히는 날
동네사람들 다 와서 세 번씩 곡하였다

마침 추석 전날이 장례날인데
다음날 추석날도
누구 하나 즐겁지 않았다
마을에 한숨 찼다

이불 없는 늙은이한테
이불 주어버리고
겨우내 덜덜 떨던 사람
신석공이

신석공이 마누라

대천 앞바다 삽시도에서
물 건너
대천으로 시집온 사람
잘도 생긴 사람
신석공이 마누라
어둑어둑한 저녁나절
환히 피어나는 부용꽃 같은 사람
마음 어느 구석 뒤져보아도
사람 따지는 얌심 없는 사람
일 잘하고
음식에 손 가면
그 음식에 설설 녹고
육회 잘 무치고
바느질 솜씨 좋고
손 가는 데마다 향내 나고
꼬인 일 풀어지는 사람
신석공이 마누라
그러나 그 금실 무던한 내외
잘도 살아가다가
지아비 신석공이 죽자
십년 지나
딸 키워 시집보내고
그 딸 뒤따라
새 지아비 얻어 나갔다

그렇구나
그 좋은 솜씨 써먹어야지
그 좋은 얼굴에 부용꽃 피어나야지
새살림 차린 뒤
긴 겨울철 처마 고드름 떨어지는 줄 모르고
그 고드름 녹는 줄 모르다가
고무신 끌고 나서서
먼 데 아지랑이 바라보고
아이고 벌써 봄이 왔네
신석공이 마누라가 아니라 장태문이 마누라

신석공이 딸

어머니 타겨
어여쁘디어여쁜 처녀 명희
대천여고 미인 명희
허드렛물 구정물 버리다가
지나가는 명희 보고
혀 차는 아낙네 혼잣말인즉
저런 년 데려가는 사내 복은
무슨 복일까
참말 대천 바닥에 놓기에는 아깝다 아까워
아버지 어머니 팔자와는 달리
이미 제 삶이 떠올라
보름달 떠오르는 커다란 달밤이었다
남포면 알부자네 며느리 되어
그 탐스러운 머리 곱게 빗고
옥비녀 꽂고
붉은 댕기 섞어 낭자 지어 올리고
아흐 귀밑머리 어지러워라
신랑녀석 연신 입이 벌어져 닫힐 줄 모르더라
그러나 신부 명희
세상 떠난 아버지 생각에
눈물 아롱지고
홀로된 어머니 생각에
눈물 깨어져 흐르지 않을 수 없어라
족두리 벗어버리고 싶어라

신석공이 어머니

나이 여든살까지
변변히 무엇 먹지도 못하고 잘도 살아오셨네라
신석공이 어머니

그 어머니에
그 아들이었고
그 아들에
그 어머니라
오지랖 넓고
마음씨 여리디여리고
어디 남의 집 마실 가도 그냥 놀던가
손 놀리지 않고
그 집 콩 까주며
이 얘기 저 얘기
밤 이슥해지자 문 열고 어둠속에 대고
아이고 제삿날
제사 받아먹은 귀신 떠나시는가
귀신 냄새 제법 나네
아이고 떠나는 길에
나 데려가지 않고
어찌 그토록 평생 각박하시던가
창호 큰어머니와 나란히
30리 밖 염밭까지
소금 받으러 갔다 와

장날이 아니면
이 집 저 집 다니며 팔아야 했다
목이 빠지도록
팔리지 않는 소금 이고
그 고된 일도 며느리한테 넘기지 않았다

조선 아낙네의 목이여
그토록 무거운 것 이는 목이여
신석공이 어머니
늘 잔잔히 웃음 머금어
무논 잔물결도 잔잔히 펼쳐나간다

김주사

대천읍사무소
된 곱슬머리
백년 가야 김주사 김점동 영감
사실인즉 주사가 아니라
촉탁 서기지만
사람들은 그를 김주사 김주사라 한다
면장도 그를 김주사라 한다
묵사지 글 한 자 쓰려면
몇번이나 허공에 써보다가
겨우 한 자 쓰고
또 써보다가
한 자 쓰고
이러기를 반나절에야
호적등본 한 통 만들어낸다
그러고 나서
명순응인가
어둠속에서 밝은 데 나온 듯이
제 글씨에 취하여
눈 지그시 감다가 뜬다
느려터진 사람하구서는
기지개 한번 커다랗게 휘고 나서
점심 먹으러 나간다
두시 지나야
에헴 하고 제자리에 들어와 앉는다

염치없이 이쑤시개로 잇새 후벼 내며
늘 얼굴 붉고
금이빨 박아 그 이빨로 웃으며
두꺼운 입술하고 함께 징그럽다
이 영감이 색깨나 바쳐
제 친구 딸한테도
으레 한마디
미스 김은 최고여 한다
읍내 다방 레지나
술집 가시내야 마구 치마 들춘다
그러나 집에 가서
제 딸년한테는 지엄하여라
지랄한다고 다리 내놓고 다녀?
몸뻬 입어
몸뻬!

이먹고노장

조선 숙종조던가 그 앞이던가
황당선이 남포 앞바다에 나타나는 시절
조선왕조 이래
처음으로 서북사람을
벼슬에 임용한다는 왕명이 떨어진 시절
그러나 꽉 기울어버린 시절
그런 시절 아지 못거라 하고
서북 평양거리
늘 민심 흉흉한 거리에서는
한 떠돌이 늙은 스님이 있었으니
이먹고노장이라

이 무엇고?의 선방 화두를
큰 소리로 외쳐대며
골목골목 누비면
보통문 너머 집집을 누비면
남녀노소 다 나와
이먹고노장이다
이먹고노장이다
하고
굳은 민심 한동안 풀려
문 밖으로 쏟아져나온다
어중이떠중이 나온다
이먹고

이먹고
하고
이먹고노장에 화답해 외쳐대기도 한다

묘향산 보현사 서산대사 실속 제자인지라
그래서 선을 주로 삼고
교를 종으로 삼아
이 골목 저 골목 화두를 외치고 다니는가

기림리 납작한 초가삼간 집집마다
어느 때는 부벽루까지
어디도 마다하지 않고
온통 누비며
이무엇고
이무엇고
이먹고
하고 외치며 떠도는 노장

입은 것 한 벌
바리때도 없어
절간이나
어느 집에서나 밥 한술 손바닥에 받아먹고
쩡 언 날
얼음 한 덩이 깨어 입안에 넣어 녹여 먹고

그 얼음물로 입 헹구어
잠이야
겨울 한철 빼고는
이 집 저 집 처마 밑에서도
아무개네 집 처마 밑에서도
대동강 다리 밑에서도
한잠 늘어지게 자고 나
큰 기지개 펴
어허 오늘도 좋은 날
이먹고
이먹고

그 이먹고노장이 바로
편양당 언기선사이신지라
한번 묘향산이나 안변이나
어디 나타났다 하면
큰절 선방 대중들
우르르 몰려나와 맞이하는 언기선사이신지라

이먹고
똥 먹고
밥 먹고
나물 먹고
산하 대지 한입에 삼켰노라

욕계 색계 무색계 삼계 안주 삼아
물 한 모금 삼켰노라
할!
니기미 할!
이먹고 할!

대천동국민학교 돈선생

해방 직후
대천동국민학교 한 여선생
수업시간에
한번도 돈 얘기 안한 적 없다
돈
돈
돈
너희들 커서 돈 벌어라
너희들 부모 중
누가 제일 돈 많냐

어린아이들보고
돈
돈
돈
만사는 돈이여

이렇게 돈타령하다가
그만 순박한 어린이들마저
그 돈타령에 신물나
집에 가면
아버지한테
어머니한테 돈타령 일러바쳤다

그래서 학부모들 모여 의논키를
돈선생 그냥 둘 수 없다 하여
당장 몰려가 몰아내버렸다

까무잡잡하게 잘생긴 임효자 선생
일본 여선생 자리
그 담임선생 된 지 두 달도 못 되어
돈
돈 하다가
한 달 월급으로 쌀가마깨나 타고 쫓겨갔다

어디 가서
돈
돈
돈
만사는 돈이여
하고 담배 피우고 있을까

그 선생
변소에서 담배 피우는 것도 들켰지
5학년 아이들이 보았지
담배 한 모금 깊이 빨아
푸우 하고 내뿜는 것 보았지
돈 다음에는

담배였지
땅딸보 노처녀 임효자 선생

비인 염생원

일 맞추어도 삯메기로만 맞추어
들에 밥인심 없는 집
비인 염주섭 영감
그 앞에서는 영감님이나
그 뒤에서는 염생원 된다
노란 눈에 눈빛도 꺼져
탱자나무 울 안에서
쥐 죽은 듯하다
말소리도 게눈 기어들어가
쥐 죽은 듯하다
그래서 염생원 있어도 없고
없어도 있다 한다
그런데 어인 까닭인지
조강지처 버젓이 두고
두 번이나 소실을 갈아들여
본가에서 빤히 보이는 건넛마을에
회벽 바른 소실댁 차려
제삿날이면
본가에 등불 매달거니와
소실댁 단정한 처마 끝에도
유리등 매달아
두 불빛끼리 마주 논다
어쩌다가 본처와 소실 만나
소실댁이 인사드려도

본처 말인즉

자네가 나한테 인사를 다 하네그려

그러나 두 마누라 사이

두 마누라 한 영감 사이

큰소리 한번 나지 않고 지낸다

염생원 그 시들시들한 영감

어디서 두 마누라 다스리는 재주 나오는지

한데 그것으로도 모자라는지

비인 너머 삼거리 주막

느닷없이

대처에서 온 색시

늘 검정저고리 검정치마 입은 색시

그만 그 색시 만나러

저녁 먹고 바쁜 걸음 나선다

날 저문데 어디 가시는가

저 거시기 저

재 너머 생일집 가네

제기랄 생일잔치 밤에 가나

술집 호젓한 밤

어디 술꾼 있겠나

단둘이 주거니 받거니 하다가

술상 밀어두고

탁 등잔불 끄면 되지

늙은 주모야 딴 방에서 욕이나 해야지

아이고 썩을 놈
썩을 년

삼거리 주모

지난날 별의별 사내 다 안아보았지
열일곱살에
백단화 신은 녀석
어찌나 머릿기름 진하던지
건구역질 나던 일도 생각나
그 첫사내 이래
40년 동안
누구 마누라 되어본 적 없이
그저 풋사랑일수록
그 풋사랑 뒤일수록
지독하게시리 외로움 컸어
죽을 때
눈감고 죽는 년
그런 년 죽어라 밉다
어디 이 세상 원통하게 살고
눈뜨고 죽지 않을쏘냐
앞산도 밉다
뒷동산도 밉다
밤새도록 저놈의 소쩍새소리
너도 죽어라고 밉다

상사병

화양부두에서 스무 걸음 안되는 집
장길종 씨네 집
다섯 칸 겹집
그 집에서 난데없이
첫눈 날리는 날 굿판 벌어졌다

무슨 굿!

장길종 씨 아들 봉수가
한산면사무소 여직원 보고 난 뒤
그만 그 늘씬한 처녀 사모하다가
편지도 보냈다가
보낸 편지 도로 받고
상사병 나
몇달을 누렇게 떠 누워 있는데
거기에 대고
상사귀신 내보내느라 굿판이 벌어졌다
그러자니 첫눈발이 상사귀신 되어 흩날렸다

아무리 큰굿 하나마나
그 다음날
그 다음날도
골방 구멍창 환한 데 바라보며
메주 뜬 냄새도 모르고

습내도 모르고
저 멍한 봉수의 하루하루
밥도 먹다 말다 하는데
똥도 싸다 말다 하는데
장길종 씨 큰마음먹고
체면이고 뭐고 그만 작파하고
한산면장 만나
자초지종 사뢰었더니
면장 여직원 가만히 불러
한번 만나나 보라 권했는데

그만한 처녀 어디 임자 없겠나
이미 약혼한 처지인데도
약혼자 몰래
화양 봉수한테 갔다

가서
봉수씨
남자가 할 일 없으면 이런 생활이오
나는 이미 남의 아내 될 사람
나보다 더 좋은 여자 만나
잘 살아야지요
하고 말하니
너무나 뜻밖의 기쁨과 슬픔 이기지 못하고

눈물 가득 괴었다 흐르고 나더니
그길로 눈감고 말았다
그 여직원 할 수 없이
짝사랑 봉수 일일장 치르기까지 거기 있었다

한산으로 돌아가
당장 파혼하고 말았다
수덕사 다녀왔다
울 밑에 선 봉선화야
네 모양이 처량하다를 불렀다

화양 우희만 부부

화양 미나리꽝 주인 우희만 씨는
일본 가서 대학 다니다 그만두었고
해방 뒤 서울 가서
대학 다니다가 또 그만두었다
고향에 돌아와
원두막에 올라가 잠만 자다가
아버지가 정한 데로 장가갔다

일부러 순 무식쟁이 처녀로 며느리 삼아
집안일이나
실컷 시키려 했다

그 며느리 처음에는 고분고분하더니
차츰 뼈대 세어
남편 말이든
시아버지 말이든
꼭 눈 똑바로 뜨고 말대꾸한다

그러다가 김장할 때
남편 먹는 싱거운 김치
젓 안 넣은 김치 따로 담그고
젓국 푸짐하게 넣은 김치 따로 담았다

맨김치는 남편 김치고 시아버지 김치고

젓국김치는 제 김치라
이제 밥상 차리면
꼭 시아버지하고 남편하고 겸상으로 차리던 것을
시아버지 독상 차리고
남편하고 그 자신이 겸상으로 마주 앉아
여보아란 듯이
남편 앞에서 밥 다 먹고 눌은밥 먹는다
남편은 진작 수저 놓고
반 사팔뜨기 눈으로 딴 데 본다
벽에 바른
묵은 신문지의
신문기사 큰 제목 작은 제목 보고
똥그란 동판 사진도 보고
고바우영감 만화도 보고
담배가 손톱 밑에 다 타들어간다
뒷방 차지 시아버지도
벌써 상 물리고 놋재떨이에
담뱃재 터는지 땡 땡 소리낸다
시아버지 상에도 맨김치라
내림인지 올림인지 맨김치라
군산에서 건너오는 막배 뱃고동소리라

원남이 아비

난리 이후 어디서 온 홀아비
새끼 하나하고 사는데
한번 중머리로 배코 치면
몇달을 이발값 없이도 살아간다
새끼 원남이를 시켜
한내에 가 밥 얻어오게 하고
나무해오라 해
게으름뱅이 아비와
부지런한 새끼 나란히 앉아
부엌 아궁이불에 익으며 주고받는다
밥 안 주는 집은
꼭 침 뱉고 나와라
그래야 다음번에는 밥 준다
침 안 나올 때도 있어
이놈아 사람이 입에 침 없으면 송장이다
이런 얘기 주고받는 날은
원남이가 밥을 많이 얻어온 날이다
어쩌다가 밥 못 얻어오면
그들 두 식구 사는 것도 집이라고
그 움막에서 아들을 쫓아낸다
이놈의 새끼가 무엇 하고 다니느라고
밥 한 덩어리도
못 얻어온단 말이여
하고 버럭 쫓아낸다

그러면 원남이란 놈 코 흘리며
눈물하고 코하고 범벅이 되어
초저녁 한데 쫓겨나와
남의 짚벼늘이나 볏짚못가리 틈에서 새운다
동네 말참견하는 노인이
원남이 아비더러
자네가 사람인가 짐승인가
하고 꾸짖어도
해바라기 지그시 눈 감고 영 모르쇠한다
체 말만 늘어놓지 말고
밥이나 가져와
밥
그런 게으름뱅이라
그 몸속의 득시글한 이들도 게으르다

그런 아비의 새끼로 자라는 원남이놈
어느새 알 것을 알아
개가 흘레붙어
두 마리가 앞뒤로 딱 붙어 있으면
그것이 떨어질 때까지
오래오래 지켜본다
눈에 눈빛 나며
그 낯짝에 웃음 그리며

끝내 거지가 도둑 되고 마는가
해수욕장 옆
군두리 선창에서
그 얕은 물 다 빠진 썰물 때
새우젓 한 독 훔치다가 들켜
오랏줄에 묶여 갔다

어쩔 텐가
그때부터 아비가 나서서
밥 얻으러 다녔다
몇달 뒤 콩밥으로 자랐는지
얻어온 밥 아니고
가만히 있어도 주는 밥으로 자랐는지
원남이 풀려나와
벌써 말소리 우렁우렁하는 어른이었다
어쩔 텐가
또 밥 얻으러 다니기 시작했다

세 젊은이

고주몽이 망명하여
멀리 모둔곡에 이르렀다
거기서 세 사람을 만났다
창업이란 한 사람이
다른 사람과 만남으로써 이루어진다

한 사람은 베옷을 입었다
베옷은 부여시대의 옷
솜 없는 시절이라
그 추운 땅 겨울에는
베옷에 가죽을 대어 입었다

한 사람은 누더기옷
또 한 사람은 물풀로 만든 옷

이 세 젊은이에게
각 임무를 맡겨
이로부터 망명이 아니라
개국이라
졸본천 비류수 물 위에서
나라를 열었다
차차 송양국 행인국 북옥저 등
여러 나라를 병합하였다

그렇다 세 사람은
왕이 마흔살에 세상 떠날 때까지
그 창업의 총신이었다
왕이 아플 때
하나씩 번갈아가며 아팠다
왕이 일찍 옷을 벗을 때
그 옷을 아직 벗지 말라고 말렸다
왕이 침전에서 눈뜰 때
이미 침전 밖에는
세 사람의 기척이 있다

마침내 그 세 사람까지 합하여
거기 고주몽이 이루어졌다

삭풍에 칼 빼는 소리 이어지는 날
거기 고구려가 이루어졌다
아닌밤중 화살 나는 소리
멀리멀리 들리는 밤
거기 고구려가 이루어졌다

한 사람이
세 사람 만나고
그들이 만백성 만났다
겨울에 춥고

여름에 더운 그 강국 고구려를 이루었다

말발굽소리 들리지 않을 때 없던 시절이었다

권율

바다에 이순신
뭍에 권율

아비가 우의정 영의정으로 있다가 죽을 때까지
과거에 나가지 않다가
3년 이상 여막 살고 난 뒤
벼슬길 나섰으나
왜란 만나 무장으로 나섰다
가는 데마다 적을 무찔렀다

이윽고 행주산성 대첩으로 도원수 되어
조선의 육군을 이끌어갔다

임진 정유 두 난리에 나라 지켜
이순신과 함께
선무 일등공신이 되었으니
하나도 죽어 공신이고
하나도 죽어 공신이라
나이 예순셋 치사하고
나이 예순셋에 세상 떠나니
온 백성 슬픔에 잠겼다

그 권율 장군으로 하여금
조선땅 아낙들의 행주치마 영광이로다 영광이로다

만호 마누라

유리등불 밝혀 매달아놓고
그 아래
나들이옷 갈아입고
두 무릎 세워 쪼그리고 앉아
그 무릎에
두 손 가지런히 얹고
까막까막 기다리는 만호 마누라
이슥한 밤
밤 뻐꾸기 울다가 그만둔 밤
타관 나간 남편
집에 못 붙어 있는 남편
그렇게 밤마다 기다려도
기다려도
올 줄 모르는 남편 조만호
그 어디 떠돌며
그 어디서 이토록 기다리는 마누라 생각이나 하겠는가

조선 여인은
기다리는 여인이런가

요사이 만호 마누라 부쩍 늙어
앉았다 일어서려면
허리가 자지러지며 아프다
낮에 일하고

밤에 기다리고
기둥의 못도 녹슬어 붉어라
거기 걸린 씨옥수수
그것도 먹을 것이라고
참새가 와 쪼아먹어 쯔쯔쯔 우세스러워라

등불 후욱 끄고 난 어둠에 대고
한마디한다
어디 내가 누구 마누라여?
홀에미 딸에다가
홀에미여

정녕 외로움이란 사람이 저 혼자임을 깨달을 때
그 아니겠는가
그 아니겠는가
외로운 만호 마누라
그 가슴속 만감 아니겠는가

신새벽 천지 하도 쓸쓸하여라 닭이라도 울어예어라

얌전이

그 외보조개 웃어 써먹어보지 않고
조만호 딸 얌전이
아니 조만호 딸이 아니라
조만호 마누라 딸 얌전이
머리 곱게 곱게 딴 가시내야
팔월 한가위
널 한번 드높이 뛰어오르지 않고
널뛰며 깔깔대는
동네 시악시들
그 말만한 시악시들 웃음소리 들으며
명절 다음날
어머니 앞에서
어머니 실 감는데
실타래 두 손에 걸어 조곤조곤 풀어주누나
밥도 하루 두 끼면 되고
무엇 하나 군입 다시지 않고
우물에 가도
동네 아낙네 뜸할 때
얼른 가 물 길어온다
그 넓고 밋밋한 이마에 땀방울 돋아
마늘밭
묵은 소매 거름도 혼자 준다
그래도 어머니는
늘 딸에 성이 안 차

아 배추밭 벌레 안 잡고 무엇 하였어
허나 어찌 한 몸에 두 가지 일이겠는가
그 말 들으며
기명 치우고 나서
그때에야 남새밭으로 나가는 얌전이
누구 하나 쳐다본 일 없으매
정작 동네 어른도
다른 동네 사람이나 다름없이 낯설어라
까치 까마귀도 낯설어라
돌아오지 않는 아버지도 낯설어라
치마 곱다랗게 기워 입은
열여덟살 얌전이
속으로만 잉잉거리는 얌전이

장항 고진모

장항 선창 어물전 고진모
몸에서 늘 비린내 나는 고진모
도무지 어른이고 아이고 차별 없는 고진모
그래서 나이 든 축은
싸가지 반푼어치도 없는 놈이라고
욕먹는 고진모
아닌게아니라
사람이 죽어지면
다 쓸데없다고
제 아버지 어머니 제사도 안 지내는 고진모
제사 지내지 않아도 운이 들어
생선깨나 나가주어
돈다발 쌓이기 시작하는데
문득 좀 돌아버려서
돈 한 다발 가지고
대낮 가고파다방에 나타나
마담이나 레지한테
아 이년아
오늘밤 나 좀 주물러주면
이것 다 주겠다
이년아
그날밤에는 생전 처음으로 니나놋집에 가
술 먹고
핑그르르 돌아서

돈 한 다발 좍 흩어놓는다
야 이년들아
이것이 돈인 줄 아느냐
가랑잎이다
상수리나무잎이다
니기미 씨팔 만지면 옻오르는 옻나무 잎사귀다
야 이년들아

그러나 다음날 아침
언제 그랬냐는 듯이
속 쓰려도
제 속 풀 해장국값도 아까워라

서해 티격태격하는 파도 바라보며
왜 충남호가 안 들어오지?
황해 제1호도 그렇고
제2호도 그렇고
씨팔
하고 괜히 화 돋운다

이발사 주백이 아비

난리는 첫째 사람의 정처를 바꿔놓기 마련이다
6·25 뒤
연안 차씨 주백이 아비는
제 마누라하고
제 새끼하고
게다가 이발기계하고 왔다
대천 앞바다야
밀물 때하고 썰물 때하고 워낙 층져
선창 구실이 어려우나
사람 떠나고
사람 떠내려오는 구실은 어렵지 않다

키다리 주백이 아비
장날마다
송방 앞에 걸상 하나 놓고
이 사람 저 사람 머리 깎아주고
그것으로 먹고살아간다
어찌나 이발기계가 안 드는지
이발 한번 하려면
생머리 뜯기기 일쑤이고
숫제 결이 고운 머리칼은 깎이지 않는다
낡은 가죽띠에 쓱싹쓱싹
면도날 깨워
비로소 빛나는 면도날 서슬

머리 깎으면

면도해야지

면도하고 나면

이 세상이 그렇게 좋을 수 없음이라

주백이

이발쟁이 아들 주백이
어릴 때부터 없는 일 잘도 만들어내더니
국민학교 졸업하고
홍성으로 갔는데
거기서 천안으로 갔는데
천안에서 더 나아가
서울 갔는데
3년 뒤 서울 여자 하나 차고 왔다
불과 열여섯살에
벌써 계집이 생겨 차고 왔다
그런데 동네 아낙네 눈 무섭다
암만해도
여염 년이 아니라
놀던 계집이었다
하룻밤 자고 나더니
촌집 답답해하며
부채 부치는 꼴이
석박지에 얌전히 밥 먹을 년 아니었다

키 껑충한 주백이 아비
그것도 며느리라고
이발해서 번 돈으로
닭 사다가 닭 고아먹이고는 했다

어느날 주백이 나가고 없는 날
주백이 어미
빨래하러 나가고 없는 날
아버님
나 그 사람보다
아버님이 좋아요
아버님이 좋아요
하며
마루 끝에 둔 삐뚝구두 뒤축으로
마룻바닥 콩콩 찍어대었다
치마 걷힌 다리샅 살짝 드러나서

주백이 아비 울타리 보며 울타리가 마구 떨렸다

만
인
보

9

萬
人
譜

이용문

지리산 빨치산 토벌작전
그 악전고투 1년 지휘하다가 죽었다
사람의 크기 다 쓰지 못하고
적병 아군 죽어갈 때
그도 별 하나 달고 죽었다

여수순천사태 당시
좌익계열 장교 박정희를 살려냈다
그 청년장교로 하여금
그 일본 육군장교로 하여금
장차 우익 파쇼 휘두르도록 살려냈다
일본제국 육군의 잔재가 국군의 토대가 된 시절
일본 육군과 국군 거쳐
군인인지라
군인으로 싸움터에서 죽어갔다
이렇다 할 명예도 벗어나
부관 박정희가
이승만 정권 없애자 해도
묵묵부답으로 살다가
분단노선 깊은 골짜기 그 공중 돌다가
너무 단순하게 죽어갔다

방앗간집 딸

마서 방앗간집 할아버지
아버지
어머니
작은아버지
작은어머니
누구 하나 한결같이 급체 때 바늘로 손끝 찔러야
검은 피 한 방울 나오지 않게 인색한데
그 방앗간집
자르르한 쌀밥 두고 떡 두고
남의 집 보리밥 얻어먹는 할아버지 내림인가
남의 술 공젓으로 얻어먹는 아버지에
열무밭 무 뽑을 때
남에게 열무김칫거리 한다발
홱 던져준 적 없는 어머니에
한술 더 떠
제 라이터 안 쓰고
남의 라이터에 담뱃불 붙이는 작은아버지에
동네 계집애들 캔 나물 우물에 가지고 오면
반강제로 한줌 덜어가는 작은어머니에
그런데 그 집 딸 순임이
그것 하나가 알심 있어
이틀 굶는 집 쌀 한 되 퍼다 주었다가
아버지한테 죽어라고 매맞았다

당장 나가 이년아
네년은 우리 혈통이 아니다
당장 나가 이년아
네년은 우리 혈통이 아니다
당장 나가 이년아

아버지 뒤의 어머니도 한마디

아이고 이년아
우리집에 도둑년 있는 줄 몰랐구나
아이고 이년아

오복이 아버지

딱 한번 추석 때 와서
한 댓새 집에 머물다가
홀연히 또 떠나간다
꼬장꼬장한 오복이 아버지
옥생각밖에 모르는 사람이라
내일모레 눈감을 어머니 있건만
염소똥 같은 외동아들 있건만
물에 물 탄 듯한 마누라
그러나 속 깊은 마누라 있건만
집에 붙어 있으면 숨차는지
벌떡 일어나
하늘 본다
하늘가 구름 본다
그러다가 아버지 무덤 벌초나 하고 나서
또 떠나가버린다

행색이야
늘 그 행색이매
여기저기 별수없는 떠도는 막일꾼으로
강원도땅도
충주 제천도
안 다니는 데 없이
떠나가버린다

술에 약하여
술 두어 잔에 잠들어버린다
작년에 없던 흉터
새 흉터
팔에 그어져 번쩍거리건만
도시 이런 오복이 아버지 입 열어본 적 없이
또 떠나가버린다

이마적 고로롱고로롱 누워 있는 늙은 어머니
갈자리 갈대 도막 분질러대며
저런 인간을
내 뱃속에 두었으니 두었다 꺼냈으니
내 탓인지
영감 탓인지
하늘 탓인지
쯔

오복이 할머니

시름시름 누워 있다가도 조금만 빤하면 일어난다
이른 아침 이슬 차고
산 넘어 사래밭에 간다
누구 따라올까보아 달아나듯이 간다
그 비알진 밭에 가
한번 쭈욱 살펴보고
일면 자갈 주워내고
일면 풀 맨다
종일 사람 구경이라고는 씨도 없다
싸가지고 간
주먹덩어리 깡보리밥 삼키고
쉴 참도 없다
밥 먹고 바로 매던 풀 맨다
매어놓은 풀 벌써 시들어
그 풀냄새가 동무이런가
그런 하루 팍 저물어서야
물것 덤벼들고
잔솔 밑 물병 보이지 않게 어두워서야
허리 쳐 일어난다
가져갈 것 없으니
모깃불 덮을 풀이라도 한다발
혼자 산 넘어 돌아오는데
밤새 솔적다 솔적다 벌써 청승떤다
돌아오는 마을이래야

어디 변변한 불빛 하나 있는가
그저 입에 넣을 것 넣고
어둠에는
고된 몸도 가려지매
바로 구들장 지는 마을이다
어머님 이제 오세유
기어들어가는 며느리 말소리
귀하디귀한 손자놈이야
벌써 자빠져 잔다
마당 구석 나팔꽃 오른 데로
반딧불 두어 개 난다

말감고

대천 요까티 말감고 이생원
반식량은 게딱지만한 논 한 배미에서
반식량은 말감고로 메우는 이생원
한내장 쌀금 보리금 놓는 이생원
인물 한번 훤한데
어찌 그리 고이는 것 없이 훤한가
그래도 말감고 재주 있어
헛 인물 한번 훤한데

장날이면 아침 일찍
지게에
둥근 멍석 늘씬 지고
말과 되 얹어 장에 나간다
동네 노인 먼저 알은체하기를
자네는 좋겠네
그 귀한 곡식 실컷 만지니
나야 평생 쌀 한말 되어본 적 없다네

저녁때 파장 보고 나면
말밑 됫밑에 떨어진 것 지고 돌아온다
멍석도 말도 되도 돌아온다
동네 노인 또 알은체하며
허 자네는 좋겠네
그 귀한 곡식 실컷 만지고도 가져오니

여기서는 말감고 이생원도 머퉁이 한마디
좋은 소리 두 번 하면 잔소리여

아무리 말감고 곡식 가져와도
벌써 우크르르 아들딸 여섯 놈 마중 나오고
마누라 나오고
그 뒤에 아버지 어머니
여든살 꼬부랑 할머니까지
나오는 시늉 하니
그 입 입 입 입에 들어갈 곡식 아찔하여라
주저앉고 싶어라 미치고 싶어라

이현상

지리산 빨치산의 처음과 끝이었다
운명인가 혁명인가
그 무엇인가
이현상

1905년 전북 금산 중농의 집안에서 태어났다
고창고보
중앙고보
보성전문 법과를 나왔다
지난 시절에
나라가 망했다

그 무엇보다 먼저 만났다
첫사랑이
공산주의였다
1938년 박헌영 아래
김삼룡 등과 경성꼼클럽을 이룩했다
네번째 감옥에서 나와
일제말 지리산으로 들어갔다
그의 고향에서
가까운 덕유산 거쳐
지리산 반야봉으로 들어갔다

1945년 8월

그는 조국의 재건에 몸 바쳤다
남로당 노동부장이 되었다
북으로 갔으나
1948년 11월
그 자신의 결단으로 돌아와
또다시 지리산으로 들어갔다
여기서부터 구빨치의 싸움 시작했다
그리하여
1953년 지리산 싸움 최후에 죽어갔다
이현상
지리산의 처음과 끝이었다

남부 빨치산의 전설
중후했다
과묵했다
지리산다웠다
그를 따르는 처녀 빨치산 하숙희에게도
지리산다웠다
눈보라 날리는 지리산 연봉 바라보던
천왕봉 아래 장터목
그는 소련파도 연안파도
남쪽의 어느 계열도
그의 의지와 이어지지 않는 고독이었다
남과 북 어디서도 벗어난 고독의 혁명이었다

그리하여 1953년
평양에서 동지 이승엽이 처형될 때
남에서 그는 죽어갔다
남과 북 어디서도 버림받았으나
남과 북 어디서나 살아 있는 죽음으로
그는 죽어갔다

1988년 8월 일단의 등산꾼들 장터목에서 노래했다
어디엔가 이현상의 귀가 듣고 있었다
어디엔가 이현상의 귀가 듣고 있었다
어디엔가 이현상의 귀가 듣고 있었다
저 아래 남원에도 구례에도
하동에도
함양 산청에서도 듣고 있었다

질경이

신작로 질경이 억세어라
정거장 거지 억세어라
정거장 처녀 거지 억세어라
약한 것들만
사는 세상
기운찬 소리
한푼 주시유 한푼 주시유
그 어디 내놔도 떳떳한 소리
한푼 주시유

득순이

괜스러이 마른번개 친다 아침부터
쇠미 길갓집
외주물집
거기에 무슨 화초담장이겠는가
무슨 흙담이겠는가
무슨 놈의 싸리울 짚울타리이겠는가
거적때기 걸친 일도 없이
그냥 초가삼간 덜렁
길에 나붙어
문 열면
방 안의 빈대자국 붉은 댓잎사귀 다 나오고
득순네 머리 매고
누워 있는 것
다 보인다

그 길갓집 딸 득순이
누가 데려가야지
나이 스물아홉이면
두메마을에서야
재취자리 아니면 갈 데 없는데
두 모녀 싸움 나면
득순네 청승떠는데
아이고 저년은 첩복도 없어 시앗복도 없어
첩살이도 못 가는 년이여

아이고 내 원수여
홀어미 욕이나 배불리 얻어먹으며
그렇게 살아가는 어느날
득순이 떠나버렸다
누가
대천정거장에서 막차 타는 것 보았다 한다
장항 가는 버스 타는 것 보았다 한다
댕기 드린 머리
미장원에 가 다 잘라버리고
지지고 볶고 떠나는 것 보았다 한다

득순 어미

딸 도망간 뒤
다리병신으로
혼자 밥 끓여먹고
거미줄에 걸리고
혼자 나무해 끌고 오고
절뚝절뚝
혼자 군소리
끊이지 않고
오사할 년
오사할 년
어찌 이게 딸 욕인가
세상 욕이지
나무비녀 꽂으나마나
머리숱 성겨
낭자라고 마른 탱자만한데
남의 밭 고구마 캔 밭 더트며
잔고구마 주워 담으며
혼자 군소리
참 내
참 내
그러나 단 한번도 슬퍼하지 않았다
어디에 슬플 만한 하늘 있는가

슬픔도 물혹이로다

사람 이하에는
슬픔도 괜히 사치로다

무녀리

두루 알다시피
무녀리란 문 여는 놈이것다
여러 마리 가운데
맨 먼저 출산길 터 나오는 놈이것다
맨 먼저 고생고생 나온지라
태어나서
다른 놈과 달리
더디게 크는가 하면
늘 시원찮은 놈이것다
병이라도 들면
그 병 못 이기고
죽기 쉬운 놈이것다

대천 요까티에도 무녀리 있다
개나 돼지 토깽이 첫 새끼가 아니라
사람 무녀리인데
세쌍둥이 가운데
맨 먼저 나온 놈이다
김광식

두쌍둥이 중식이 후식이에 대면
체수 작고
잔병치레깨나 했다
그러니만큼 사람은 썩 좋았다

결국 중식이 후식이가 먼저 장가가 제금나고
무녀리 광식이만
부모하고 살아간다
늙은 총각이라
늙은 호박 방 윗목에 두고 살아간다

무녀리에다
대대 종살이 핏줄이라
동네 양반 건기침소리만 나도
영 떳떳치 못하고
고패 떨어뜨리기 일쑤인데
다만 손끝에 묻은 재주 하나
좀도둑 버릇 있다
그것도 들키라고 있는 버릇이고
미리 막으라고 있는 버릇이라
들키고 웃는 그 어이할 수 없는 웃음
비는 것도 아니고
안 비는 것도 아닌 웃음
이런 도둑놈 보더라고! 하는 소리에
천년 노예로 살아온 핏줄 이어온 웃음
어찌 그 웃음이 웃음인가
무녀리 김광식이 바짓가랑이 흥건히 젖는다
이런 도둑놈 보더라고!

문매기

문 막았으니 문매기라
광식이 중식이 뒤에 따라나온
세 쌍둥이 막내 후식이
김후식이
그 문매기

무슨 일로 그리도 바쁜지
통 얼굴 볼 수 없는 문매기
남의 집 담 후닥닥 잘도 넘는다
좀 돌아가야 할 길도
남의 집 울바자 훌렁 넘어
지름으로 가버린다
제 길 두고
남의 밭 남새 고랑 가로질러
반지름으로 가버린다
무슨 일로 그리 바쁜지

어느새 재 넘어 문매기 자취 없다
진지 잡수셨어유
하는 느린 인사말도
이미 저만치 가서 없다
거적눈으로 누구를 보는지 안 보는지 모르게
어느새 자취 없다
그러므로 그가 스치는 사람도

나무도 풀도
한번도 그를 찬찬히 바라볼 사이 없다
그를 겪어볼 나위 없다
무슨 일로 그리도 바빠야 하는지

대천 바닥 문매기
김후식이만치 동에 서에 일 두고 사는 사람
그 누구더냐
그 사람한테 달린 팔다리
그 사람한테 달린 불알
그저 설치고 흔들거려야 한다
한배에서 나왔는데
어찌 무녀리하고
문매기 이렇게 십만 팔천리인가
아지 못거라

김정호

고산자 김정호의 대동여지도 22첩 펼쳐보아라

조선의 산 꿈틀거린다
홀로 우뚝 솟은 산
나란히 의좋은 산
이어나가는 산
첩첩으로 주름진 산
그 아래 사는 백성들 힘차라고
그 산들 힘차게 꿈틀거린다

조선의 강 굽이굽이친다
본줄기 물에서
갈래물 뻗어 굽이쳐
저마다 먼 데로 흘러간다
이 땅의 강
어디에 쉬는 강물 있는가
아픔같이
사랑같이 굽이쳐 흘러간다

한양 남대문 밖 만리재 납작 초가
한미한 군교 자식으로 태어나
벗 최한기와 함께
조선의 젊은이로 맹세하노니
한기는 천문을 이루고

정호는 지리를 이루기로

그리하여 조선의 강산 삼천리 떠돌며
산을 재고
물을 재고
백두대간에도 올라
백두 천지도 재고
내려와
저 바닷가 이름 없는 마을도 재고
이렇게시리
이 땅에 신들려버렸나니
드디어
철종 연간 대동여지도 찍어낸다
딸내미까지
지도 판각에 뛰어들어 찍어낸다

고종 원년의 재판으로
혹은 대원군의 호령 내려
나라의 사정을 누설했다 하여
옥에 갇혀
그 옥에서 죽었다 하기도 하나
그의 청구도
그의 대동여지도
조선의 길도 그물로 얽히고설켜

십리마다 점 하나 찍어
하필이면
청일전쟁 때
일본놈의 길잡이 지도가 되고 말았으니

나라가 할 일
혼자의 엄두로 해내고
혼자의 일생 바쳐
사라져버린 사람
최한기의 제번인즉
벗 김정호는 약관에서부터
지도 만드는 일에 깊은 뜻 두었다
세월이 오래되어
그것들을 뽑아보니
법도의 상세함이 있다
생사 연월일도 전해지지 않고
오직 대동여지도 남아 있다
옳거니
참다운 사람 이처럼 자취 없을진저
참다운 일 이처럼 자취 있을진저

남순이

남춘이 동생 남순이
왜 그렇게도 수삽스러운지
한내장 송방 가서
국수 한 근 사오라 해도
거기도 머뭇머뭇 못 가고 마는 남순이
그저 집 언저리
쥐구멍이나 쑤시며 빙 돌고 만다
사람 오면
미리부터 길 비켜서서
먼 데 참새떼 날아가는 것 바라본다
윗니 덧니는 뼈인데
어디 한군데 뼈가 들어 있지 않았는지
도무지 무엇 하나 움킬 줄 모르고
도무지 무엇 하나 힘껏 던질 줄 모른다
그래서 동네 어른 가로되
이름이 약해서 그런가
남순이를 남칠이나 남팔이로 불러라 해서
몇번 남팔이라 불렀으나
다시 남순이로 돌아가고 말았다

유병렬 씨 전실 딸년

재취 얻은 유병렬 씨
코밑에 일찌감치
흰 수염 반
검은 수염 반 구레나룻 두툼한 유병렬 씨
아무리 술 마셔도
잠잠한 유병렬 씨
재취 마누라도
집 안에 있는 듯 없는 듯
뒤안 장독대 고추장 있는 듯 없는 듯
그 마누라 전실 딸년
열다섯살인가
열여섯살인가
어머니 따라와
몇해 자라 처녀물 들어도
동네 고샅길 나다니지 않는다
이름이 무엇인지
그저 아무개 전실 딸년 전실 딸년
그렇게 무정하게 불렀다
자고 나도
금방 세수한 듯
금방 머리 빗고 댕기 드린 듯
언제나 단정하고 이쁜 전실 딸년
어찌 그다지도 그 집안 괴괴한가

그 집 앞 가죽나무 유난히도 커서
그 꼭대기 까치소리 뒤
어찌 그다지도 괴괴하기만 한가
사람이 사는 집에 소리 있어야 하는데
아무리 이쁜 처녀 있어도
아무리 음전한 아낙 있어도
아무리 점잖고 점잖은 영감 있어도
그 집 안에서
멍석 곡식 닭 쫓는 소리라도 나야 하는데
기어이 소리났다
그런데 그게 유병렬 씨 재취 마누라 곡성이었다
유병렬 씨 병나본 적 없는데
염통 딱 멎으니
유병렬 씨 전실 딸년 곡성이었다
죽어서야
산 사람 소리 났다

남춘이

점심시간에도
운동장에 나가 뛰놀지 않고
볕바른 언덕에 앉아
가만히 있다
뛰노는 아이들 구경하고 있다
뛰놀면 배 꺼져 배고프므로
가만히 구경만 하고 있다
배 조심하며
꺼질까봐
꺼질까봐

그 남춘이
학교 배급 우유가루를
밀개떡에 버무려 찐 것
점심때도 아닌데
쉬는 시간 혼자 나가 먹고 나서
행여나 배 꺼질까봐
말소리도 낮추고
수업시간 읽으라 하면
읽는 소리도 죽이고

이렇게 배 조심으로 자라나서
모진 세상에 대고
몸조심으로 살아간다

문짝 짜는 목수 되어
나무 다루는 것도 조심조심
하루 내내 서고 앉고 일하는데
그렇게 배 조심하던 보람 없이
몹쓸 병 들어
하루에 밥 여섯 번 먹어야 한다
그렇게 먹어도
광대뼈 더 불거지고
살 빼빼 말라붙었다
살찌라고 돼지비계깨나 먹어도

칠수

사변 전 소 한 마리면 그게 어딘가
암소 풀 뜯겨
송치 들었다
풀 먹여 배부른 암소 몰고 돌아오는 칠수
동네방네 부러울 것 없어라
배부른 암소 꼬리 치면
소 주인도 손뼉으로
제 방뎅이 쳐 맞춰준다
그렇게 사랑스럽던 그 암소가
그 암소 뱃속의 송치가
한낮 뒷산에 매어둔
그 암소가 덜컥 죽어버렸다

아이고 어머니
칠수 떼굴떼굴 뒹굴며 미치며 울부짖었다
아이고 내 소
아이고 내 소
아이고 내 소

필시 고사리 뜯어먹었으리라
칠수 마누라
그런 칠수 달랜다고
함께 뒹굴며
함께 울부짖었다

아이고 내 소
아이고 내 소
그게 어떻게 키운 소인데
아이고 내 소

그러나 동네 등마루 모인 남정네들
죽은 소 잡아먹을 생각에
벌써부터 단침 꿀꺽 넘기며
아이고 내 소
그 울부짖는 소리 꺼이꺼이 가라앉기만
기다린다

아이고 내 소

최만식이

신기료 아비의 자식 만식이
하도 고기 못 먹어
아비가 쥐 잡아
구워줘
소금 발라 먹었는데
하필 이 일이 알려져
학교 가면
쥐 잡아먹은 놈
쥐 잡아먹은 놈이라 놀려댔다

아비가 고친 신은 튼실하여
몇해 신고 다녀도 끄떡없는데
제 아들 고무신이라 더 잘 때웠는지
신발 하나는 끄떡없는데
쥐 잡아먹은 놈이라 놀려댔다
사실인즉 신발은 입는 것보다 더 요긴하다

신발 없어
맨발인 시절
오죽하면 만식이 퍼부어대기를
인마 너희들 나 애먹이면
우리 아버지한테
신발 고쳐주지 말라고 하겠다

그때 신발 한짝이 날아와
만식이 낯짝에 맞았다
아나
쥐 잡아먹은 놈아
이 신발짝이나 먹어라

재롱이

재롱이인데
마을사람들 혀가 짧아
재랭이 재랭이라 부른다
마을 상쇠라
으뜸이라
그 후리후리한 키에 신 올라
꽹매기 안에 세 손가락 뗐다 붙였다 하면
벌써 꽹매기채 보이지 않고
깨깽깨깽 깽깽깽 자지러져 숨막힌다
꽹매기 불 난다 불꽃 난다
재랭이 온몸 불꽃 난다
파란 불꽃 난다

그런 재랭이 넋 잃고 바라보는 처녀
이씨네 집 둘째딸 정란이
거무튀튀한 얼굴에
검은 눈썹 검은 눈동자 불꽃 난다
달려가
재랭이 바짓가랑이 따라
한 바퀴
또 한 바퀴 돌고 싶어라
검은 저고리 속
꽉찬 가슴팍 불꽃 난다
재랭이 데리고 가

쑥밭에 나뒹굴고 싶어라 붉은 불꽃 난다

그러나 끝내 합하지 못하고 말았다
정란이 뒷산에 가서 만나
오빠한테 바치겠다고 누워버렸다
시집가기 전날밤 달밤
재랭이
그런 정란이 말리며
안돼 곱게 시집가
하고 내려가버렸다
정란이 그냥 거기 뻗어 있었다
시집 안 가
시집 안 가

다음날 초례청 정란이 눈물로 연지곤지 얼룩졌다
그 어디에도 불꽃 없다
시키는 대로 하마
이제 나 없어
아무개 각시
시키는 대로 하마
입으라면 입고
벗으라면 벗어주마
불꽃 없어

정읍 여인

백제 이래 그 앞 마한 이래
이 나라 달을 제일 잘 아는 여인이여
달 아래
그 어드메도 닿아 있는 사랑이여

달이여 노피곰 돋으시어라
멀리곰 비추이시라 비추이시라
어기야 어강됴리
아으 다롱디리

쌍례

대천 아랫갈머리 건너 쇠미에 가면
낯선 사람 가면
제일 먼저 쫓아나오는 계집아이
쌍례
하루 내내 무슨 일이 있겠는가
낯선 사람 가면
지키고 있다가 반색하며
쫓아나오는 계집아이
쌍례
각시풀 뜯어다가
각시 만들어
너 가져라
너 가져라
나누어주는 계집아이
쌍례
그 사팔뜨기눈으로
낯선 사람 가면
제일 먼저 쫓아나와 헤실헤실 웃는 계집아이
헌 광목치마 기워 입었을 뿐
단속곳도 안 입고
아무것도 안 입고
맨바람 숭숭 드나드는 계집아이
쌍례

딸만 아홉인데
그 가운데 딸 쌍둥이 한배 있어
쌍례하고
뒷례하고 자라나다가
뒷례는 묻혀버렸다
둘이 클 것을 혼자 커서 그런가
말만한 쌍례
그만 일찌감치 눈맞아
염소 풀 매러 나온
아랫갈머리 지동춘 영감한테
참빗도 받고
동전도 받고
눈깔사탕도 받더니
나이 열여섯 다 못되어
지영감 소실로 가버렸다

낮의 지영감
누가 오면 집안 계집아이라 하고
밤의 지영감
어서어서 들어와
기명을랑 내일 식전에 치고
하며 안달하는데
어서 들어와 허리 주물러주어
안달하는데

어린 시절
그렇게도 사람깨나 바치더니
사내라고
피 식은 영감땡감 몸이나 덥혀주고
콧김이나 쐬어주는 등글개첩
쌍례

그러나저러나
밥이야 굶지 않으니
서방복 그만두고
식복으로 살어리랏다
쌍례

쌍례네

딸만 아홉에다가
슬슬 계명워리짓도 해
어느 놈은
딴 서방 소생이기도 하지만
다 본서방 성 받아
어엿이 임금 왕자 왕씨 딸들이라
그러나 딸부자가
어디 부자인가
태어난 코맹맹이소리로
멸치젓 사아
갈치젓 사아
자하젓 사아

환갑 진갑 넘어서도
멸치젓 사아
새우젓 사아
갈치속젓 사아

이 세상 사는 일이
젓 이고 다니며 파는 일이오
젊어서는 샛서방질도 더러 하는 일이오
가을 하늘 푸르건만
그 푸른 것이 무슨 까닭이겠는가
쌍례네야

하늘 모른다
구름 모른다

젓냄새밖에 낼 줄 모르는 쌍례네
달 밝은 밤에도
한숨 모른다
노여워 욕사발 퍼부으면 퍼부었지
한숨 따위 모른다
그것 하나 기막힌 힘이라
밤새 달빛 저 혼자 부서진다
딸년들 제 힘으로 시집갈 년은 가고
못 가는 년은 못 가
집이나 보거라
집 보다가 나가고 싶거든 나가거라

노래할지어다

경덕왕 때
신라의 문물 가장 무르녹았다
이때를 앞두고 일어났으며
이때를 지나 기울었으며

토함 석굴암이요
불국 석가탑 다보탑이요
황룡 봉덕사의 종도 이때였으니
어찌 노래인들
이때 그냥 넘기겠느냐
신충이 이때였고
충담이 이때였고
거기에 사천왕사의 낭도 월명도 이때였느니라
피리 불면
그 피리소리 하늘에 닿아
달에 닿아
달이 가기를 그쳐
밤새도록 달빛 떠나지 않는
서라벌 월명리

누이의 죽음에도
노래 지어
노래하였느니라
노래로 서방정토 보냈느니라

신라의 천문 홍별에
오늘 이에 산화 불러
하고 도솔가 지어 부르니
그 홍별 어디로 사라지고 말았느니라

신라 시인 월명
어디 신라뿐이랴
이때
중국에도 이백 두보
왜에도 만엽가인
백제 시인 다 함께
천지와 사람과 귀신 드높이 울렸느니라

젊은 시인 월명 피리 불어
삼천대천세계의 티끌 하나 울렸느니라

생불이 할머니

대천읍 관촌 앞
생불이네 집 송방집
옛날 보부상이나 개성상인들 연락하던 송방집
이제는 그냥 성냥 엿 과자 등잔기름 따위
참숯 소주 사이다 따위
묵은 명태 따위 파는 잡화상이라
부엌 겸 술청 겸 막걸리도 팔았다
이러니 술장사라 하여
마을에서 상것으로 치부했다
딸 하나 달랑 있다가
시집가서
외손자 생불이가 태어나
생불이 외할머니가
그냥 생불이 할머니로 불린들 어떠랴
안방에는 괜히 이대통령의 커다란 사진 걸려 있다
동네 어른들한테
상것 대접받는 값인가
동네 아이들한테는
욕 퍼부어대기 아니면
돌팔매 던지기 버릇 들었다

그러니 자식 없고 손자 없고
아무짝에도
쓸 모서리 없는 외손자밖에 없지

아나 생불이 할머니
라고 한내장 말썽꾼 관모가 윽박질렀다
그러면 유리창 드르륵 닫아버린다
차 지나가며
흙탕물 튀어 붙은 유리창이었다

그 안에서 원통하고 절통한지
생불이 할머니 우는 소리 나다 말았다

생불이 할아버지

늘 신작로에 나가 어정거린다
길손이 길 묻거나
뉘 집 묻거나 하면
그것 자세자세 가르쳐주고
장날 촌에서 나오는 장꾼들하고
허드레 인사나 하고
아 하늘이 보아주어서
이번 장은 궂은 장 안되겠그만그려
어쩌고저쩌고
이런 인사가 소임이다

공연스러이 뒷짐깨나 지거나
팔짱 끼거나
너무 많이 나와 있었다 생각되면
송방 가서
덧문 세워둔 옆에 쪼그리고 앉아 있거나

가을바람 한자락 기다렸다가
용케 그것 알아맞히고
물에 가
민물새우나 징게미
체로 뜨거나
모기장 체로 둠벙에 가 훑어오거나 해서
오갈뚝배기에

손수 정성껏 끓여
혼자 한잔 들어 흐뭇한가

어느새 여름 가네그려
낮달이 차츰
빛나기 시작하는 애저녁
60년 인생 깨쳐
부처나
지랄이나 될 만도 한가
어느새 여름 가네그려

노래를 폐할지어다

일에 당하여 뜻을 나타내는 노릇이야
혹 있을지나
헛되이 풍월을 읊는 짓
결코 없으리라
갑옷 입고
내 풍월 읊으면
나라의 원수 갚으려는
굳은 마음 행여 풀어질세라
내 어깨 걸머진
무거운 책무
언제나 등에 땀 흐르노라

이런 시 남기고 나선 유인석
의병장 유인석
그러나 중화를 섬기는 선비인지라
잃어버린 조선으로 하여금
새로운 조선을 보지 못하고
의병의 싸움 끝
조국 떠나
저절로 시대에 미치지 못하고 사라졌다
의병장 유인석

아직도 헛되이 풍월 읊는 자이거늘
그대들이여

그대 노래 폐할지어다
그대 노래 폐할지어다

옥순이 어머니

옥순이 생모
그러니까 옥순이 배다른 오빠 김목공의 계모
갯것장수 소금장수 나물장수 채소장수
어느 장수 안해본 것 없다
워낙 밖으로 나다니는지라
거기에 무슨 알뜰살뜰한 것이 붙어 있겠는가
그저 정정한 몸 세워
무거운 것 이고 나다니는지라
한가위 송편 솜씨 없다
송편이라고 빚으면
넓적한 것이
꼭 제 귀만했다
큰 귀 두 개 가진 옥순이 어머니
나이 여든까지도
수수모가지 광주리 이고
저문 수수밭 휘영청 일어섰다
그 걸음발에서 부싯돌불 빛났다
길하고 하나인 아낙
흉하고 둘이 아닌 아낙
고려 대지의 아낙
하늘이 무너져내려도 끄떡없는 아낙
옥순이 어머니
웬만한 사내 두엇인 듯
온 마을 든든했다

544

옥순이 아버지

옥순이 아버지
그러니까 정분이 아버지
김목공이 아버지
평생 조끼 하나 입지 못하고
늘 동저고리 바람으로 살아온 가난이나 판무식이나
세상 이치야 먼동 터 훤했다
술보다 담배가 좋다
금방 피우고 나
다시 담배 꾹꾹 눌러 불붙인다
식구들이 채독 걸려도
겉으로는 놀라는 기색 내색지 않는다
한산 이씨 문구네 형
갈말 여릿재 골창에서
총 맞아 죽은 것을 달려가 묻어주었다
세월 흘러
그 무덤 면례도
정분이 아버지가 나서서 해주었다

모진 세월일수록
거기 반드시 인정 깊으나 깊은 사람 있다
변하는 세월일수록
세월 뒤켠에 변할 줄 모르는 사람 있다
간장은 짜고
물은 달다

이 세상 아무리 망해버려도
다시 세상 일으키는 사람 있다
그런 사람 가까이
멀뚱멀뚱 옛 마음씨 그대로인 사람 있다

아유 5천년 전 연밥 나와
5천년 후 연꽃 핀다
그만은 못해도
5백년 전 사람씨 묻혀
5백년 후 사람꽃 핀다

옥순이

김목공이 여동생
찔레순 꺾어 먹고
장다리
공다리 꺾어 먹고
그렇게 커서
두근두근 시집가 어찌 사는지
친정 올 때 되었는데도

그렇게도 달음박질 잘 치던 처녀
장다리꽃 꺾어 들면
장다리밭 나비 따라와
나비하고 달음박질치던 처녀
시집간 지 3년 세월 어찌 사는지
아이 배어
아이 지워버렸다는 소식 있고
그뒤로 어찌 사는지
목덜미 점 하나 어찌 사는지

옥상

일본말로 아낙네를 아주머니 하고 부를 때
옥상이라 하거니와
조선말이 영 서툰 전재민촌 육십 노인이
대천 관촌 아랫갈머리 끝
달랑 방 한 칸 있는 오두막에 와서 산다
동냥하기 편하게 이사 온 것이다
일본에 건너가 노무자로 오래 있다가 돌아와서
바로 조선의 거지가 된 것
계집애이건 아낙이건 할멈이건
댕기 드린 처녀이건
다 옥상 옥상 하고 부르며
찬밥 한술 청하니
도리어 그 늙은 거지 별명이 옥상이 되어버렸다

일제 식민지 이래
이 나라 도처에는 불어나는 게 거지였다
그리고 그것이 좀 힘을 내어
좀도둑이었다

빼앗긴 땅에는 제일 먼저 거지가 피어난다
도둑이 피어난다
아 빼앗긴 땅의 배고픈 꽃송이들

548

이녕

자취 없다

고려 인종 연간 전주사람 이녕
젊은 날 그의 그림
고려땅을 떨치더니
옛다 추밀사까지
그를 발탁하여
송나라 사절단 수행으로 삼았다

송나라 휘종 연간이 어느 때런가
그 문치 높고
그 예술 드높았다
휘종 자신이
산수화가로 높이높이 떨쳤다

그런 판에서 고려 이녕이 솟아오르니
송나라 화단이 자자했다
이녕의 「예성강도」를 보고
휘종은 화가 모아 놓고
이로부터 이녕의 화법을 익히라 했다

가장 그림이 난숙한 시대
거기 고려 이녕이 솟아오르니
이녕이 손으로 가리키기만 해도

거기에 그림 한 폭 이루어진다 했다
그러나 그 찬란한 그림들이
고려땅에서는
금나라 원나라 침략으로
고려 궐내 소장된 것 다 불타버리니
한낱 가을 풀만도 못했다
오늘 생각건대
북송화 북화 원채화풍에서나
이녕의 자취 찾아볼까
아니면
고려왕조 어느 구석에서 귀신으로 찾아볼까

정분이

나눌 줄 알고
빈 데
채울 줄 아는 정분이

김목공이 막내여동생 정분이
6·25 때 태어나
어디 기저귓감 있을까보냐
그냥 마른걸레 차고 자라나
난리 통구리에
안 나오는 젖 빨다가
깜박깜박 잠만 자더니
그것이 커서
머리 가르맛길에 달빛 내려왔다

그런데 시집가서
남편 잃고
남편 재산 챙겨
대천역전 여인숙 차렸다
새서방한테 언어맞아
사흘 걸러 눈두덩 멍들었다
이 어인 노릇인가

거친 손님 들고 나는 데라
기둥으로 둔 서방인데

그게 역전 깡패 찌그럭지라

누가 있거나 말거나

썅년

썅년

외롭지 않으려고 얻은 사내로 하여금

날이 날마다 깊어가는 외로움이여

차라리

갈까마귀떼

논바닥에서 우르르 날아오를 때

그 힘찬 갈까마귀떼

거기 바라보며 외로움 달랜다

미자 어머니

고향 한산에서
일찌감치 부모 저세상 보내고
어찌어찌 한내까지 흘러와
남의집살이하다가
김목공이와 눈맞았다

김목공이 거름으로 쓰느라
역전 이 집 저 집 뒷간 치워
그 거름 져나르는데
그때 눈맞고 배 맞췄다
인연은 똥지게에도 있어
똥 구린내도
어엿이 사랑이었다

훗날 어디가 좋아 눈맞았느냐고 하면
그냥 다 좋았다고 했다

미자 낳아 길러
어느덧 미자하고 걸어가면
미자 어머니가 더 작은 키였다
그러나 쟁기질 빼놓고는
무슨 일이나 억척이었다
시부모 섬기는 것도 몸에 붙났다

그런 미자 어머니 하는 말 있다
부자는 곡간에서 인심 나고
가난뱅이야 아침이슬에서 복 나온다
부지런해야 한다
부지런해야 한다
부지런하면
하늘이 우박이라도 내려주신다

미자

김목공이 딸
난리통에 어떻게 크는 줄도 모르게 컸다
먹은 것도 없이
복학으로 빈 배가 올챙이배였다
네 팔다리 무말랭이로 말라비틀어져서
제대로 걷지도 못했다
개구리 고아먹이는 것이 약이었다
회초리로
콩밭 뒤져 개구리 후려쳐 잡아다가
그것 고아먹여서 키웠다
그 미자 커서
대천역전 나서면
사방의 눈길 쪼르르 모여든다
눈부셨다
수밀도 같았다
다가가고 싶었다
단 하나 아버지 김목공이 눈 닮아
먼 데 바라보면 까닭 없이
아버지처럼 세상이 싫어졌다
사랑한다고
사랑한다고
라디오가게 노래 쟁쟁하건만
대천역 모래바람 부는 날
미자에게는 사랑도 싫다

그저 대천에서 홍성 갔다 오고
예산 갔다 오고
수덕사 일엽스님 찾아갔다 오고
어느 때는 천안까지 갔다 온다
이런 미자의 뜻 알아주는 사람 하나
오직 미자 어머니
영감 잃은 미자 어머니
딸이 무슨 큰일로 다녀온다고
올 시간 되면
대천역까지 마중 나가
조각달 뜬 밤
함께 돌아오기도 한다
선은 이렇고
후는 이렇고 따지는 일 없이
오로지 딸의 말 몇마디에
암만
암만
암
암 그렇지
암 그렇고말고

박연

고려말 소위 예도 악도 다 기운 시절
음으로
율로 가장 바른 세상 이루기 위해 이 땅에 온 사람
박연

세종 연간
음률에 밝은 임금 만나
글씨에는 왕자 이용이요
그림에는 안견이요
아악에는 박연이라
그러나 지나치게 엄하여
집 안에 3현 가무를 들이지 않았나니
그를 일러 큰 음악이라 하거니와
종묘사직의 아악밖에
천하의 소리를 잡이라고 물리친 서릿발이라

다못 여든살 늙은 몸으로
귀양살이 떠날 때
그 배 타고
강물에 흘려 보내던 피리소리
거기에 비로소 그의 마음 열림이여

구름이 만약 길손을 태우는 것을 허락한다면
곧 하늘에 이르리라 정녕 그러리라

사팔뜨기 노인둥이

나이 쉰 넘어
쪼글쪼글 다 오그라붙어 늙어빠진 노인둥이
사팔뜨기라 언뜻 보면 섬뜩하다 소름 좍 돋는다
그러나 그의 심덕 한번 온유하여라
순박하디순박하여라
입에서 말 한마디 나오면
이슬비같이 가랑비같이
그럴 수 없이 순박하여라

그런데 대천읍내 밖의 푸서리 언덕
인적 없는 길 하루 내내 뻗어 있는
그 푸서리 언덕에서
금방 간 낫으로
풀 깎는 노인둥이
잘 드는 낫에 풀 닿는 맛이라니

그 길에 들어선 산정말 아낙네 하나
그만 그 사팔뜨기 노인둥이 쳐다보자마자
등골 오싹하여
발걸음 땅에 붙어 멈춰버렸다
무서운 사팔뜨기에
서슬 퍼런 낫 들었으니
아무리 대낮이지만
그 호젓한 데서 질겁하지 않을 수 없다

그 외딴 언덕길 온몸 떨며
치맛자락까지 떨며
눈 흰창 가득히 무서움 차서 서 있는데
그때에야 노인둥이 입 열기를
아니 왜 그려유? 누가 잡아먹는가유?
하고 순박하디순박한 소리로 말하고 나서야
그 산정말 아낙네 숨 틔어 한숨 솟아나왔다
살아났다
걸음아 나 살려라
치맛자락 감기며 날리며
미친년 되어 달음박질쳤다

노인둥이 혼자 중얼대기를
체 심심하던 차 별꼴 다 보았네그려
아서라 사람보다
풀이나 나무가 더 낫지
사람 그것 아무짝에도 쓸데 없지

그렇게도 낫질 잘 나가는 그도
그 아낙네 겁에 질리는 통에
그만 가운뎃손가락 끝 슬쩍 베여 피 맺혔다
풀은 푸르고 피는 붉어라
드높이 떠 꿈쩍하지 않는 새털구름은 희어라

정생 홍도

전라도 남원땅 정생 홍도 부부 있었것다
임진왜란 일어나
남편 정생이 군관으로 뽑혀 나가
남원성 지키므로
아들은 아버님 슬하
산중으로 숨어들고
아내 홍도도
시어머니한테 살림 맡겨두고
남복 차림으로 남원성 지키다가
끝내 왜군에 성이 함락된즉
포로 신세가 되어
일본으로 끌려갔것다
거기서 중국 절강땅으로 노비로 팔려갔것다

한편 정생은 아내 찾으러
이리저리 수소문하고 짐작하여
명나라로 떠났것다
어느날 절강땅 강물 위 배 타고
아내 생각 사무쳐 통소를 불었는데
이웃 배에서 조선의 곡조다 외치는 소리 들렸것다
이에 정생은 지난날 아내와 함께
밤새도록 흥겹게 즐기던 곡조 불어대니
그 소리에 물새도 너울거리거니와
이웃 배에서 내 서방님이다 하여

배와 배 대어
그들 내외 꿈처럼 만났것다

그들은 거기서 눌러앉아 살아가며
또 아들을 두었는데
그런 뒤 요하땅에 싸움이 터져
명나라 군관으로 나아가 싸우다가
그길로 명나라 가지 못하고
할수살수없이 조선으로 돌아갔것다

또 생이별한 명나라의 아내 홍도는
지아비가 조선으로 갔으려니 하고
조선 일본 중국 세 나라 옷을 마련하여
그 옷 번갈아가며 입고
드디어 두 달 만에 제주도 밖 섬에 도착하였것다
거기서 통제부에 인도되어
순천에 당도하자 그길로 남원땅에 이르렀다
서방님 거기 있었것다
그들 내외 얼싸안았것다 울었것다
조선에서 낳은 아들 부부
명나라에서 낳은 아들 부부 다 모였다
두 내외 다시 만나 다시 헤어지지 않았것다
나이 예순 넘은 정생 홍도 내외 복되고 복되었것다

순임이 작은어머니

큰집에서 제금내주지 않아서
늘 서방 가슴팍 쥐어뜯는
순임이 작은어머니
아니 당신은
이날 입때껏 형의 종살이나 하고
이 종살이 더 할 생각이여?

아직 귀때기 새파랗게
젊으나 젊은 년이
이따금 시아주버니 내외 죽으면
그 방앗간 다 차지한다고 생각하며
그런 꿈 꾸다
꿈 깨이면
진땀이 한 말
혼자 겁나는 순임이 작은어머니

방앗간집 동생 마누라라
방앗간 넘보는 꿈 말고
다른 꿈 없는 순임이 작은어머니

동네에서 돼지 잡으면
남정네 앞 내외가 다 무엇이랴
마구 거기 달려와
한 가닥 부끄러움도 모르고

돼지 귀 두 쪽 얻어다가
그것 쪄 새우젓 찍어 먹는다
맛 난다고
오래오래 씹어먹으며 좀처럼 삼키지 않는다

어느날 조카딸 순임이더러
너 부디 터 팔지 말아라
터 팔아도
사내동생 터 팔지 말아라

이 무슨 저주러뇨

그런 저주 나 몰라라 하고
순임이 어미 아기 들었다
순임이 작은어머니 가슴이 덜컥 내려앉았다
그러나 마음속으로 빌기를
부디 고추는 떼고 나오너라

마서 심서방

머리숱 유난히 빽빽한 사람
이마라고는 시늉만 있는 사람
그 가난에다가
그 느림보라

배고파도 밥 얻어먹을 생각 못한다
그냥 누워서
멀뚱멀뚱 천장 가까운 데 바라본다

그러다가 더는 배고픈 것 못 참겠는지
밤 깊어서야
먹새벽 순임이네 방앗간 몰래 들어가
쌀 한되 훔쳐다가
새벽밥 지어
실컷 먹어보았다
그러고 나서
실컷 잠들어버렸다

그저 짐승이고저
슬픔도 기쁨도 쓸데없어라
사람 노릇 어디에도 남겨두지 않고
잔도둑질이나 하며
그때마다 배불러보면
그 배 드러내놓고

그 배 배꼽에 무슨 염치 무슨 회한 있는가
그저 드르렁드르렁 코 골 때마다
그 배꼽 오르내릴 따름
그저 짐승 가까이 살다 가고저

그리하여 동네에서도
그 심서방 혼내주지 않고
그대로 둔다
쥐 있는 셈 치고
그대로 둔다
콩밭에 꿩 있는 셈 치고
간갈치 널어놓은 데
고양이 있는 셈 치고

김목공이 일대기

실로 심정 좋아 기구하여라
대천 관촌 토박이 김목공이 죽었다
향년 육십
그의 마누라 말에는
세상이 싫어 술로 세월 보내다
술병으로 죽었다 한다
마누라가 술 취해 울었다
영감! 영감! 나 두고 어디 가오!

해방 이후 그 위도 아래도 없는
젊은 날
스물한살 때는
자전거를 한 손으로
번쩍 들어올리기 내기에서
한 번도 쉬지 않고
백 번 넘게
백일곱 번 들어올려
일등을 차지했다

그 기골 장대한 값이라
국방경비대에 들어갔다가
된 기합 받고 그만두고 돌아와
6·25를 맞았다
이번에는 대천 신석공 씨 따라

인민위원회 일을 보다가
수복 후 오서산에서 붙잡혀
자위대에 끌려왔다

때가 때인지라 즉결처분으로 죽어나갈 판인데
한 사람 있어
그의 처단을 말려 살아났다
그 대신 구속되어
대천역전 농협창고에 들어가
여러 달 살다가
매맞고 나왔다

이번에는 국군에 입대했다
휴전 그해
부상병으로 목발 짚고 돌아왔다
가을 벼 베는 무렵
그렇게도 용쓰던 힘찬 다리에
살점 다 떨어져나간 부상병으로 왔다

제재소 나무 켜는 보조원으로 다니는데
집에 돌아올 때는
나뭇조각 따위 죽데기 한 짐 지고 왔다
그 옛날 기골 어디 가고

6·25 바로 전 장가갔는데
인공 때 각시랑 자는데
아닌밤중에
미군 비행기가 떨어뜨린 폭탄이
간사지 둑 윗논에 떨어져
그 파편이 날아와
김목공이네 집 기둥 뚫고
다시 문설주 뚫고
방으로 날아들었는데
이렇게 뚫고 오는 동안
그 힘 줄어서
방 안 삿자리에 떨어질 때는 살짝 떨어졌다
그저 김목공이 마누라 엉덩이 좀 데었을 뿐

이런 세월 저런 세월
무서운 나날 보내며
그 기골 장대한 헌헌장부가 시들어와서
이제는 겨우 나무 찌끄러기 죽데기 아니면
나무 톱밥 한 지게 끙 지고 돌아오며
힘겨워 한두 번 지게 받치고 쉬어야 한다

실로 한 사람이 제대로 살 수 있는
세월이 아니었으매
약해질 대로 약해져

나이 육십 되고 나자 눈감아버렸다
명주옷 한벌 입어 보지 못한 일생
사촌까지 따스해진다는
그런 옷 한벌 천신해보지 못하고
늘 기운 옷 입거나
해진 베등거리 걸치거나 하고

그에게 가장 좋은 옷은
국방경비대 때 군복이었고
인공 때 삼베바지였고
국군 나가 미국 군복이었다

유유

고구려는 병사의 나라였고
고구려 왕은 병사의 장수였다
고구려 5부 각 고을 사람 또한
그것이 군장에 다름 아니었다
고구려 동천왕
날마다 싸움 그칠 날 없었다
위나라 관구검의 침략에 쫓겨
왕은 옥저땅 동해 파도소리도 들어야 했다

고구려 문물과 사서 다 타버리고
환도성은 폐허가 되었다
이때 5부 사람 유유가 있어
항복의 뜻 전하는 위계로
적진에 들어가
적장 왕기를 찌르고
그 자신도 찔러 쓰러지니
그 어지러움 틈타
고구려 병사 들이닥쳐
멀리 나라 밖으로 되놈 쫓아냈다
죽어 구사자에 추봉되었고
그의 아들 다우 대사자에 올랐다
그러나 고구려는 싸움 없는 날 없었다 강자의 이웃이었다

선자

착할 선자 선자
이름하고는 영 달라
계집애가 어린아이들 마구 때린다
저에게 남동생 없다고
동네 어린아이들
사내아이들 마구 때린다
선자뿐 아니라
선자 어머니도 사납다
사내아이들 보면
흥 저것도 사내라고
아이고 저 때꼽재기 좀 보아
저게 짐승이지
어디 사람이여
그렇게 욕질하는 마누라 뒤
선자 아버지
아아니 이년이
왜 낳으라는 아들은 못 낳고
남의 자식 욕이나 퍼붓고 있어!

대장간 부자

보령군 주포면 신대리 한만걸이
대천읍 행길가 송방집 옆으로 이사 와
택도 없이 대장간 차리더니
장날 날 저물도록
단쇠 벼리는 쇠망치소리 난다
그 소리 절로 흥겨워하는 사람 있다
발장단 맞추며

유연탄으로 화덕에 불 피워놓고 기다리며
술집에 술꾼 오듯
어김없이 연장 벼리러 오는 농사꾼 있다
장날
날 궂어도

아침나절 장에 가는 길에
연장 부탁해두었다가
저녁때 집으로 가는 길에 찾아간다
새끼줄에 매달아 들고 자랑스러이 간다
쇠스랑에다가 호미에다가
아이고 소나무 뿌리 캐는 곡괭이에다가
아이고머니나 도끼에다가
낫에다가 부엌 식칼에다가
그냥 아무개 혓바닥 같은 호빠 괭이에다가

갯가인지라 굴 따는 조새에다가
바지락 까는 창칼에다가
뒷산 있는지라
도라지 잔대 캐는 창에다가
모시 훑는 모시칼에다가
소 매어두는 쇠말뚝에다가

뻐드렁 이빨이라
입 다물어도
입안에 무엇 들어 있는 것 같은 한만걸이
대장간 집게와 망치로 고정하고
만걸이 아들은 메로 마구 쳐서
모루에 대고
불에서 꺼낸 시뻘건 연장쇠 두들겨대면
그 쇳소리가 여간 흥겨운 것이 아니거니
밤 다듬잇소리도 좋건만
대낮 대장간 쇳소리 또한 여간 아니라
그렇구나
그렇구나
이런 소리 나야
사람 사는 고장 아닌가
연장 장만해가는 기쁨 이전
이런 소리 나야
사람 살다 죽는 고장 아닌가

그런데 한만걸이 수단도 좋아
대천역 화차 기관사와 단단히 짰는지
가끔가다가 기차에서 때는 유연탄 한 가마
혹은 두 가마 던져준다
그것을 철둑에서 얼른 지고 돌아온다

장날이면 이 대장간
농사꾼 연장 벼리러 오는 사람만이 아니다
아이들도 꼬여든다
쇠토막 훔쳐다가 엿 사먹는 재미 있다

만걸이 아들
화덕 풀무질하다가
그런 아이를 보면
야
한번 소리내고 만다
그러는 만걸이 아들
제 아버지한테 풀무질하다가 졸다가
알밤 먹는다

학교 갈 나이인데
대장간 앞 학교 아이들 지나가도
그런 것 대수롭지 않은 만걸이 아들

그가 기다리는 것은
대장간 문 닫는 날
오지게 낮잠 늘어져 자는 일이다
주근깨가 커서
점으로 보이는 것 대여섯 개 박힌
만걸이 아들

한만걸이 마누라

하루 내내 대장간 쇳소리 듣고 사는 한만걸이 마누라
잠들면 꿈속에서도
쇳소리 듣는 한만걸이 마누라

친정에 가거나
어디 가면
집에서 듣던 대장간 쇳소리 못 들어
이 세상이 갑자기 적막해서
마음 잡지 못한다
그래서 얼른 집으로 돌아온다

집에 와 턱하니
영감과 아들의 쇠 벼리는 소리 듣고서야
행보 즈압씨
어제 밥은 사먹었수? 굶었수?
하고 말을 청하는데
거기에 대꾸도 없이 메 내려치는 모루 옆에서
다 되어가는 괭이 모양 돌리는 만걸이
그 영감 보고 나서

아이고 이제 살 것 같다

언젠가 서방 친구 길섭이 아버지한테
딴마음 품어보았다가 그만둔 일 있는데

그 일 뼈저리게 뉘우치며
방문 닫는다

아이고 살 것 같다

박지원

근세 조선의 대문장 박지원이라
능히 평하고
능히 험하고
능히 강하고
능히 유하고

과연 연암 문장이라
혹은 전아하고
혹은 회해하고

사람도 걸출하거니와
문장도 탁월하거니와
천하 큰 바가 큰 그릇과 같도다
어찌 그것을 가질 수 있음인가
이렇게 말하였거니와

홍국영의 해코지 피하였거니와
정조 상감의 탄핵에 이르기를
근일 문풍이 이렇게 변한 바는
그 근본이 다
박지원의 죄라
글 하나 분부대로 순정한 것 바쳐
저의 목숨은 살아났거니와

법국에 서서에 루쏘 있거니와

조선에 연암 있어

오늘 대문장의 『열하일기』 읽는 도량이여

단속곳 도둑놈

부엌에 든 도둑
밥 둔 것 허천나게 먹어치우고
한 무더기 똥 푸짐하게 싸놓고
그러고 나서
윗방 장롱 뒤져
금비녀 한 개
옥양목 바지저고리 한 벌
단속곳 두어 벌 털어갔다

다음날 아침 도둑맞은 길섭이 어머니
부엌문 활짝 열고
똥 치우며 욕을 퍼붓는데

아이고 별 밴댕이속 같은 도둑놈 같으니라고
세상에 단속곳까지 가져가는 도둑놈도 있네
아이고 좀스러운 놈 더러운 놈 같으니라고
아이고 사내자식이라고 불알 차고
하는 짓이
남의 집 예편네 단속곳이나 가져가는 놈 같으니라고
퉤 퉤

김용국

대천중학교 3학년 졸업하자마자
다른 일에 한눈팔지 않고
막바로 염색소 차렸다
학교 마치고 닷새 만의 일이었다
아버지가 야 너 노느니 염색이나 해보아라
그렇게 염색소 차려라 해서
밖으로 낸 헛간 고쳐
드럼통 자른 것으로 염색솥 걸고
거기에 물감 펄펄 끓였다
물감이래야 검정물감뿐이었다

술 내고 돈푼 주고 영업허가 냈다
미군부대에서 흘러나오는
야전잠바 시보리잠바 염색에
미국 사지바지 염색에
흰옷 때 끼어도 모르게
검은 물 들이는 염색에
풋내기 김용국이 바빠졌다

그렇다 그때까지만 해도
미국 구호물자 들어오기 전까지만 해도
이 땅의 사람들
흰옷밖에 몰랐다
흰옷에 검정물 들이는 일

꿈도 꾼 일 없다
그런데 검정옷 입기 시작했다
미국 구호물자 들어오며
이 땅의 흰옷 천천히 사라지기 시작했다

어디 늘 일감 있겠는가
시골이야 장날이 제일이지
그것도 여름 한철 지나서야
가을바람 불어야
검정물 들이러 온다

미군 야전잠바나
미군복 그대로 입고 다니면
경찰이 빼앗아 벗기거나
먹물이나 잉크 끼얹어버린다
일제 때 흰옷 못 입게 하느라
왜놈이 하던 그대로
먹물 찌크러댔다

김용국이야 그저 밥 세끼 먹을 만치 일했다
더도 낫지 않고 덜하지도 않고
그 염색소가 평생 생업이 될 줄이야
10년 뒤에도
20년 뒤에도

그 자리 제일염색 그대로 있다
그 집 주인 굼뜬 김용국이 그대로 있다
빈 재채기깨나 해가며

요까티 순자

콧등 눌려
콧구멍 겨우 납작하게 뚫려
거기에서 콧물 비집고 흘러나온다
요까티 강순종이 딸 순자
어찌 네 걸음걸이마저 그러느냐
단풍 덜 든 잎새 밟는지
영 발소리도 시원찮아서
네가 가는지 마는지 모르겠다
요까티 강순자야
하기야 먹을 것 못 먹고 자란 열세살이라
그 몸에 무슨 무게인들 담겼겠느냐
게다가 어쩌자고
눈에는 개씨바리
얼굴에 마른버짐
모가지에 손등에 부스럼이냐

차라리 태어나지를 말지
태어났으면 응애응애 몇번 소리내다
죽을 일이지
아무리 산목숨 지중하다 한들
숙연하다 한들

순자 너 이른 봄 나물죽 끓이러
나물 캐러

584

이 세상 태어났느냐 뭐냐
이 지랄 같은 년아
억울한 년아
서럽디서러운 년아

의주 홍부자

조선말 의주땅에 홍부자 있어
압록강 뗏목 거간꾼으로
당대 부자를 이룬 홍부자 홍승번 있어
압록강 기슭에 초당 짓고
만권 서책 사들여
서북 변방의 소년으로 하여금
글을 익히려고 장려하되
서책 한 권을 떼면
좁쌀 한 말 상금으로 내리고
서책 한 권 떼고
그 소회를 지어내면
좁쌀 서 말을 내리니
그의 곡간은 글을 넓히는 곡간이라
나라의 꼬라지 틀려가는 때
장차 이 땅의 사람
글로 하여금 힘이 되게 함이었다

어디 이승훈의 오산학교도
그냥 세워졌는가
이런 홍부자가 앞서 있음이관대
어디 평양 대성학교도
그냥 세워졌는가
이런 의주땅 의로운 부자 앞서 있음이관대

넓적이

잘난 놈은 잘났으나
못난 놈은 못난 놈끼리
무던히도 넓은 세상이로다

북선에서
북선 청천강 어디에서 피난 온
아이 윤정길이
엿목판 가슴 앞에 걸고
거기 미제 꿀 눈깔사탕 요깡 건빵 나부랭이
오징어 나부랭이 담겨
드문드문 팔렸다

앞뒤로 눌렀는지
얼굴 납작하여
이름은 모르나
장터 술도가 옆 넓적이라면 다 안다
뒤통수에 돈짝만한 흉터 있어
넓적이라면
그 흉터에 햇빛 비쳐 번쩍번쩍 다 안다
끔장사하다가
학교 편입해 학교 다녔으나
본바닥 아이들이 깔보아
친구 하나 없었다
그러더니 국민학교 졸업하고 어디로 갔다

어디 가 무얼 먹고 사는지
어디에 가
사람이 짝 있는 법이라
되게 얽은 여자라도 만나
서로 지고 들어가 지고 들어가
아들딸 낳고 사는지

하늘이 너무 크니
하늘 보고 짐작할 일 하나도 없다

그런데 누가 장항에서 넓적이 보았다 하고
장항 천안 사이
느려터진 완행열차 안에서
틀림없는 넓적이 보았다 한다
아니야
가면 멀리 갈 사람이여
전라도나
경상도 어디나
서울 하왕십리나

넓적이 어미

넓적이가 꿈 판 돈
건빵 판 돈 다 모아
막걸리 사먹었다
막걸리 졸업하고
소주하고 뻬갈 사먹었다

들은 말인즉 피난길에서
미군 두 놈한테 강간당하고
그길로 실성하여
그때부터 술꾼 되었다 한다

술 취하면
사내더러는 좆이라 하고
여자더러는 씹이라 했다

야 이 좆대가리 간나새끼 인사나 하고 가라우야
야 이 씹구멍에
꿩대가리 박은 에미나이야
나한테 인사하고 지나가라우

제 아들 넓적이 있거나 말거나
훌렁 덥지도 않은 날 저고리 벗어
젖통 다 드러내놓고

야 이 씹구멍에
날감자 박은 년아 인사하고 지나가라우야

상이군인

제기럴 것
남 안 간 군대 갔다 왔는가
남 안 간 군대 가서
다리에 총알 박혀 빼내고 왔는가
늘 상이군인
상이군인 하고
상이군인 팔고 다녔다
이달봉이란 놈

가슴에 상이기장 달고 우자부리고 다녔다
송방집 앞에서
지나가는 장꾼 불러 시비 청했다
지나가는 젊은이
노무대 나갈 나이의 사내 불러
으름장 놓았다
처녀 불러 도민증 보자고 을러댔다
그러다가 처녀 하나 강제로 욕보이기도 했다

되지 못한 싸움에 갔다 와서
되지 못한 수작으로 세월 보내는 놈
이달봉이란 놈
아무 집에나 가 며칠씩 밥 먹고
술 내라 해서 술 먹고
옷 빨아

다리미불에 사지쓰봉 다려 입고
그동안 고마웠다는 인사 한마디 없이
침 탁 뱉고
사립문 발길로 차고 나갔다

그야말로 병신 육갑하던 세월
1950년대 중반
그 이달봉이란 놈
그놈도 그놈이지만
그놈 어미도
제 자식이 무슨 큰벼슬했다고
동네 이웃에 대고 아쭈 거들먹댔다
정작 군대 나가
죽은 자식 둔 집에서는
한숨만 쉬는데

그 처녀

상이군인 이달봉이한테 강간당한 금자
청라면 사는 금자

아버지가 그 사실 알고
이달봉이한테 달려가
내 사위 되든지
너 죽고 나 죽든지 하자 했지만
그 이달봉이가 누구인데
침 탁 뱉고
나 그런 일 없어
괜스레 제 딸 망치는 아비가 있어
하고 침 탁 뱉고 말았다

그 아버지 돌아와
이년아
너 당장 혀 깨물고 뒈져라
하자 어머니가
이년아 아버지한테 빌어라
빌고 살아야 한다

얼굴 밴밴하여
동네 총각한테도
거기는 참 이쁘디이뻐
하는 소리 들어온 금자

그 금자

그만 처녀 망쳐버리고
아버지가 죽어라 해도 죽지 않았다
어느날 때깨칼 하나 품고
대천 송방거리 갔다
거기 이달봉이 있었다

너 이년 무엇하러 왔어 하고 큰 소리 치자
이것 드리려고요
하고 다가가
때깨칼로 달봉이 모가지 부욱 그어버렸다
허를 놓쳐
피투성이 된 그놈 날뛰었다
아이고 아이고 이년아
아이고 이년아

금자 자취 없다

그뒤 금자 멀리 부여 백마강 건너가
늙은 영감 후살이로 시집가버렸다
그 집 자손은 못 보았으나
살림 한번 불같이 일어나
부자 되었다 한다

채영묵

대천 떠난
채영묵이 중동으로 돈 벌러 간 기술자 마누라 꼬여
수천만원 갈취하고
더 가져오라고 때리고 패다가
고발당해 쇠고랑 찼다
부전자전이 아니라 모전자전쯤 된다
제 어머니 빼다박아
늘 생글거리며
여자가 좋아하게 이쁘장한 영묵이
교도소 나와
사촌이 살고 있는 대천에 왔다
대천사람들이 알아보고
술자리 만들어주었더니
술 먹고 엉엉 울었다
술집 색시가 손수건 꺼내
눈물 닦아주었다
울지 말어요 자기 울면 나도 울어요

채영묵이 어머니

채영묵이 아버지가 맹꽁이차 운전수였다
트럭 본네트가 짧아 맹꽁이차였다
거기에 짐도 가득 싣고
사람도 빼곡하게 실었다
그런 때
그 맹꽁이차에 탄 사람들
영락없이 콩나물같이 순했다
정기버스가 없던 시절이라
장날에는 장짐 실은 장돌뱅이가 독차지했다
좀처럼 클랙슨 소리 울리지 않았다
아무리 소가 길 막아도
아이들이 길 비키지 않아도

이렇게 채영묵이 아버지가 집 비우는 날 많자
채영묵이 어머니 방 하나 남아돌아
하숙 쳐 가양에 보태어 썼다
워낙 물색 좋은 여자라
국민학교 5학년 아이 어머니가 아니라
생처녀같이 싱그러웠다
검정 사지바지에
걸을 때마다 엉덩이가 보기 좋았다
진분홍 털스웨터 차림이었다
달밤의 박꽃처럼 어여뻤다
거기다가 생글생글했다

누구에게나 먼저 웃는 얼굴이었다

그러더니 그만 나이 아래 하숙생하고
고등학생 하숙생하고 통정하고 말았다
대천농고 2학년 아이
그 아이도 학교 작파해버렸다
끝내 둘이 도망쳐버렸다
그렇게 되자 채영묵이 아버지도
남우세스러워 맹꽁이차에 제 짐 싣고
운전수 옆자리에 우는 영묵이 앉혀
대천 바닥 썰렁하게 떠나버렸다

괜찮다 괜찮다 사람은 어디 가나 살 데 있다

채병묵이

채영묵이 사촌 병묵이
이 사람은 짐승하고 잘 사귀어
아무리 사나운 찌락대기 황소일지라도
그가 가면 머리 출렁 숙여 귀염떤다
덩칫값도 못하고 아양떤다

이 사람이 가면
남의 집 닭도 달아나지 않아
어느날 밤 닭서리할 때면
병묵이 불러
닭 있는 집 닭장 뒤진다
홰대에 올라가 자는 닭 더듬어
손으로 툭툭 쳐주면
<u>꼬꼬꼬</u> 하고 닭이 깨어 알아본다
그때 닭모가지 쥔 손에 힘 넣어
꽉 쥐 가노라면
어느새 닭은 숨막혀버린다
그것 그대로 꺼내어 들고 나오면 된다

개도 이 사람한테는 짖지 않는다
그러나 개까지는 잡지 못한다
한데 짐승 사귀다가 싫어졌는지
나이 마흔 못되어
어린것들 쪼르르 두고 죽었다

아직 힘 쓰는 마누라 두고 죽었다
머리숱 많고
맨살 번드르르한 젊은 마누라 두고

송시열

조선왕조실록 8백88책에
그 이름 3천번 이상 나오는 사람이
오직 우암 송시열이라 하여라 지긋지긋하여라
네 임금 내내 주자학의 종장이요
당쟁의 중추요
그리하여 조선 수구주의 노론의 개조인지라

이른바 3백년 동안의 정기가 뭉쳐
그가 송시열인바
큰 물건은 과연 큰 물건인데
왕실 예론 당쟁에나 쓰이고 만 작은 물건인지라

허나 사약 받아 마시고도 죽지 않아
다시 받아 마시고 쓰러진 팔십 노구의 기상인지라

도대체 임금이란 사람도 딱한바
그렇게도 좋아하던
늙은 신하 하나 살려내지 못하고
당쟁 그것에 떠맡기고 말았음인지라

태몽도 공자가 제자 거느리고 오는 꿈이었는지라
그런 태몽 꾸고 태어난 사람이
장차 송시열이매
그의 시대에

그가 태어났건만
다른 시대였다면
율곡 이이의 요절을 메운
거유이었을진대
거기에 우암을 애석해하는 바 없지 않음인지라

부용

성천 관기 부용
그 자태 빼어나
촛불 밤 심심하지 않은데
어찌 시흥 빼어나 눈부시는가
어찌 그 가무 빼어나 눈부시는가

사내뿐 아니라
그가 유람할 때
강산도 그에게 사로잡혀
혹은 단풍이요
혹은 풀린 얼음 아래
소리내는 개울물이로다

어려서 꽃기생일 때
실컷 놀고 나서
김이양의 소실로 들어앉아
시 3백과 거문고로 남은 사랑의 길 누렸도다

맑은 구슬 1천 섬이니
갈마들인 것 유리쟁반 가득하여라
개개 동그란 모양
수선화 아홉 번 굴린 붉은빛이여

실컷 놀고

실컷 노래한 풍류였도다
그의 시가 남아
뒷날의 화류 풍류에 하염없이 이어졌도다

장터 영자

대천장 안골목
이름도 없는 선술집
누군가가 번지 없는 주막이라 했다
문패도 번지수도 없는 주막이라 했다
그 집 늙다리 주모
인심 짠 집이라
술꾼 드문데
어느날 그 집에 온 영자
여드름 몇개 말고는
눈 쌓인 산봉우리같이 훤한 영자
술 따라주면
무슨 안주 필요하겠는가
그저 그 영자 보면
그게 산해진미 안주이지
게다가 니나노 한번 흐드러져
오늘도 걷는다마는 정처 없는 이 발길
서로서로 각박하던 시절이라
술꾼이 술만 먹고
안주 먹지 않자
늙은 주모 영자 내보냈다
술만 팔아야 무엇하나
술안주에서 돈 버는데
떠들썩할 뿐
술 몇말 팔아야 본전치기 좀 넘는다

그 영자 그 집 옆의 옆집으로 옮겨가니
술꾼들 그 집으로 몰려갔다
그런데 그 집에서는
술 말고 술안주도 많이 팔렸다
먼젓집 주모가 하루에 한 번씩
그 집에 나타나
영자한테 대고
그래 이년아
네 나이 젊어 사내 꼬이지
어디 두고 보아라
십년 못 가 내 신세 된다 이년아
그러나저러나
영자 한잔 들어간 입에서
운다고 옛사랑이 오리요마는
눈물로 달래보는 구슬픈 이 밤

방의원 마누라

본래 술집 돌던 여자인데
방준식이 만나
아이 배자 달라붙어 살기 시작했다
턱이 겹치고
귀가 길쭉하게 처져
복덩어리라 했다
턱 뾰쪽 빤 준식이가
돈 벌고 출세한 것도
제 덕이 아니라
마누라 덕이라 했다
남편 면의원 된 뒤
그 마누라 한내 나들이 갈 때
저만치 딸 순자 앞세우고
몸통 흔들며
두 팔 흔들어대며
앞으로 가는 것이 아니라
사방으로 가는 걸음걸이였다
그전에는 먼저 인사하더니
이제는 누가 인사해야 알은체한다
물론 금비녀 끼고
낭자도 사발만하게 커졌다
저런! 고개 돌려
땅보다 하늘하고 더 친하며

방의원

한내에서 술장사로 돈 벌었다
그러나 술장사라 해서 사람 대접 못 받는지라
그만 술장사 그만두고
논 7천평 사고
밭 2천평 사서
관촌으로 이사 왔다
그러나 술장사 내력 아는지라
누구 하나 대접해주지 않았다
여기에 포한이 져서
면의원에 출마 당선되니
하루아침에 방준식이가
방의원이 되었다
방의원 마누라가 나서서
우리 방의원 방의원 하고
말머리에 달고 다녔다
어느덧 관촌 양반 부스럭지들도
방준식이가 집 나서면
방의원 방의원 하고 대접했다

김개똥

선조의 상궁
진작 광해군에 붙어
궁중의 권세 다 틀어쥐고
그가 걸어가는 데마다
금이 쏟아지고 옥이 흩어졌다
광해군께오서 뇌물 받고 벼슬 내리시면
그 뇌물은 김개똥이 치마폭이 다 받았다

반정군의 칼 받아 목 날아갈 때까지
그 돈은 다 받아 쌓아두었다

도대체 이것이 임금 노릇인가
이것이 궁궐 내의 계집이 할 노릇인가
도대체 이것이 나라인가
일러 오백년 사직의 한 대목인가

비웃음 하나도 아깝거늘
떠날 제비 빨랫줄에 앉아
이 세상 비웃을 것 하나 없어라

순자

술집 주인 방준식이와
술집 작부 사이 태어난 순자
면의원 따님이 되어도
제 아버지도 안 닮고
제 어머니도 안 닮고
멀리 대천 앞바다
사람 안 사는 섬 닮았는지
제 아버지 어머니 달라졌어도
아무데도 달라진 데 없다
학교 수업시간에도
방순자! 하고
선생이 불러도
저 불렀는지도 모르고 잠겨 있다

술집의 밤 시끄러운 데서 자라나서
소리가 정떨어졌는지
남의 말 들을 줄 모르고
제 말 할 줄 모른다
여학교 3학년 때
첫 연애편지 받았으나
그것 뜯어보지 않고 두었다

그런데 그 편지 보낸 놈이
결국 순자 남편 되고 말았다

방의원 사위 되고 말았다

하늘에 솔개 떠 빙 돌고 말았다

생피

서천 마서면 정씨 문중에서 일 났다
정연덕이 누이가
육촌오라비 연술이와 생피붙었다
타성바지와는 사귈 수 없는 시절이라
어릴 때부터 정든 육촌오라비와
나이 찬 큰아기가
그만 당내간에 오고 가며 놀다가
오라비 연술이 혼자 있는 집에서
기어이 일 내고 말았다
그것도 한 번으로 입 씻어버린 게 아니다
한번 길 나자
이제는 거의 밤마다 메밀밭에 가서
무덤에 가서
무서운 맛 꿀맛 진진하다가
오빠 연덕이한테 뒤밟혀 들키고 말았다

집안에서 문중회의 열어
두 연놈만 쫓아내는 것이 아니라
두 집 식구 몽땅 쫓아내기로 했다
쫓겨난 정연덕 대천으로 가서
논 팔고 밭 팔고
집 판 돈으로
장터 건어물장사 시작했다
연덕이 누이

그년은 어디로 갔는지 아무도 모른다

장항으로 이사 간 연숙이네
행여나 그 연숙이 찾아
연덕이 누이 장항 갔는지 모른다

친오빠한테 장작개비로 삽자루로 몰매맞고도
워낙 좋은 몸이라
다친 데 약 바르고 나은 뒤 쌩쌩했다
그렇게 겉으로 음전하고 그윽하고
속 깊던 년인데
호박씨 한번 잘 까 신세 조졌다

그러나 신세 조진 것일까?
그냥 그런대로 풀려
생피 씻어내고
새 인생 시작할 수 있음이여
사람 몇번 되고말고
아무렴 새 인생 시작할 수 있음이여

마서 정연덕이

마서 서룡리 윗말
서당에서 제일 공부 잘하던 연덕이
그런데 스물아홉에도 장가가지 않았다
사람들이 고자라 했다

인물 한번 잘났는데
부리부리한 눈에
떡 벌어진 가슴팍
철이 바뀌어도 감기 못 들어온다

누이가 생피 붙은 이후
대천으로 이사 가 건어물전 벌였으나
대천 앞바다에만 나갔다
하루 내내 해수욕장 수박 먹고 나
그 수박씨 애잔한 잎새 틔워
파르라니 나 있는 것도 보며
느린 파도소리 들으며
바다 바라보며

드디어 바다 위 뱃놈 될 생각했다
다음날 대천어업조합 직원한테 줄 넣어
보령 제1호 갈칫배 타기로 했다

그렇다 바다 위에서는

과거도 없고 내일도 없다
그날과
그날의 파도 끝없을 따름

정연덕이 막냇누이

언니 연옥이가 생피 붙어버렸으니
누이 연복이야 시집갈 길 막혔다
언니 일로 운 것은
정작 연복이뿐이었다
늘 다정다감한 계집애

대천으로 이사 온 지 한 달 못되어
그 연복이 집 나갔다
계룡산 신중이 되어 흰 고무신 신었는지
아니면 온양온천에 가
늘어지게 잠자는 갈보가 되었는지

집안에 일 하나 생겨
이렇게 집안 식구 흩어져
흩어져
이 세상 넓은 것인가

집안 식구 빨래 다 하고도
손끝 놀리지 않던 계집애
누가 데려가면
그 집 복 찰 계집애
연복이

그러나 어디 가서 무슨 풀인지 나무인지

공짜 술꾼

원래 고린내 나는 땡전 한푼 없는지라
그저 바지주머니에
빈 두 손 찔러넣고
추운 날 나가
이 술집 저 술집 다니며
안면 있는 사람 있으면
거기 암살떨며 끼어들어
공짜술 잘도 얻어먹는 사람 있다
박진수 그 사람
허우대 한번 멀쩡
누가 잘못 보면 부면장쯤으로 본다
단벌인 양복 아랫도리 빨아 널어
빨랫줄에 뻣뻣하게 얼어 있을 때는
그냥 양복바지 대신
중의 저고리 동저고리 바람으로
그 저고리 소매에 팔짱 끼워넣고
아무리 추운 날이라도
집을 나서
읍내 술집으로 향한다
갈 때 걸음걸이는 쫓기는 잰걸음 총총하나
올 때 걸음걸이는
하늘에 그믐달이라도 걸렸는지
세상에 꿀릴 것 없는 갈지자걸음이다
아무리 공짜술일지라도

그 공짜술 먹는 값 굳이 찾아보자면
술자리 시비 날 때
술값 낼 만한 사람 편들어준다
그런 시비 아니면
싱겁디싱거운 서툰 우스갯소리에도
너털웃음을 웃어준다
별일 아닌데도
자지러지게 웃어준다
그런 웃음 끝에 배짱이 생기면
제가 술값 내는 듯이
여보소 여기 술 한 주전자 더
하고 소리지른다
얼쑤
집에서는 때꼽재기 아이들과 마누라 굶어
맹물 데워
그저 말없이 마시는데

오성륜

혁명가는 본명만으로 살 수 없다
가는 데마다 다른 사람이 되어야 한다
그러나 어떤 혁명가는
끝내 하나의 이름을
하나의 운명으로 전취한다
많은 이름을 가져야 하는 동지들 가운데서

혁명가 오성륜은 이름이 다섯 개
알려진 이름은 전광이고
알려지지 않은 이름 넷

중국공산당 동북항일연군 제2군 정치주임
이어서 제1로군 군수처장
그러나 직접 야전에 나서서
일본 육군과 맞서 싸웠다
그가 전투에 나선 것은 백번 이상
그는 싸우며
사상의 무장을 넓혀갔다
적도 그의 대상이고
동지도 그의 대상
그리하여 한 소년 전사는
전광 주임은 나의 사상이라고 외친 일도 있다

그가 소위 관동군 공비대토벌 마지막

그의 명예 내던지고 일본수색대에 다랍게시리 투항했다
1941년 겨울이었다

북만주 벌판
광동
상해
북경
다시 남만주 벌판
그리하여 그의 꼬뮌
그의 유격
그의 사상 침투
그의 혁명은 끝장났다
그는 동지를 최소한으로 팔고
혁명을 최대한으로 팔았다
제2차대전이 끝났다
전쟁 뒤 그는 죽어 마땅했다
젊은 날
그렇게도 찾아 헤맸던 조국의 이름으로 죽었다

그의 어린 아들은 영양실조로 병사
그의 아내는 행방불명
행방불명
그것은 이 땅의 한 전통이다
혁명과 반혁명 사이에서

거짓말쟁이

어찌 세상이 참말로 가득하겠는가
참말뿐이라면
그런 세상 얼마나 재미없겠는가
더러 거짓말 있어야
참말도 참말 값 나가지 않겠는가
이미 세살 때부터 거짓말하는 것이
사람 아닌가

그런 사람 가운데
참말보다 거짓말에 재미붙어
영영 거짓말쟁이 되고 만 사람 있다
대천읍내 이현복이

대천읍내로만 성에 안 차
보령군 여기저기
서천군 여기저기
품팔러 가거나 떠돌거나 하며
하는 말 족족 거짓말
그 사람이 오리라 하면 십리요
그 사람이 아무개 죽었다 하면
죽어서 여간 섭섭지 않다고 혀 차면
그 사람 영락없이 살아 있다
살아서 모깃불 푸짐하게 놓아
그 모깃불에 모기 막고

붕어 잡아다
붕어하고 쉰 호박하고 만든 찌개에
보리밥 고봉 뚝딱 먹는다

거짓말 안하면 못 사는 사람
왜 자네는 할 말도 쎘는데
하필 거짓말만 골라 하느냐 꾸짖으면
시침 뚝 떼는 것 좀 보아라
태연자약이로다
내가 언제 거짓말하는 것 보았소?
하는 이현복이

제 아버지 남구 영감한테도
먼 데 부역 나갔다 오는 아버지 공손히 맞으며
할머니 제사 안 지내고
제사 잘 지냈다고 한다
문밖에 귀신맞이 황토 깔지 않은 것 보고
아들이 거짓말한 것 빤히 짐작하지만
늙은 아버지 혼잣소리
하기야 산 사람이 굶는 시절인데
귀신이야
어느 부잣집 제사에 들러
거기 가 실컷 잡수고 돌아가셨겠지

다리 하나 저는 아들
거짓말쟁이건만
아들은 아들이라
나이 마흔 다 되는데
짝지어주지 못한 것
그것이 원통하고 절통하지

이회광

말하자면 불교의 이완용이라
말하자면 한용운의 적이라
설악산 신흥사에 입산
금강산 건봉사의 학승 이회광
해인사 주지에 올라 있다가
친일파로 나서서
친일파 원종 종무원 종정으로 앉았으니
이로써 조선불교는
일본불교로 돌아갔다
그러나 어디 조선불교 1천5백년이 거품이겠는가
만공이 있고
좀 작달막한 만해가 있고
그 밖의 산중 호걸들 있나니
거기에 서산 사명의 불교 이어지고 있나니

추석 뒤

이완구 딸 여복이
열여섯살이나 처먹었는데
영 어린 티 가시어지지 않는다
생대추 하나
입안에 넣어 다 먹고
대추씨 하나
입안에 넣고
십릿길 가는 할머니 따라
고모네 집에 간다

딸이라고는 딱 한 년인데
시집간 뒤
친정 발걸음 끊고 나서
죽었는지 살았는지 궁금하여
딸네 집 가는 할머니 따라
고모네 집에 간다

고모라고는 하나
워낙 추운 밤 열사흘 달같이 찬 사람이라
속 깊이 그리움 있고
아픔 있어도
누구 하나 짐작하지 못하는 사람이라
4년 만에 보는 친정조카 여복이 보아도
너 왔구나 하고 말 뿐

호들갑을 떨며
호들갑에 비녀 빠지며
오마나
오마나
우리 여복이 시집가야겠구나
이렇게 늘어놓아야 하는데

마침 추석 뒤 으스스 일 서두는 때라
바쁜 고모 툇마루에
달랑 개다리소반에 밥 차려주고
썰렁한 마당 나서서
벌써 들로 나간다

들!
모든 마음이 거기에 가 있는
이 땅 몇천년의 들!

열여섯살 여복이
고모네 집에 오나마나
이 가을
고모네 집 뒤란 맨드라미씨 받아
그 까만 씨 손바닥에 부벼대며
혼자 해반주그레 웃어댄다
방금 구렁이 장독대 뒤 지나가는 것도 모르고

감나무 잎사귀 하나둘
설단풍 든 채 떨어지는 것도 모르고

뻔뻔이

요까티 강순달이
이발값 아껴
때깨칼 갈아 거출거출 면도 시늉하고
면도 시늉하면
보는 사람이야 어쨌거나
면도하고 나서
얼굴에 물 바르고 나서면
그 기분 썩 괜찮은지라

떡 본 김에 제사인지라
잔칫집이나
초상집 가서
하루 삼시 세때 잘 먹고
국수 두 그릇 먹어도
눈치 받지 않고
그것으로 부족하여라
반드시 남은 음식 걷어가지고 일어선다
돼지고기 비계에다
점잖은 윗손님 술상 홍어 찐 것도 걷어가지고
허리 아프지도 않으며
끙! 하고 일어선다

초상집 일가붙이 어른이 나와
자네는 문상 왔나

음식 챙기러 왔나
하는 점잖은 핀잔 따위야 콧방귀
아니 자네 순달이 여전히 뻔뻔하네그려 하면
그래서 나를 뻔뻔이라 부르지 않소
강순달이라면 모르지만
뻔뻔이라면 오소산 이쪽 저쪽에서
나 모르고 어쩌겠소
하고 너스레 떨며 일어선다

먹던 묵
먹고 남은 고사리나물 숙주나물
흰 소금 따위
음식뿐 아니라
쓰고 남은 백지조각 따위도 가지고 일어선다
찬바람 불면 누가 막아주겠나
문구멍 막아주는 것은 이것이여
문풍지 우는 밤
문바람 막아주는 것은 이것이여
하고

한번은 떨어진 옷고름 주워 담다가
옷고름 주인 순자 어머니한테 걸려
아니 한다 한다 하자니까
이제는 남의 옷고름까지 떼어가?

하자
떼어가다니요
주워가는 것하고 떼어가는 것하고는
구별할 줄 알아야
이 세상에 하늘 있고 땅 있어요
참 내

순자네 개가 뻔뻔이 알아보고
꼬리깨나 흔들어 배웅한다
옷고름 빼앗기고 서운한 뻔뻔이 강순달이 뒤에서

뻔뻔이 마누라

낭자에 젓가락 비녀 꽂은 강순달이 마누라
눈은 뜨는지 감았는지
늘 째져 있을 뿐
그런 눈으로 용케 앞을 본다
앞뿐 아니라 뒤도 빤히 짐작한다

강순달이에
강순달이 마누라라고
어찌 서방과 딴판이겠는가
남의 집 부엌이나 뒤란에
그놈의 마당발 들여놓기 망정이지
그런 곳에 들어갔다 하면
누더기 앞치마에 감춰가지고 나오는 것
반드시 있다

친정에 가서는
단속곳 안에
친정조카 돌 선물 은수저 훔쳐 꽂은 것 떨어져
친정올케와 대판 싸우고
발 끊겨버렸다

밤중에 잠 안 와 팔베개 고쳐 베고 나서
아니 요새 당신은
아무것도 가져오지 못하니

하다못해 과부네 굳은 된장이라도
한 사발 가져오지 못하니
하자
서방 순달이도 한마디
그러는 임자는 무엇이여
그 좋은 솜씨 어디다 처박아두고
손목 잘라버려
손목 잘라버려

밤중 귀뚜라미 소리 점점 줄어든다

석금이

석봉이 여동생 석금이
의붓아비 등쌀에 못 먹어
늘 목구멍 껄떡거린다
한밤중
남의 집 부엌 문턱깨나 드나들었다
아무 소득 없으면
소금에 절여둔 쉰 무청이라도
아삭아삭 먹어치우고 나왔다
하기야
흉한 세월이라
어디 부엌 살강이라고
먹을 것 예 있노라고 대령할쏜가
그저 안 쉰 보리밥덩어리 있으면
구땡에다가 장땡이지

그런 석금이 의붓아버지를 원수로 알더니
기어이 그 의붓아버지한테
몸 버리고 말았다
어머니 생선장사 나간 날
한번 버리자
어머니 나가는 날
의붓아버지하고
헛간에서 잘도 포개어졌다

날 저물어 아무 일도 없는 듯이
석금이 머리 빗고 마중 나가
어머니 생선 다라이 받아 이고
지친 어머니
아무것도 모르는 어머니하고 함께 돌아온다

원오화상

본명은 김진상이다
법명 원오다
범어사 사미승이다

을미의병에 나섰다가
일본군에 총 맞아
다친 다리 끌고
낙동강 건너 달아나
산 넘고 물 건너
동래 범어사에 들어가

범어사 강주 보광화상한테 의탁하여
거기서 다리 낫고
거기서 에라 머리 깎고
사미십계 받아
중이 되었다

올깎이 판에
웬 늦깎이가 끼었으니
반야심경 독송 사뭇 어색하였다

뒤에 일본 임제종 절에 건너갔다가
거기서 환속
아내 보고

딸 보고
광산도 산은 산인지라
노다지꾼이 되어
하오리도 입고
일본놈 권세에 빌붙어
광산 뒤지고 다니다가

조선 초산 벽동 뒤지고 다니다가
독립군 유격대 출몰하는 데
옛 의병이었던 자취 없이
역적으로
오로지 금 찾아 다니다가

아내와 딸 일본 내지에 보내어두고
행방불명이었다
이도 저도 못되는 행방불명이었다
반야심경 부증불감(不增不減)인가 아닌가

며느리고금

심심하기 짝이 없는 나날
개가죽나무 잎새 처질 대로 처진 나날
학질이라도 앓아라
그래야 사람 산다
사람 산다

하지만 하루 걸러 앓는 학질도 큰일인데
매일 앓는 며느리고금에야
어린것 어른 할 것 없이
사람 녹아난다 뼉다귀 녹말 되라

그것 한죽 앓고 나면
피골 상접
그것이야 그렇다 치고
얼이 쑥 빠져
누가 욕을 해도
그것이 욕인 줄 떡인 줄 모른다

이렇게 된학질에 걸리면
장독대 빈 항아리에
태모시 한 꼭지 한 타래와
베틀 바디 하나 넣어두고
학질 걸린 아이 데리고 가서
그 항아리에 든 바디더러

네끼년 왜 우리 장군님을
왜 우리 아기장군님을 못살게 구느냐
네끼년
옛다 무명 한 필 모시 한 필 삼베 한 필
다 짜기 전에는
다시 나올 생각했다가는 어디 보자
그냥 안둘 터이니
꼼짝달싹 말고 길쌈으로 날 저물어라
이년아
이렇게 호통치고
침 탁 탁 탁 세 번 뱉은 뒤
소래기 뚜껑 탁 덮어버린다
여름 내내 열지 않는다

이렇게 며느리고금 처방을 그린 듯이 그려내는
신영기 어머니
어찌 며느리고금 처방뿐인가
다른 병 처방도 감치고 남는다
그래서 앓는 집
슬쩍 불려가 처방하고 나서
보리 한 되 받아온다
동네 반무당 선무당 영기 어머니
그런데 그 영기 어머니 오로지 처방 재주뿐이어서
다른 솜씨는 없는데

수제비 솜씨 하나 곁들인다
맷돌에 밀 갈아
밀기울 쳐낸 뒤
불그스름한 밀가루 수제비라
좀 껄끄럽건만
입맛에 새기면 맛 돋아난다

수제비 뜨는 날
밥하고 바꿔 먹느라고
이웃집에서
이웃 이웃집에서 밥사발깨나 드나든다

영기 어머니 솜씨 하나 또 곁들인
봄날 쑥 듬뿍 넣고
무릇도 잘 고았다
고아낸 무릇 먹을 때는
콩가루나 보릿가루 버무려 먹는다

그 무릇 먹어없애기 아까워서
자배기에 이고
광천 장날이면
광천장까지 나가
보새기나 접시에 담아 팔았다
기차 타고 갔다 오는 동안

차 안에 시원한 바람 들어오면
아이고 살겠다
아이고 살겠다
아이고 미친년 치마 뒤집어진다

대복이 어머니

이런 궁벽진 두메
이런 두메 가난뱅이야
대처에 나가는 일이
대처 형무소에나 가는 일로 때워진다
두메라도
두메 부잣집 아들은
경성 유학 가고
이리농림
수원농림 유학 가지만
가난뱅이 새끼야
쇠토막 절도범으로
쇠토막이 불어나
보리 한 가마 절도범으로
대처에 간다
대처 감옥에 간다

대복이가 징역 살러 들어가기 전
뭘 잘도 잡아오고
뭘 잘도 가지고 올 때는
그렇게 부챗살 펼쳐 신나더니
그 대복이가 대전형무소 들어간 뒤로는
대복이 어머니
누가 말 걸어도
서너 마디 해야 할 말

반마디로 대꾸하고
딴 데 눈길 돌리고 만다
시름 따위
부끄러움 따위 아니어도
첫째 기가 팍 죽어버렸다
도둑질해서라도
들키지 않으면 자랑인지라
들켜 콩밥 먹는 것만이 억울했다
그러므로 집에 있는 어머니
무슨 밥맛이겠는가
그저 입에 넣어야 소태지 푹 쉰밥이지

이른 아침 찬 그늘
남새밭 김장 채마에 나가 앉아도
돋아난 무 잎새만 푸르러
그 버러지 잡는지 마는지

한 달에 한 번 아들 면회하고 돌아오는 날
발뒤꿈치 땅에 눌어붙어
날 저물어서야 울타리 없는 마당 들어선다

어서 나와라
어서 나와
이번에는 이왕이면

소 도둑질해다가
쇠고깃국 마음껏 끓여먹자 대복아

얼굴에 아무 부끄러움도 뭣도 나타낸 적 없다
눈 내리면
오사할 놈의 눈 좀 봐
눈 쌓이면 뒷간 못 가는데
비 오면
아이고 오사육시를 할 놈의 비 좀 봐
도롱이도 없는데

영실이

대천 한내장 건어물집 딸 영실이
긴 댕기 드려
그 댕기 드리운 등짝
햇빛 쪼르르르 내려온다
햇빛처럼
내 마음 내려가고 싶어라
딱!
대낮 모기 한 마리
그런 그리움에 벌 주느라
내 몸 목덜미 깜짝 물어주었다 마구 근지러웠다

그 영실이 시집갔는데
첫날밤 도망쳐 왔다
무슨 일인지
무슨 일인지

내 마음 끝도 없이 기뻐라
아무에게나 있는 돈 몇푼씩 주고 싶어라

여서방

관촌 이부자네 붙박이 머슴
십리 밖 주포면 선대리에
제 집구석 있으나마나
머슴살이밖에
꼴머슴 때부터
그것밖에
다른 것 모르는 여서방
뒤통수가 눌려
주걱대가리하구서는
힘은 장사라
푹 썩은 무거운 퇴비 한 짐이야
나비 앉은 듯 하늘 지고 끙 일어난다

손바닥 또한 두꺼워
부엌에서 머슴방 아궁이까지
한참 거리
그 사이를
불씨 맨손바닥에 담아가도 끄떡없다
웬만한 사람 같으면
마당 위 콩 튀듯 할 터인데

날마다 되고 된 일이지만
쉴 참에 소주 한 양재기
안주도 없이 좋다

평생에 말이라고는 쓸데 없다
노래도 없다

난리 뒤 주인네 집 망하고 나서는
양로원에 들어가
겨우내 홑것 입고도
끄떡없이 지내다가
죽을 때도
한 양재기 눈칫밥 먹고
취침시간에
잠들어
그길로 죽었다

공동묘지 평토장이라 무덤 없다

김호익

단독정부 수립 이래
검찰에는 오제도
사상검사 오제도
경찰에는 김호익
이른바 빨갱이 사냥에는
날이면 날마다 그 둘이 발벗었다
중앙분실 김호익
그의 칼날 눈매에는
딸 죽어도 슬픔 없었다
오로지 빨갱이 사냥뿐
국회프락치사건
이 엄청난 조작 사건 총지휘
반공국가 기틀을 잡는데
이 공로로
서울시경 사찰과 중앙분실장이 되었다
경위에서 특진 경감이 되었다
이승만 대통령이 특별히 격려 말씀 내렸다
어허 사찰과장에다
그 위 시경국장도 내다보았다
그러나 그 영광의 자리 앉자마자
청년 이용운의 총 맞아
분실장 의자에 앉아 죽었다
남로당이 지하당 된 이래
수많은 좌익 세력이

김호익의 그물에 걸려
하나둘 사라져갔다
그러던 중 김호익 그 사람도
시대의 그물에 걸려 사라졌다
그뒤로는 다른 사냥꾼이 나섰다
더 무서운 빨갱이 사냥이 그로부터 마구잡이로 시작되었다

일본도

대천역전 소창창고 일본집 적산가옥 2층짜리
8·15 지나 얼른 차지한 영감
쪽발이 떠나자마자
들이당짝 차지해버린 우세룡 영감
그 집뿐 아니라
이른바 적산가옥 눈독들여
일본집 가재도구 사고 팔아 벼락부자 되었다
일본 유성기도 있고
일본 샤미센도 땅똥땅똥 있고
일본 오동나무 단스도 있다
어디 그뿐이냐 일본도 긴 칼 두 자루
그중의 한 자루 팔아넘기니
한내장 문금석이 주인이라
처음에는
그 칼 차고 다니며
사무라이 미야모또 무사시 노릇도 하고
일본 육군대장 노릇도 하며
으스대다가
그런 짓거리도 시들해지더니
나무 귀하여
나무할 때 나무 자르는 데 썼다
갈지 않아도 잘 들어
웬만한 나무는 단번에 잘라냈다
에잇! 싹둑!

과연 좋은 칼 일본도였다

옳거니 제대로 칼 쓸 데 썼다
사람 목 베는 데 쓰지 않고
나무하는 데 쓰는 칼이
칼 아닌가

금석이네 일본도 있다는 소문 지워지지 않아
6·25 때 민청 젊은이들한테 빼앗겼다
글쎄 그것이 인공 철수 때
백색분자 반동분자 몇 죽이는 데 쓰이고 말았다
칼은 칼이다
사람 몇 죽이고 어디로 가버렸다

문금석이는 늙어빠져
이제 손아귀에 쥐여주는 참새도
그냥 놔주고 만다
그 미야모또 무사시가
그 육군대장 무슨 대장이

김서장

경찰서장 김주평 총경은 슬쩍슬쩍 빼내고
경찰서 수사계장 장하열 경위는
마구마구 잡아들이고
충남도경 산하에서 제일 많이 잡아들이는데
제일 많이 없어진다
절도질 강도질 하려면
대천 가서 하거라
돈 열 다발 책보에 싸들고
서장 관사 들어가면
나흘 뒤 나온다

김서장 부인 인정자 여사
당직 순경 길 건너가 있으라 하고
이른 아침부터 대문 활짝 열어놓는다

경축식전에서 연설 잘하는 김주평 서장인데
집에서 돈 받는 것도 썩 잘하더라

배불뚝이

두어 마을에 하나
으레 사람 취급 못 받는 사람 있다
대천읍내 관촌부락 상엿집 옆
거적때기 움막 짓고 사는 사람 있다
그 사람도 사람 취급 못 받으니
에라 사람 노릇 할 까닭 없다 하는지
누가 사람으로 상종하지 않아도
하나도 원통할 것 없는 사람 있다
심지어 동네에서
궂은일조차 시키지 않는다
아이 죽어도
아이송장 지는 데도 부르지 않는다

메마른 겨울날
눈 올 생각 일찌감치 작파한 그런 날
저 건너 냇둑에서
때아닌 연기 파르랗다
동네 아이들 신나게 달려갔더니
아니나다를까
바로 움막 거지가 뱀을 캐어 구워먹고 있다

그래서인지 이른 봄이나 늦은 봄이나
그 험악한 보릿고개에도
무엇 찾아 먹어서

뱃구레 한번 크게 불러
디룩디룩 배불뚝이 되었다
사람들이 맹꽁이라 하기도 하고
배불뚝이라 하기도 한다

그 움막 거지 인사해도
누가 인사 받겠나
그러자 숫제 이쪽에서도 인사 없어졌다
그 배불뚝이 기나긴 겨울과 봄 사이
어디서 무엇 구해 먹고 사는지
뜨내기 거지들
마을 고샅 떠돌아도
정작 그 맹꽁이는 마을 안에 오지 않는다

그러더니 어느 해 묵혀둔
간척지 성에 돋은 듯
허연 간국 돋은 빈 간척지
거기에 무턱대고 모를 심었는데
얼라 배불뚝이네 논
난데없이 풍년 들어
배가 더 나오고 기침소리까지 늘었다

오래 입은 구제품 벗어버리고
새 구제품 사입었다

652

보아라 사람 노릇이 별것인가
먹을 것 없는 시절
입을 것 없는 시절
그것 있으면 사람이다
허리 젖혀 거드름깨나 피우며
비로소 마을 안에 나돌았다

덕분에 빈 간척지 임자들
다음해부터 농사짓기 시작했다
턱 늘어져
세 겹 턱으로
웃을 때 징그럽게 웃는 사람 아닌 배불뚝이 덕분에

임종면

장항부두 통통배 두 척
15마력짜리
10마력짜리
거기에다 중선 세 척의 선주 임종면이
그 임종면이 자전거 타고
허리 꼿꼿이 세우고 지나가면
서천군수도 서장도
읍장도
물 건너 군산항만청장도
저 앞에서부터 알아보고 굽신거린다
아직 수염 기를 나이 아닌데
여덟 팔자 수염까지 단청했으니
절 받을 만한 임종면이
늘 양복 조끼에 시계금줄 걸려 있고
칠피구두는 자전거 페달과 함께 돌며 번쩍거린다
칠산바다 조기는 다 임종면이네 조기라 하고
마카오 물건은 다 임종면이네 물건이라 한다
돈으로 요 깔고 자고
돈으로 이불 해 덮고 잔다 한다
그런데 그 임종면이네 집
불행 있다
딱 하나
외아들이 간질병 나면
방바닥 나뒹굴며

비싸디비싼 옛날 백자 항아리 부수어버린다
흰 거품 물고
눈 흰자위 뒤집혀져
나자빠져
꼭 무당벌레 뒤집혀진 듯이 지랄한다
아버지 임종면이 들어와
그런 병신 자식 지랄에
찬물 한 양철동이 퍼부어버린다
이 원수야

임종면 재취

임선주 임부자 본마누라 고생만 실컷 하고
배 한척 두척 사들이자
그만 병들어
그길로 칠성판 지고 갔다
지랄병 아들 달랑 남겨놓고 갔다
거기에 천안 처녀 하나
논 사주고 밭 사주고 가마 태워 왔는데
장항에 오니
당장 제일 미인이라
눈 같은 살결에
눈동자는 흑진주 저리 가거라
앵두입술에
어느 때는 생대구 이리 같은 입술에
검은 머리 가르마 쪽 곧아 푸르러라

한마디 더 보태자면
둥근 얼굴 영락없는 보름달이라
한번 나들이 나서면
그 누구 감히
그 자태 바라볼쏘냐
그저 쉬쉬쉬 꿀꺽
흘끔 바라보고 목젖 막혀버린다
그런 미인인지라
임종면이 재산 다

그 재취 베개 속에 간다 한다
아이고 어디 저게 사람이여
신선 아니면
백년 묵은 여우 둔갑한 것이여
저 치맛자락 땅에 닿는 것 좀 보아
그 밑에 고무신 버선발 좀 보아

그런데 그 임종면이 재취가
전실 자식 지랄병 아이 살인죄 쓰고 잡혀갔다
간질병으로 나뒹구는 아이를
수챗구멍에 처박아 죽였다 한다
그러나 임종면이 배 한 척 팔아
그 재취부인 풀려나왔다
그리하여 그 재취 수덕사로 마곡사로
부여 고란사로
아들 하나 점지해달라고
칠성불공 앉히러 연락부절로 다녔다

3년 뒤 아들 하나 낳았다
기쁨 찼다
그러나 백일 넘기고 죽었다
장항거리 어디에도
그 재취부인 보이지 않았다
임종면이 통통배 나 넘어가고

중선 하나는 덕적도 앞바다에 가라앉았다

아름다움이여 파탄이여 쇠망이여

박세양

갑오농민혁명 당시
운봉 현감이었던 박세양
춘향전에 나오는 운봉 현감은
신을 거꾸로 신고
말을 거꾸로 타고 달아났는데
그 현감과는 달라
농민군과 한패로 합류하여
지리산 김개남 특전부대와 연대되었다

직접 문서를 써서 포고하고
총검을 들어
말 타고 싸움터 여기저기 내달렸다

지리산 밖 남원고을 운봉
그 궁벽진 산촌마저
시대의 전화 피할 수 없이
거기
죽음 있어
사나이 한바탕 꿈 있어
민보단 박봉양과 맞선
한바탕 기상 있어

재례

임종면 선주네 집 부엌데기 재례
몸 하나 약으로 꽉찬 처녀
엉덩이가 쌀 한 섬이라 했다 실로 무거웠다
선주 본마누라 죽자
마음속으로 선주 뒷방 노렸으나
천안 미인이 오는 바람에
그대로 부엌데기일 수밖에
선주 재취 살인죄로 잡혀가자
또 한번
이번에야말로 했다가
그대로 부엌데기일 수밖에
눈동자 또록 소리 나는데
그 눈웃음에
능소화 줄줄이 피는데
홧김인지
선주 마누라는 고사하고
선주네 장부 맡은 고주사하고
그 무골호인하고
후딱 눈맞춰
선주네 바깥채에서
안채 흉보며 살아갔다
임종면이가 망하고
떠난 뒤
다른 주인 섬기며 살아갔다

아들이 일곱
딸이 넷
모두 열한 배 낳아
그것들 때리고 욕 퍼부어가며
얼굴에 주근깨 가루 뿌리고 쇠뭉치로 녹슬어 살아갔다

장독대

장맛은 마음 맛이다
속 좋은 그 집
박속 같은 마음씨 그 집
햇간장 맛이 좋았다
그런 집인데
생난리 만나
좌익으로 우익으로 망했다
남정네들 죽고 끌려갔다
그러자 간장맛이 홱 돌아
입에 대면 입 떼어야 했다 썼다
그 집 늙은 마나님
간장독 꼭 닫아두고
무슨 수모든지 견디어냈다

4년 뒤 간장독 열어 맛보았다
간장맛 돌아와 있다
관촌 이종구 어머니
처음으로 눈물 샘솟아 나왔다
뒤란 장독대 우북한 풀 뽑아내고
거기 대고 절 열 번 했다
그로부터 살아남은 식구
그 간장 먹고 살아갈 터이다

맛 돌아온 간장도 간장이거니와

새로 된장 담아야 했다
고추장 담아야 했다
그 장독대 섬겨야
그나마 집안이 된다

영감 잃고
아들 형제 잃고
집 안의 것 다 빼앗기고
된장 고추장도 빼앗기고
쓴 간장만 남았다
돌절구 돌확
맷돌까지 다 빼앗기고
달밤의 마당 더덩실 달만 떠 있었다
그런 세월 흘러
이제야 간장맛 돌아왔다
그 간장 다 동나면
다시 한번 살 작정해서
메주 쑤기로 했다
조선 아낙 메주 쑤지 않으면 어이 아낙이리오
죽어간 사람
깊이깊이 가슴 밑창에 두고
따뜻한 날 하늘은 그저 뿌옇다 애벌기름인 양

껌정몸뻬

1·4후퇴 피난민 행렬이
아랫녘으로 아랫녘으로 내려가다가
전선이 삼팔선 언저리서 맞대어 완충 이루자마자
죽어도 서울 가서 죽어야 한다고
다시 올라갔다
큰길로만 올라가다가
마을에 들러
보리 한 자쯤 자라난 이른 봄
나물 캐어
화덕 걸고 나물국 끓여먹었다
담아온 구호양곡으로 밥이라고 해먹었다

그 북행 피난민 행렬에서
동네 간장 얻으러 오는 처녀
껌정몸뻬
흰 무명실로 더덕더덕 기워 입은
껌정몸뻬
검은 눈썹 두 마리 볼만하다
그 처녀 들창코 내밀고
간장 달라고
한 집에 들어가
한 시간도 앉아 졸라댔다
아무리 인심 좋은 마을이나
간장 된장 다 떨어진 난리인지라

없다 해도
곧이듣지 않고 졸라댔다

그러다가 숨겨둔 것 한 갱끼
기어이 얻어가고 마는 껌정몸뻬 아가씨
그게 어디 아가씨인가
그냥 돌멩이거나
황소 뿔이거나

간장 한 갱끼 퍼준 순만이 마누라
혀 내두르기를
흠 이북년 독한 년이여
어디 가서도 살기는 살어
어느 바위너설에도
올라앉은 엉겅퀴꽃이여
이남년은 물렁팥죽이여

껌정몸뻬 아비

제 딸 사는 힘 질기다고
제 딸 앞세워
먹을 것 얻어가는
껌정몸뻬 아비
황해도 사리원 영감
일제 때 수리조합장 했다 하나
그런 것 같지도 않은 영감
피난민 머무는 미창 창고에서
다른 사람들 다 부지런히
먹을 것
땔 것
입을 것
쓸 것 찾아다니는데
손 놓고
그냥 낯선 타관 한눈팔고 있는 영감
딸 없으면 어쩔 뻔했나
그냥 내려오다가
개성 토성 언저리서 죽었을 영감
아무나 보고 빙그레 웃으니
혹시 이쪽에서 긴가민가 계면쩍어
어이할 수 없이 빙그레 답례하는데
썩 근사한 한마디
우리 좋은 세상 오우다 꼭 오우다
제 이마빡 먹사마귀 믿듯이

남의 옷 백 벌

한내장 한 평짜리 신기료 영감 아들
하루 구두 한 켤레 고치는 일도 드문지라
그저 뒷굽에 쇠징 두어 개 박아주고 나서
그런 일로 어디 집안 식구 목구멍 풀칠하랴
풀칠도 풀칠이지만
헐벗고 살 수 없어
누더기옷 사시사철인지라
명절 때 옷 한벌 장만하기 어려워라

그래서 신기룟방 여편네
제 새끼들한테 큰소리하기를
남의 옷 많이 입어야 오래 산다는
그럴듯한 옛말 끌어다 옷동냥 시키는지라
새끼들 남의 옷 얻으러
여기로 가고 저기로 간다
밥 얻으러 다니는 거지 있어도
옷 얻으러 다니는 거지는
처음 본다고 하며
걸레 할 것 냉큼 던져주기도 하는데
그런 것 갖다가
여기저기 누더기옷 꿰매 맞춘다

이러이러해서 열살배기 열두살배기 형제
남의 옷 백 벌 입은 셈

명줄 오지게는 질기랴 싶었으나
그만 대천역 구내 들어가
석탄 훔쳐내다가 기관차에 깔려 죽었다
열두살 배기가 죽었다
갑자기 열살배기 외로워 기가 팍 죽었다
석탄도 제 어미 극성으로 훔치러 간 것
새끼 하나 잃은 여편네 오줌 질질 싸며 주저앉아
아이고 내 자식아 수걸아 수걸아 하고 낮달 뜬 것 모르고 울부짖었다

팔마비

섬진강 따라가면
섬진강 따라가다가
섬진강 버리고
순천에 가면
승주 관아 앞에 팔마비 서 있것다
고려 충렬왕 때
승주부사 최석이 와서
청렴 청백리의 덕치를 베풀었것다
그러다가 그 선정 다하지 못한 채
그 임기 8개월 마치고
개경으로 돌아갔것다
돌아가는 사람 예우로
고을에서는
개경까지 가는 일정에
말 여덟 마리 바쳤다
번갈아가며 타고 가라고 바쳤다
그런데 그 최석이
그 말 여덟 마리 되돌려보냈다
송도에 가다가 태어난 새끼말 한 마리까지
아홉 마리로 돌려보냈다
그렇다 길을 다 갔으면 말을 버려야 한다
달 가리켰으면
가리킨 손가락 잊어야 한다

그뒤로 승주 일대에는
팔마라는 땅이름
가가 이름
재 이름 있어
팔마재 훠이훠이 넘어갔다

한데 후대 조선조 남구명이
제주도에서
승주부사로 영전해 건너와
팔마비 유래 듣고
바로 그를 따라온
제주도 망아지 한 마리 돌려보냈다
제주도 화북관 비석거리에는
팔마비가 아니라
일마비 세워야 했는데
비바람 치는 세월
그냥 지나가버렸다
보리 묻은 밭에서
슬프고 숨찬 답전가 들렸다

이름

양반은 함부로 이름을 부르게 하지 않았다
집안에서 부르는 아명이 있고
어른이 부르는 자가 있고
관을 쓰면 그 자가 이름이 된다
장차 장년에 이르러
붕당 수하 후학이 불러주는 호가 있다
그리고 죽은 뒤 부르는 시호가 내려온다

이이의 아명 현룡
자 숙헌
호 율곡
시호는 문선공이다
한세상 살다 갈 만하구나
에헴에헴

임금도 본래 이름 있으나
그 이름 불러본 적 없다
한 시절
상놈은 이름조차 없다
그저 소와 개와 닭과 같았다
그러나 그것인즉 천지신명이
아무런 이름 없음과 같지 않을쏜가

아주 옛날 옛적으로 거슬러 올라가!

이름 없는 자
백제 백강 기슭 나룻배 사공 있것다
사람 만명을 건네 주는 것을 평생 발원하여
그 긴 세월
50년 동안 백발에 이르기까지
이윽고 만명을 건네주고 나서
이제 할일 다했다고
더 살 까닭 없다고
그가 건너다닌 물에
몸 가라앉혀 죽었다
그의 헌 나룻배도
너무 낡아 물 들어 가라앉아
백강 물귀신 되었다

백강 달밤에
백마강 달밤에

달치포구

대천 달치포구 달 뜨나마나
늘 개펄에 어둑컴컴한 배 처박혀
엉덩이 박아두고
닻 박아두고 떠날 줄 모른다
물에 떠야 배라고 하지
한물간 포구 개펄에 처박혀서야
그것이 무슨 배이겠는가
한술 더 떠
그 배 안에서 밥도 해먹고
잠도 자며 한살림 차리고 있으니
뱃놈 홀아비네 집이지
그것이 무슨 배인가
나갈 바다 끝도 없이 아득한데

알고 보니 빚더미에 넘어가
새 선주가 부리는 날 기다리고 있다
그러나 하도 오래 처박아두고 있는지라
가근방 사람 나와
아니 저놈의 배는 밑구멍에 뿌리 내렸나
하고 한마디하는 것이 버릇인데
어느날 이른 아침 나와보니
그 배 자취없이 사라지고 말았다
밀물 빠지며 함께 사라지고 말았다
너 간 곳 어드메더냐

서산머리 붉은 앞바다더냐
머나먼 어청도 인당수 난바다더냐

며칠 뒤 선주 겸 빚쟁이
구레나룻 잘 다듬은 영감 나타나
검정 망또자락 걷어올리고
구리쇳대가리 지팡이로
배 지키던 뱃놈 마구 두들겨패는데
아이고아이고 그 매 맞고
개펄 바닥 마구 뒹구는데
그 소리에 늙은 에미 나와
매맞은 아들하고 함께 뒹굴며
아이고아이고 소리질러대자
동네방네 사람들 모여드니
그만 선주 서슬 멈추고 슬슬 자리 떴다

그러나 이왕 누워 있던 판이라
누워 있는 아들 옆에 그냥 누워서
아이고아이고 소리질러대는 에미
갯바닥 흙 묻은 머리 산발한 채
내 자식이 어떤 자식이라고
세상에 내 자식이 어떤 자식이라고
영감 수중고혼 되고
내 자식 다시 물에 나가서도

열 번도 스무 번도

배 타고 만경창파 떠돌아도 죽지 않고 돌아온 자식인데

하기야 배 도적들 수작이 수작이라

배 지키며 자는 뱃놈

술 깨어 수면제 타놓은 물 마시고

그만 곯아떨어지자마자

업어다 내려놓고 배 떠나버렸다

서산머리 붉은 앞바다에 갔느냐

머나먼 강남 가거도 난바다에 갔느냐

달치포구 다정옥

달치포구도 포구라고
밴댕이젓 나부랭이 아니면
눈꼽조개껍데기나 흩어진 것도 포구라고
거기 선술집 다정옥 있다
다정옥 춘자란 년
꼭 단호박같이 생긴 년
작달막한 것이
챙길 것은
여간내기 아니게 챙기고 나서
한번 누워주었다 하면
요분질로 밤새워
사내 피 다 말리는 춘자
바람 되게 불어쌓는 밤
웬만한 사내 둘은 거뜬히 죽어나는 밤
땀 식은 껄껄한 몸 가득히
신새벽 담배연기 힘껏 빨아들이는
그 담배맛에 죽었다 깨어나는 밤

이씨 종가 시엄씨

이난정 12대손 종손 이창원 영감 세상 떠났다
죽는다 죽는다 하더니만
그 소리 헛소리 아니라고 세상 떠났다
3년 넘게 노환으로 누워서
갖은 약 다 써보았다
자식들 여한 없다
장삿날 한산면 유지와 촌민 다 나왔다
만장 행렬 스물여덟 폭 장관
강산은 메마른 정이월인데
과연 찬바람에 만장 휘날리는 것과
그 아내 상복과 흰옷 검은 옷이
때아닌 꽃 절기였다

3년 뒤 그 이창원 영감 대상도 법석이었다
그 대상 치르고 나서
상머슴 하나 내쫓고 침모도 갈아치웠다
영감이 틀어쥐었던 집안 권세
영감 마나님이 휘어잡았노라는 증좌였다
대상 치르고 나서
입는 입성부터 달라졌다
언제 영감 복 입었더냐는 듯이
언제 영감 죽어 곡했더냐는 듯이
싸리나무 비녀 대신 옥비녀 꽂고
농 밑에 두었던 옥색치마 꺼내어

나프탈린 냄새 풍기는 그 치마 떨쳐입었다
본디 몸집 풍신이 커서
여느 아낙 두 사람은 합친 셈인데
턱하니 마루 끝에 서서
발 아래 마당 벼늘 허무는 것 바라본다

4월 열이렛날 그 마나님 생신날
자손이 다 모였는데
이것 보아라 아들 일곱에 딸 넷이라
그 아래 손자 손녀 외손자 외손녀 쉰넷이라
증손 외증손 직계손뿐 아니라
집 안팎 조카들과 방손까지
수백 명 거느리고 웅성거리는 집안
생신 교자상 받고 앉아 있으니
그 경축의 위엄 도도할 따름이라
소리기생 여섯이 와 노래와 춤을 바치고
천하 고수 흥겨운 장단에 절로 어깨가 운다

연방 마나님 불그데데한 입술에 술기운 적시며
올린 잔 그대로 두고 미소 머금고
오늘만은 덕이 산지사방에 펼쳐지누나
그뒤로 십장생 병풍 사슴 한쌍 풋풋한데
어느 데꾸진 손자 녀석 나서더니
할머님 백살만 사십시오

678

하니 마나님 미소 싹 걷어치우고 호통치기를
이놈 네가 내 생일날 욕을 하는구나
어쩌고 어쩌 나더러 백살만 살라고?
고약한 놈 같으니라고
그러고 나서 넘실거리는 술잔 하나
냉큼 갖다 쏟아버리듯이 비웠다
그러고 나서 벌떡 일어났다
기생 춤사위판에 들어가
그 기생 부액으로 더덩실 춤추어보았다
춤이야 기생 몫이지
그게 어디 춤이겠는가 절구 넘어진 운수이지
장남 이경룡 영감 나이 예순둘인데
일흔아홉의 어머니 절구춤 보며
오직 혼자 눈물 찍어낸다
어머님 어머님 부디 만수무강하소서

이득구

보령군 주포면 면사무소 네거리
자전거포 이득구
덩치는 앞산 산그늘만한데
어찌 심보는 그리 쫌보인지
어찌 그리 인색한지 옹색한지
자전거 바람 한번 넣으러 가도
공짜배기가 어디 있어
하고 한푼 받아야 맛이었다
바람 넣고 한푼 뜯기고 나오며
한마디해야 맛이었다
짜아식
제 에미 ×구멍에서 나올 때도
그냥 못 나왔을 것이여
몇푼 내고 나왔을 것이여
뭬 방고래에 매운재 끄름도 안 끼는 방에서
태어난 놈 같으니라고
태어나서
소리 아까워
울음소리도 안 낸 놈 같으니라고
아나 네 똥구멍에
바람이나 넣고 뒈져라

요까티 봉모

착하디착한 한봉모란 놈

제 아비가
봉모 자랑할 때는
으레 그 이야기

우리 봉모 태어난 해
그해는 어찌 그리도
병아리 많이 깠던지
마당에 병아리 가득했지
그 이쁜 것들
눈에 넣어도 아프지 않고
이쁘디이쁜 것들
삵이 채가고
솔개가 채가고 해도
맏배 병아리 이어
서너 배 병아리까지
마당 가득 채웠지

팔불출이 아비
제 아들 봉모 자랑할 때는
으레 그 병아리 이야기

그러나 세월이 워낙 자랑을 업신여기는지라

그런 봉모도
장차 어른이 되니
장가들었는데
먹을 것 없어서
빈 마당에 개미도 없다
병아리는커녕
면무식인가
미안스러워서였는가
그 대신
지붕 이엉 못한 썩은새 아래
거미 풍년 들어
거미줄 한번 얽히고설켜주었다
자세히 보면
그 거미줄이
첫가을 처량해진 매미소리에 움직인다
바람 인다
땀 들어가고
아이들 고뿔 든다

박진홍

꿈의 소녀 문학소녀 박진홍
1914년 함북 명천에서 태어났다
화태공립보통학교 다니고
서울로 이사
동덕여고보 4학년 때 동맹휴학으로
퇴학을 맞았다
그뒤로 조선제면공장
대창직물공장
대창고무공장 여공으로 전전했다
1920년대 말 원산총파업 이후
젊은 지식인들
공장으로 광산으로
대중 속으로
브나로드운동 복판으로 들어가던 때
그도 갔다
경성학생아르에스협의회사건에 관련
만 2년 감옥살이
다시 검거되어
1년 감옥살이
다시 1년 6월 감옥살이
또 감옥살이
10년 청춘의 여체
이렇게 이렇게 바쳐졌다

그는 김태준과 부부가 되어
연안으로 갔다
8·15 직후 돌아왔다
북으로 갔다
남편 김태준은 남쪽에서 처형당했다
그는 북으로 가서
그뒤의 생사는 확인할 수 없음

순수혁명!
아냐 혁명순수!
조선 여자의 길과 하나인 순수!

최만석 주임

주포지서 늙다리 주임
그에 앞서 대천역전 파출소 주임
최만석 경위
경찰서장이나
경무과장 순시 때에도
그 동작 한번 굼떠
거수경례조차 시원치 않다
옛! 하고 대답도 힘차야 하는데
예에 하고
어릴 때 머리 딴 시절
그 대답이었다
결국 1953년 주포지서 5개월 넘기고 나서
지리산 전투경찰로 죽으러 갔다
거기는 각 치안관서에서
문책 대상이나
빽 없는 순경이나 보내지는
저승 경찰이라
떠나는 날 환송식은 절반은 장례식이다
그러나 최만석 경위
지리산 뱀사골에서 살아 왔다
1년 반 뒤 그 주제에 경감으로 승진되었다
그러나 그길로 순사질 작파하고
평복 입고 대천에 들렀다
대천 만세옥 기생 보러 왔다 하기도 하고

대천읍장 만나러 왔다 하기도 하고
며칠 동안 삼나무 울창한 일본집 여관에서
대천 유지 만나 술 먹고 떠났다
대천에 와
융숭한 대접을 받았으나
그 가운데는 만세옥 기생한테
매독 대접도 받아 갔다
서로 모르는 일이거니와
결국에는 대천 바다 오래오래 기억하라고

달

달 뜨면 비난수하여
마흔에 아들 낳은 월남이 어머니
태몽에도 달 삼켜
아들 낳은 월남이 어머니
그뒤로도 달만 뜨면
어쩔 줄 몰라
늦은 저녁 기명 치우다가
그릇 하나 쨍그랑 깨어진다
그때 달 구름에 들어가
온 세상 눈멀었다

밤나무 주인

차령산맥의 기운이 잦아드는 보령땅
아직은 그 기운
섣불리 능멸할 수 없는
청라 성주산 백운사 아랫마을
거기 늙수그레 밤나무 열네 그루 있다
한참 자라나는 어린 밤나무도 있다
그로 말미암아
마을이 어둑어둑하다
그 밤나무 주인 우면봉 영감 가로되
쌀부자 보리부자 못되었으니
밤부자나 하나 차지하고 산다고
늘 술 얼큰하게 돌아
아무나 보고 껄껄 선웃음이 좋았다
아이들에게는
괜스레 네끼 이놈
아낙네에게는
아이고 요새 신수 훤하시네그려
남정네에게는
아니 이 사람
여태 일 나가지 않고 무엇 했는가
이슬 마르기 전부터
꼼지락거려야 살지
이렇게 늦게 나와
무슨 일 하겠는가

또 그 영감 또래 만나면
아니 어젯밤 눈감지 않고
또 살아서 돌아다녀? 한다
그런 말 건네고 나서
껄껄껄 웃어
그 선웃음이 좋았다

그 우면봉 영감네 밤나무숲에 들어가
몰래 밤 후려치는 아이 붙들었다
네끼 이놈
하고 불호령하고
담배 한 대 붙이고 나서
먼 산 한번 보고 나서
제 철부지 검은 수염 쓰다듬고 나서
한번 다시 생각하고 나서
가로되
이왕 딴 것이야
너희들이 딴 것이라 너희들 물건이다
다시는 여기 올 생각 않겠거든
어서 주워가거라
하기야 밤 줍기가 제일 어렵지

쿵 쿵
건기침하고 팔짱 끼고 간다

모주냄새 조금 풍기며
겹저고리 바지 뚱기적거리며
쿵

윤달이

윤사월이던가
언제던가
하여간 윤달에 낳았다고
이름이 윤달이라
배윤달이라
배종인 영감땡감 아들 윤달이라

이 사람 눈을 떴는지 감았는지
실밥 둘 붙은 것 같은 그 눈으로
넓은 대천 앞바다
저 멀리 삽시도까지도 바라본다

그런데 이 윤달이가
빈 지게 덜렁 지고
고구마줄기 거둬오려고 갈 때도
아니 잔병치레로 누워 있는
아버지 배종인 영감 약 심부름 갈 때도
그 걸음걸이 하나 조심조심하여라
꼭 새끼 밴 짐승인 양
그 무엇인가 생각에 잠겨
걸음 하나 떼어놓고 떼는 것
그 걸음걸이 조심조심하여라

건너뛰면 될 도랑인데

한동안 머뭇거리다가
저쪽 푸서리로 올라가
여느 걸음으로 건너간다
도대체 땅 떨어져서는 못 사는 사람이라

그 윤달이 걸어가는데
뱀 지나간 데하고 똑같다
자취 없다
오줌 쌀 때도
오줌 싸는 소리 안 나게
소변통 벽에 오줌발 댄다
소리내면
누가 잡아먹나?

원 사람이
그렇게 조심스러워서야
무슨 일 저지를 수 있겠는가
굳은 떡 하나 못 굽겠다
화롯불 무서워서

응달 나무

나무에도 볕바른 나무 있고
하필 응달에서 자라는 나무 있다
그래도 가지 뻗고
잎 달리고
성크름한 날 새가 쪼아먹을 열매 달린다

대천 한내장 끄트머리 막살이집에
영 볕이라고는 모르고 자라난 계집애 복자 있다
저고리 동정 시꺼멓고
손등 때 절어 더덕더덕한데
얼굴 하나는 푸르무레 해반주그레
그 어린것이 벌써 사내 맛을 안다

에미가 미친개한테 물려 미쳐버리자
의붓아비한테 당하고 나서
개구멍 개 드나들듯
이웃집 총각부리도 맞아들이고
한내장 바구니장수 영감도
돈 몇푼 내고 드나들었다

그러나 아무도 오지 않는 날은
의붓아비도
오대산 약초 캐러 떠난 동안
미친 에미 빨래 밀린 것

오밤중까지 빨아야 한다
머리 속에는 이가 시글거리고
겨드랑이에는 이가 박혀 피 빨아먹는다

집안 노래기도 잠든 밤인데
빨랫방망이 소리 멈출 줄 모른다
늦은 달 떠올라
겨우 복자 등짝에 비치는데
미친 에미 발작하여
꼭 개 짖는 소리
이힝힝힝힝힝
미친개 물려
사람이 미친개 시늉한다
그 소리 들리라고
빨랫방망이 소리 멈춘다
밤 깊어 고즈넉한데
이힝힝힝힝

소서방

웅천 소서방
소 풀 뜯기러 나가
느닷없이 그 소 패기 시작한다
그렇게 패
소 성질 죽인다
주인 말 잘 듣는다
그런데 사람들이
소서방 소 패는 것 바라보고
싸낙배기 여편네한테 구박받은 분풀이라 한다

그렇게 실컷 패고 나서 풀 뜯긴다
언제 맞았던가
소야 꼬리 내두르며 풀 뜯어먹는다

그렇게 팰 때 패더라도
그 암소 날마다 물에 데리고 가니
소 똥구멍 언저리까지 늘 깨끗하다

가을이면 소 양식 장만하기 바쁜데
잇짚
조짚
옥수숫대
콩대는 좋다
팥대 수숫대는 안 먹는다

그 소서방 골려주는 마을 패거리
심심풀이 삼아
수숫대 몇 다발 지게에 져다가
소서방네 마당에 부려주고
자 자네 소실댁 잘 먹이게
하고 간다

소서방 본이름은 문태수
그 소서방 아구
어쩐지 소하고 닮아
소 새김질하는지
저녁 먹고 나서도
입을 놀린다
외양간 워낭소리 딸랑 들린다

융

성씨까지 부르면 부여융

백제 의자왕의 아들
의자왕 4년에 이미 태자로 책봉되었으나
백제가 망하자
왕위는커녕
포로가 되어
당나라로 실려갔다

그러나 백제땅 인연이 쌓였던지라
옛 땅에 당나라 수군 이끌고 돌아왔다
백제부흥군과 싸워
동족을 무찌르고
당나라 웅진도독이 되었다
그렇게나마 백제를 다스렸다

그러다가 당나라로 돌아가
명예 웅진도독으로 살아가다가 죽었다
아바마마와
아우 풍 따로따로
당나라 어딘가 묻혔고 어딘가에 귀양살이하는데
거기 가
형과 아우일 수 없이

아비와 자식일 수 없이
가을이거든 잔나비 울음소리뿐
하기사
백제 왕조 그대로 이어져도
태자 융이
왕자 풍을 이겨낼 수 있겠는가 없겠는가
형과 아우일 수 있겠는가

쌍둥이 자매

다 커서 개가죽나무 밑둥에 고무줄 매어
언니가 잡고
동생이 줄넘기
동생이 잡고
언니가 줄넘기

옹달샘물 길러 갈 때도 둘이 가고
외갓집 갈 때도 둘이 가고

나이 차서
동생 쪽이 사내 녀석깨나 따르는데
언니 시집가지 않으면
죽어도 시집 안 가
굴뚝에서 연기 나지
아궁이에서 연기 나나
하고 버틴다

땀이 속곳 다 적시는 한여름
얕은 물 대천바다 건너
원산도 섬사내한테
시집갈 데 생겨나도
죽어도 시집 안 가
하고 땀띠 나서 버틴다

강신자
강애자
보령 오천
바다에서 파도소리 아니면
바람소리 들리는 오천 개폿말
강경도 쌍둥이 딸
같은 얼굴인데
떡살에 꾹 찍어낸
같은 떡인데
어찌 언니 쪽이 좀 밉상스럽다
마음보도 뾰루지 났는지
늘 뾰로통하다

그러나 그들 쌍둥이 우애 무서워
끝내 시집갈 나이 지나
그냥 나이 먹어가다가
동생이 밀물에 쥐나 죽었는데
남은 언니 애끓다가
시름시름 앓다가 죽었다

결국 무덤 하나에 합장했다
풀 무성했다
벌레소리 무성했다

이칠구

오서산에 올라서면
서해바다
크고 작은 섬들을 다 바라볼 수 있다
그 산에서 흐르는 물들
삽교천 무한천 대천천
광천천 진죽천 들로 부지런히 흘러가는 것
혹은 가려 안 보이고
혹은 볼 수 있다

바로 그 오서산에 실작약 캐러 다니는 사람
오천 사는 이칠구
산속으로 돌아다녀서
사람하고 말 한마디 주고받기도 껄껄한 사람
어쩐지 보리까락같이 껄껄한 사람

누가 길을 물어도
아 그것도 몰라
발에도 눈 달린 것이 사람이여
하고 한참 뜸들였다가
저쪽 외소나무로 가면
그 너머 오막집이 있으니
그 집 가서 물어보라 한다

그 집이라고 길 묻는 대답 가지고 기다리고 있나

집 비워두고
산속에 들어가
잔대 캐기 바쁜데

솔 벤 뿌리 썩어
거기서 송진 굳은 복령 따기 바쁜데
허리 결리고 다리 못 쓰는 데 약인지라
그 복령 따기 바쁜데

용이 할아범

첫 가을비 으슬으슬한 날
호박잎새에
뒷산 송이버섯 싸
화롯불에 묻어둔다
잊어버리고 있다가 꺼내어
푹 익은 그것 소금 발라 먹는다

오서산 밑 진죽 쪽
기적소리 들리는 약골
그 열두 가호 마을 용이 할아범
그렇게 따먹고 살아서인가
나이 예순다섯인데
마흔살로 보여
늘 걸음걸이 팔랑개비로 가비얍다

눈 하나 눈병나 못 보게 되었으나
어디 하나 못난 데 없이
보리 한 가마 거뜬 들어올린다
그래서 약골 방앗간집 발동기
들에 실어갈 때
그 발동기 들어올리는 장사로
네 사람 중
꼭 용이 할아범 불리어간다

쳇 나 없었더라면 어쩔 뻔했어 하고 투덜대지만
속으로야 어디 불리어갈 때마다
힘자랑께나 좋아라 한다

그 용이 할아범
그러나 아들이 앞질러 세상 떠나
손자 용이하고 살아가느라
추석 다가오면
아들 무덤 벌초하며
끝내 낫에 손가락 다치고 만다

용아 내년부터는
네가 네 애비 무덤 벌초하여라
네 애비가
나더러 하지 말라고
이렇게 손 베이게 하는구나

아이고 세상이 바른 것 같아도
거꾸로 된 일도 많은 세상이여
아들 무덤에 아비 꼴이라

도식이 마누라

대천 한내장 지물상
남편은 남의 집 도배하러 가고
가게는 앉은뱅이 점원한테 맡기고
그 흐벅진 엉뎅이 방뎅이 흔들어대며
장날 다음날
뜸한 때
여기서 저기까지
저기서 여기까지
거칠 것 없이 팔자걸음 걸어다닌다
다른 가게 주인한테
더러 진한 농도 걸고
되돌아오는 농 받고
일부러 흐르르한 얇은 치마 입어
그놈의 박덩어리 같은 엉뎅이 흔들어대며
세상 사는 맛 보며 걸어다닌다
누가 말하기를
저 지물상 도식이 마누라는
엉뎅이 바람 쏘이려고 나왔구만그려
간밤에 못 놀아서
주섭이 마누라였다가
새로 도식이 마누라 된 지 3년인데
늘 색정에 주려
바람에 주려
바람 쏘이려고 나왔구만그려

705

낙서쟁이

어릴 때 낙서깨나 하던 조상렬이
국민학교 변소란 변소에
그 복숭아 그림 그리고
아무개 무엇
아무개 무엇이라고
한두 마디 사설까지 곁들이고도
그것으로도 간에 기별이 가지 않던지
국민학교 여선생
아무개 선생 무엇
아무개 선생 무엇이라고
푸짐하게
푸짐하고 커다랗게 그리던 조상렬이
늘 콧물 한 자 들락들락하던 조상렬이
그 어릴 때 변소에서 익힌 솜씨라
면사무소 서기 되어
호적계 호적등초본 떼어주며
골필 글씨깨나 쓰더니
대천 송방 옆 대서소 서기로 옮겨가
날마다
차 지나가며 뿌리는
진창길 흙벼락 맞은 유리창 안에서
가슴도 답답하게
고소장 쓰고
진정서 쓰고 무엇 쓰고

머리 굴려
합의서도 꾸며주고
가운뎃손가락 마디에 글공이 굳어
열살부터 쉰다섯살 넘도록
죽어라고 글씨만 써온 조상렬 아저씨
기어이 위장병 얻어
밥 먹고 나자마자 끄을끄을 트림으로 산다
오래된 파이프에
궐련 끼워 담배 피워물고
담배맛 있어야 살맛인데
당최 이놈의 담배 맛대가리 없어

장치기 김옥섭이

미산사람이야
어디 보령사람인가
부여사람이지
이런 신소리 들어가며
대천 한내장에 와 돌아갈 줄 모르는 김옥섭이
미산 사는 김옥섭이
말놀이도 구성지고
노랫가락도 구성지다

미산이야 땅만 넓지
어디 쓸 만한 데 없는데
거기서 김옥섭이 태어났으니
땅값은 뽑은 셈이지
머리에 질끈 띠 동여매고
천하대사를 논하는 푼수로다
과연 노랫가락도 대사는 대사인지라

이 장 치구 저 장 치구 한내장에 포장 치구
한강에 그물 치구 초 치구 장 치구
목구멍에 넘겨 치구 게으른 놈 지집 치구
지집은 개 치구 개는 꼬리 치구
이렇게 시작하여

가고 못 올 임이면

정이나마 가져가지
임은 가고 정만 남으니
밤은 점점 야삼경인데
사람의 심리로서야
정 아니 놀 길이 만무로다
에
자룡아 말 놓고 창 쓰지 말어라
만인 장졸이 다 놀랜다
장창은 어데다 두고
부르느니 창검이라
아들을 품에 품고서
돌아든다고 장판교라
눈물이 진주라면
흐르지 않기를 싸두었다가
십년 후에 다시 올 임을
구슬성으로 앉히련마는
흔적이 이내 없으니
그를 슳어…

아이고 내 정신 좀 보아
청라 건달
맡을 임자 임대포하고 만나기로 하였는데

유장사

미산과 청라를 갈라놓는 산줄기에
그 산줄기 언저리에
성태산 문봉산 옥마산 봉화산 잔미산 있다
그 산 산골창
산비알 의지하여
참나무 굴피나무 동무 삼아
다람쥐 새끼 삼아
살아가는 집 띄엄띄엄 있다

그런 집 가운데
잔미산 여우고개 넘어가면
거기 오막살이 한 채 있다
워낙 숯막이었다가
그것이 좀 나아져
오막살이 방 한칸 부엌짝 한칸 되었다

다 쓰러져가는 그 집에
장사 하나 살고 있으니
유장사라
도토리 먹고 사는데
어찌 그리 몸집은 우람한 집채인지
고사리 먹고 사는데
어찌 그리 눈 하나 부리부리한지

잔미산 산짐승들
이 유장사네 오막살이 다가서지 못한다
산짐승 덫 놓아
그것 잡아서 팔아서
옷도 사고 연장도 사고 성냥도 사온다

이 유장사 성주산 백운사에 어쩌다 나타나면
백운사 주지 합장배례로 정중히 맞이한다
떡도 내오고
과줄도 내온다
죽은 신장이야 법당에 모셨으나
산 신장 오셨으니
떡 내오고
숨겨둔 곡차도 내온다
나 가유 하고 일어서면
돈도 두어 장 쥐여준다
이렇게 왔다 가셔야
유장사가 왔다 가셔야
우리 절 아무나 범접 못하지요
나무관세음보살

사실인즉 유장사가 절에 오는 목적이야
머리 긴 것 배코 치러 온다
한번 배코 치면

서너 달 지낼 수 있다

막 중대가리 된 유장사 머리에
번쩍 소나무 사이 햇빛 쏟아져 빛난다

도투머리 우래옥

배 들어오지 않으면
참새 짹소리
쥐 찍소리 없이 덧문 닫혔다
비바람 치는 날
찍소리 없다

배 들어와야
비로소 덧문 떼고
드르륵 문 열린다
술집 우래옥

뱃놈 있어야
우래옥 니나노 들린다
실컷 쓸쓸하다가
가망없다가
조깃배 두 척 들어온 밤
선창거리 우래옥 젓가락 장단 요란하다
남쪽 나라 십자성은 어머님 얼굴
모처럼 사람 산다
술집 우래옥

그 집에 온 정자
아무리 술 먹어도
술에 밀져 말똥말똥하다

술 취해 고래고래 떠드는 놈
싸우는 놈
노래하고
목청 뽑는 놈
계집 가슴팍 더듬는 놈
그저 가만히 겪는 정자

배 떠난 뒤 술집 색시
낮잠만 자다가
끝내는 대천으로
태안으로 떠나가는데
그 막막한 도투머리가
행여나 임 계신 곳이라고
돌아다보고
돌아다보고

괜히 눈물바람 하는데
오랜 청승 하나 이어서
돌아다보고
돌아다보고
그러나 정자는 혼자 남아
떠나는 향숙이 미자 김옥희 영자
그 언니들 바래다주고
혼자 담배맛 새롭다

나는 안 간다
이 도투머리
원산도 도투머리 사내들이
그래도 다른 데 사내보다 좋다
뒤끝 없다
거짓 없다
죽어 돌아오지 않으면 슬프고
살아 돌아온 놈의 가슴팍 좋다
나는 안 간다
나는 안 간다

화장 벗긴 맨얼굴 노란 얼굴
그러나 한 십년은 해먹겠다
나는 안 간다

비인 과부

비인 백사장
비인 동백꽃
썰물 때 물에 가려면
끝도 없이 들어가야
물에 닿는데
거기 새섬과 띠섬 멀리 떠내려가는데
동백꽃철 4월
다 굶는데
비인 과부 정씨
검은 머리 붉은 댕기
옥잠 꽂고
날아갈 듯 남치마 입고
스란스란 백사장 나오니
가마 타고 나와
가마에서 내려
백사장 나오니
그 뒤에 몸종 따르는데
아이고 꽃 좀 보아
하면
몸종이 얼른 받들어
아이고 꽃 좀 보아
동백꽃 붉게 붉게 피어 있는 곳 나와
가지고 온 음식 먹는 둥 마는 둥
하루 내내 놀다 가는데

그 옛날 사랑하던 사람과 놀던 곳이라

이 비인 과부 정씨 쉰이 넘었는데도
아직도 색정이 물씬거린다
귀밑머리에 눈 아리다
이렇게 잘난 인물인데
어이 그리 심중은 흉물인지
몸종뿐 아니라
비인 종천 서천
비인 주산 간치에 이르기까지
그 집 장리쌀에
어느 집도 끕끕수 안 받은 집 없다

첫가을 나락 익어야
그게 어디 지은 사람 것이던가
다 입도선매로
과부 정씨네 것이지
후여후여 새는 보아 무엇하나
새나 먹여 축낼 것이지

정씨 몸종

어머니도 몸종이었다가
잘생긴 덕분에 몸종이었다가
그 어머니 이어
그 딸도 열두살부터
주인아씨 시집올 때
따라온 몸종
열아홉살 눈부시게 어여쁘다
주인마님 그 얼굴에 먹 넣어
남편의 딴 뜻 쫓아버렸다

말 한마디에 눈물 그렁하고
말 한마디에 화들짝 놀란다
한평생 몸종으로 살아온지라
그렇게밖에는 사람 노릇 할 수 없다
달 밝아도
그 달이 구름에 들어가면
주인마님 같아
얼른 고개 숙여 외면한다

한평생 제대로 산 하나 바라본 적 없이
바다 넓건만
거기 꿈 하나 실어본 적 없이
예에 마님
예에 마님

비인 장사와 판교 장사

비인 장사 최창길이와
판교 장사 우동만이가
주산 장날 씨름판에서 맞붙었으니
작년에는 최장사가 이겨 송아지 탔고
재작년에는 우장사가 송아지 탔다
난리 이후라
소가 송아지로 내려갔으나
난리 겪고도 힘쓰는 장사 남아 있는 법이라
그 지긋지긋한 난리가 북녘으로 옮겨가니
그래도 사람이 사는 판이라고
씨름판이 벌어졌다

이번에는 최장사 우장사
막판 두 판을 한 번씩 이겼으니
단 한 판으로 결판이 나는데
그날 그 판을 무기연기해버리고 말았다
상으로 내온 송아지가
사람 기운에 지쳐 죽은 것이라
최장사 장딴지 울고
우장사 가슴팍 쳤다
올해는 내 차례인데
하고 최장사 장딴지 울었다
난리에는 소도 송아지도 난리 겪어서
웬만한 일에 기운 놓아버린다

죽은 송아지야
거기 모인 군더더기들이 가지고 갔다
그뒤 식중독 났다는 소리도 없다

풍

부여풍
백제 의자왕의 아들
태자 융과 배다른 아들
나당연합군에
백제가 망하자
복신 도침 들의 부흥운동으로
왕에 추대되었다
일본에 가 있다가
아들 충승 충지 들과 함께
일본 원군 5천을 이끌고 왔다
제31대 의자왕 이어
제32대 왕이 되었다

지금 충남 서천군 한산면 지현리 건지산성
여기가 곧 주류성인데
여기서 나당을 무찔렀으나
부흥군 안에서
복신이 승려 도침을 죽이게 되자
왕이 복신을 죽였다
백제부흥운동
거기서 끝장났다

왕은 고구려로 망명한다
고구려가 망한 뒤

당나라로 잡혀가
원악지 오령 남쪽으로 귀양 간다
거기서 죽는다
파초 잎새에 덮여 묻힌다

말례

장항읍 거리에서
한 마장 나가 송림동 지나면
거기 까닭없이 구슬픈 들이 있다 들길 있다
그런 길 하나 건너
외기리 잔등 왜솔밭이
그대로 바다에 이어진다

외기리 말례
진필선 영감 막내딸 말례
바닷가라
마을 우물물 간이 들어 짭짤하여
말례 마음씨 짭짤한가
겨울 보리밭가
앙상한 버들가지 후려치는 바람소리
그 무서운 밤에도
오빠 오는 길 마중 나간다

야무진 시악시라
동네 총각이나 어른이나
그 시악시 함부로 하지 못한다
언제 울어보았던가
딱 한번 댕기머리 자르고
파마할 때 울었다

아버지가 당뇨병 들어서
쟁기 보습 녹슨 것 열흘 담근 물 떠드리고
장항읍사무소 임시고원 다니는 오빠 마중 나왔다
어머니야 일찌감치 밭두렁에 묻히고
집 안에는 해마다 제비가 와서 함께 산다

오빠여?
말례냐! 나다
그들 오누이 어둠속에서
동기간의 정 깊으나 깊다
세상에 오빠 동생 사이처럼 눈부신 것 없다
그래서 칠흑 밤중
암순응으로 보일 것 다 보인다
건너가는 논두렁 논물 지나는 물꼬 위도
불빛 없는 마을도
마을 끝
돌아가는 집도 다 보인다

임두빈

무창포에서 멀리 대천 선창이 보인다
대천바다에서 태어나
무창포로 와 흘러와 사는 임두빈
날마다 선창에서
갯바람에 절어 사는데
이따금 저 건너 대천 쪽 바라보지만
거기 가본 적 없다
가볼 생각 없다
잠깐 말미 내면
버스 타고 가면 금세 대천인데
아버지 보아도 그렇고
형을 보아도 그렇고
그냥 내리닫이 10년 20년을
무창포 선창 떠난 적 없다

충청도 사람 조상 유난히 섬기지만
임두빈이야
그런 조상 거들떠본 적 없다
그저 맞아들이는 것은
날마다 홍합배 갈칫배라
만선 들어오면
그것 퍼내느라 숨쉴 겨를도 모자라
이렇게 선창 막일로 살아가며
계집 생기고

자식 생겨
밤늦게 막걸리 먹고 집에 가면
그때에야
아이고 우리 상식이 잘 놀았냐
하고 희끗희끗 수염발 문지른다
암 조상은 없어도 자식은 있구말구

임두빈 마누라

무창포로 흘러와
선창 구석 상밥집 식모살이하다가
임두빈 타진 옷 꿰매주고 나서
그길로
임두빈 마누라 되어
참기름집 옆에다
방 얻어 살림 났다
얼굴에 촘촘히 주근깨 덮여 있어
말할 때마다
웃을 때마다
그 주근깨 쏟아질 듯하지만
아기 낳아
그 아기 얼러대는데
얼씨구 얼씨구 하고 기뻐 어쩔 줄 모르는데
그렇게 얼러대는데
기쁜 주근깨도 함께
얼러대는데
밭에 밭이랑 나비
바다에 물결이랑 나비 큼직하기도 하여라

거지 계집애

서천역 대합실에서 자고
서천역전에서 노는
거지 계집애
열서너살 흰자위 눈동자
능글맞게 말이 걸다
나한테 안 주면
쓰리꾼한테 주게 되지
누가 10원 달라나
5원 달라는데
5원이 돈인가
5원은 손 벌린 값도 아니여

누가 데려다 목간 한번 시켜보았으면

우병덕이

갈칫배 타서 널어놓은 갈치 말리는 첫가을
우병덕이 세상 떠났다
원산도에서 가장 못된 사람
일년 열두 달 송사 끊어질 날 없어
걸핏하면 물 건너
순회재판소 가고
어디 가던 사람
늘 넥타이 매고
마누라 때려
흰 와이셔츠 잘 다려 입고
아쭈 지팡이까지 짚고 다닌 사람
그 사람 죽자
원산도 도투머리 뱃사람이고 누구고 할 것 없이
문상은커녕
초상집 일 거들어줄 사람도 없어
할 수 없이
삽시도로 배 보내어
사람 다섯 비싸게 사왔다
그래서 삼일장 지내고
원산도 오로봉 뒤
풍장으로 대강 짚 덮어주고
돌아서며 한마디씩
천하에 못된 놈 이제 어쩔 테여
죽어 어쩔 테여

다행히 우병덕이 아들
공주 유학 가서 공부 잘한다 얌전하다
아버지 장례 치르고
원산도 여러 어른 일일이 찾아뵙고 떠났다

조남술이

원산도 풍년호 뱃사람 조남술이
얼굴 검어
대천 미군부대 흑인이
원산도 와서
조남술이 보고
헤이 당신 내 형님이야 한 적 있다
그 조남술이 그물질 그만이라
그 사람 탄 배에 고기 모여든다

그러나 고기잡이 몇십년에
그렇지 그렇지 몇십년인 줄도 모르게 몇십년에
아직도 남의 집 살다가
아직도 남의 배 탄다
일년 중 몇달 말고는
멀리 동격렬비도 서격렬비도
우배도 난도 궁시도 지나
동서남북 어드메 바라보아도
망망하여라 맨 바다밖에 없는
거기 사는 사람이라

원산도 돌아와야
마누라 헤어진 이래
어디 주저앉을 데 없다
그저 소주로 푸접하고

그동안 못 먹었던 돼지고기나 몇근 먹고
또 배 탄다

그 무엇에 절망해본 적 없고
그 무엇에 희망차본 적 없고
그저 바람에 풍어 깃발 너붓거리며 떠나는 배 위에서
까닭없이
가슴 후련한 조남술이

사는 일이나 죽는 일이나
그런 것 공부 안하고도
거친 바다 위에서 다 터득한 사람
가래침 탁 뱉어보아야
파도 위
어디에 침 떨어졌던가

바다에서 죽은 친구 하나 생각나지 않는다
오늘 다음이 내일인가
그것 알아서 무엇에 쓰나

옥봉이

대천 관촌 바람둥이 김달호 영감
조끼에 금시곗줄 김달호 영감
배운 것 없이
쇠가죽장사로 벼락부자 되어
풍류 한번 거창하게 꿈꾸었다
아따
대천 앞바다
머나먼 원산도에 소실 두고
집 사주고
다락논 사주고
갖은 살림 장만해 심어두고
서너 달 만에
한 번씩 건너가
열흘이나 보름 함께 지내고 돌아온다

그 예쁜 옥봉이
늙은 영감 오면
그래도 설레이고
떠나면 무지막지하게 외롭다
한번 정한 영감이라
어디에 대고
따로 사내 생각 하겠는가
소실 정절이
큰댁 정절 당하지 못하여라

원산도 젊은것들이
나무 해다 줍네
보리밭 거름 줍네
더러 기웃거려도
그런 때는 서슬 퍼렇다
마루 끝 서 있는
옥봉이 모습
예쁘기보다 무섭다

집 안팎 깨끗하니
이웃이 배워
거기도 깨끗하다
사철나무 열매 까먹는 참새
사철나무 밑 어지럽혀도
거기도 이내 깨끗하다

삽시도 이장

옛날 동에 번쩍 서에 번쩍
그 홍길동이 훈련했다는 섬 삽시도
거기서 좀 떨어진 장고도
홍길동이 부하들 데리고
풍악을 베풀었다는 장고도
거기까지 맡은 삽시도 이장 조평래
애초에는 뱃사람이었다가
한번 풍랑 만나 살아온 뒤
배하고는 담쌓고
그뒤로 반장 이장 일만 보는 사람
그런지라
삽시도 장고도 할 것 없이
섬 사정 따르르 꿰고 앉아
뉘 집에는 빚 얼마
뉘 집에는 양식 얼마
뉘 집에는 새우젓 얼마
이렇게 꿰고 앉아
무슨 꼬투리만 잡히면
제 잇속 챙겨
걸음 한번에도 공짜가 없다
그런 이장 조평래
머리숱 많은 조평래
인사성 밝아
개펄 아낙네들한테도

먼저 알은체한다

남의 것 얻어먹는 것 말고
남의 술 마시는 것 말고
제 주머니에서 돈 나오는 것 못 보았다
제 마누라한테도
양식값 주고 약값 주고
그때마다 푼돈 준다
그러던 그가 병들어 눕더니
할수살수없던지
갈자리 밑에 깔아둔 돈
마누라한테 꺼내어주며
엿소 이제 자네가 살림 맡소
그리고 나서
다음다음날 밤 눈 반 감고 죽었다
그래도 마누라인지라
아이고아이고 곡성 서러웠다
누가 죽은 사람 위해 우나
제 신세 위해 울지
아이고 아이고 아이고

무덤에는 이장조평래지묘라
난쟁이 비석 섰다

반공포로

반공포로가 석방되어
아직도 전쟁중인 땅
전쟁으로 무너지고
짓밟힌 땅
여기저기로 흩어졌다

거제도수용소에서 석방되어
어느새 충청도 대천 바닥까지
대천 관촌 안말까지 와
일자리를 찾아다녔다
보리바심할 무렵

품삯 따위는 필요없고
그저 밥만 먹여주면 된다
밥만 먹여달라
일이란 무슨 일이고 잘하겠다
그들은 그렇게 떠돌았다

때로는 밥 얻어먹기도 하고
때로는 일할 데 생겨나기도 하고
그렇게 떠돌다가
하나씩 흩어져
혈혈단신 반공포로 되고 말았다

그런 반공포로 가운데
안말 방앗간 막일 맡은
박두서 청년 따귀 홍터 번쩍
오마니 오마니 하고
방앗간 마누라 섬겨 물도 잘 길었다

그러다가 어느날 서울로 떠났다
서울에 가면
고향사람 진남포사람
아무라도 만날 수 있다고 떠났다
아직 고향 없이 못 사는 때였다

한정기

보령군 남포땅
성주산
남포 오석으로
비석 만들어온
석공 한정기 영감

하루 네 개 다섯 개 만들던 아들
그 아들도 알아주는 석공인데
돌 쪼개다가 죽었다

그뒤로 흰머리 덮인 한영감
오로지 원수 같은 비석 만들며
40여년
남의 비석 만들고 죽었다

한영감 죽자
웅천석물 사장이
그 노랭이 사장이 자그마한 비석 세워주었다

어디서 한영감 딸 나타나
그 비석 붙들고
아버님 아버님 하고 울부짖었다
헤어진 것이
죽은 뒤에 돌아와

웅천석물 고석관

군산 밖 옥산에서 농사짓다가
투전 끗발에 논밭 날리고
군산 수산시장에서 생선 좀 만지다가
그 노릇도 작파하고
강 건너
웅천에 마음 붙여
검은 돌 만지기 시작했다
난리 지난 뒤라
한동안은
어디 비석 세울 자손 있던가
여기저기
집 들어서고
새 거리 트이면서
차츰 산에 언덕에 밭두렁에
그냥 맨무덤 두었다가
하나둘 비석 섰다
그때 날랜 고석관이 석물공장 차렸다
밤중까지 돌 쪼는 소리
돌 가는 소리
그러자니 먼 돈 가까이 왔다
그토록 달아나기만 하던 돈
이제 얼쑤얼쑤 어깻짓하며 왔다
고석관이 고부자 되었다

대천 미군부대 지프 한 대 사들여 타고 다녔다
그 차 지나가면
자갈길 먼지 자욱이 피어올랐다
땅딸보 고석관이
위가 아래인지
아래가 위인지 모르게 땅딸보라
아무리 돈 많아도
술집 색시들 넌지시 에누리했다

그래서 고석관이 술 취하면 틀림없다
술상 차고 일어난다
일어나 돈 뿌리고
문 밀치고 나와버린다
청천하늘에 별도 많아
뭇별들 넌지시 에누리한다
너도 사람이라고 술 취했구나 하고

별 뜬 하늘에 늦은 달 떠올라와
저 아래 조용한 술집 마당 내려비치며
허허 저기 저 술집에는
그 고석관이 안 왔구나

고석관이 아들

어머니 타겨
인삼 달여먹어도 파리파리하다
고석관이 아들 영수
나이 열일곱인데
고등학교 다니다가 그만두고
집 안에서 논다
겨우 마당 맨드라미하고 논다
몸이 허약하매
눈뜨기보다
눈감고 있을 때가 좋았다
그러다가 눈이 좋아져
책을 읽었다
밤새도록 읽었다
『진주탑』
『마도의 향불』
어디 그뿐인가
『수호지』
어디 그뿐인가
『토정비결』까지

동네사람들
공장사람들 모르는 것 있으면
거기 가 묻는다
콧잔등에 푸른 심줄 돋아난 영수

그 영수 모르는 것 없다
끝내 계룡산 신도안 드나들다가
신도안으로 들어가버렸다
흠치흠치 그 산중 굴속으로

고석관이 딸

어디서 낳아온 딸 정순이
영수하고
배다른 동생 정순이
이 계집애 돈에 밝아
어릴 때부터 돼지저금통 채워쌓더니
커서
아버지한테 타는 용돈 안 쓰고 모아
어느새 밭 하나 샀다
밭 2백평짜리

아버지한테 밭 샀다고 말하자
술 취한 아버지 기뻐할 줄 알았으나
아니다
뭣이! 네가 밭을 사 저금통으로 밭을 사
네 에미하고 다른 데 하나도 없구나
네 에미도 돈이라면
죽고 못살더니

그러나 오빠 집 나간 뒤
열네살 정순이 그 계집애
댕기머리 잘라
단발머리로
일꾼 꼼짝달싹 못하게 다스린다

아저씨 방아달 밭에 재 내가야지
왜 안 내가고 있어요?
집 안의 잿간에 재 차면
그 집이 어디 사람 사는 집이유?

한쪽 볼에 얕은 볼우물
그것이 덩달아
화난 얼굴 더하여준다

체장수

웅천장 체장수
어깨 양쪽에 체 열두 틀씩
스물네 틀 지고
식전 장에 나와도
하루 내내 서너 틀 나가고 만다
나머지는 다시 지고 일어나
무작정 동네방네 떠돌며
반강제로 떠맡긴다
아따 체 걸어두시유
내일모레 쓸데 생겨유
그러다가 어느 동네
서러운 집 푸념 들어주고
병난 집 병구완도 해주고
체 파는 일 말고
일손도 거들어주고
먹고 자며
중신에미 노릇도 하고
그러면서
체 지고 떠난다
이렇게 아무 걱정 모르고 다니다가
장날 체 부려놓고
꾸벅꾸벅 졸기도 한다
이렇게 지내다가
내포 들녘 오일장 다니다가

집에 돌아오면
어린것 불쑥 커서 어른 되었다
낳아놓기만 하면
하늘과 땅 사이 세월이 키워주었다
이렇게 키워
어느새 어미 키 다다랐다
체 남은 것 달려와 내려주었다
어머니라 해야
사내 지른 얼굴이라
어머니인지
아버지인지

충승 충지 형제

부여충지

백제 의자왕의 손자
그러니까 풍의 아들이다
아버지 풍이 고구려로 도망가자
형 충승과 아우 충지
백제부흥군 유민 이끌고
백마강 기슭으로 나아가
창검을 버리고 항복하고 말았다
그들도 당나라로 실려갔다

그러나 의자왕 일가 아들 손자들
그 어드메서
서로 안부조차 전할 수 없었다
그들에게 각자 남은 것은 피리였다
초승달부터
그믐달까지 충지의 밤 피리소리
호복을 적시고 남아돌았다

나라 망하건대 피리소리 흥하노니

인 명 찾 아 보 기

* ○ 안 숫자는 권 표시

만인보 7·8·9

초판 1쇄 발행/1989년 12월 10일
개정판 1쇄 발행/2010년 4월 15일
개정판 3쇄 발행/2014년 7월 10일

지은이/고은
펴낸이/강일우
책임편집/박신규 박문수
펴낸곳/(주)창비
등록/1986년 8월 5일 제85호
주소/413-120 경기도 파주시 회동길 184
전화/031-955-3333
팩시밀리/영업 031-955-3399 · 편집 031-955-3400
홈페이지/www.changbi.com
전자우편/lit@changbi.com

ⓒ 고은 2010
ISBN 978-89-364-2845-7 03810
      978-89-364-2895-2 (전11권)